VIR' VENT

DU MÊME AUTEUR

Les Porteurs de terre (Ramsay)
Les Envoyés du paradis (Belfond)

Jean Rosset

VIR' VENT

Roman

Production
Jeannine Balland

PRESSES DE LA CITÉ

DANS LA MÊME COLLECTION

Jean Anglade, *Un parrain de cendre*
Jean Anglade, *Le Jardin de Mercure*
Jean Anglade, *Y a pas d' Bon Dieu*
Jean-Jacques Antier, *Autant en apporte la mer*
Marie-Paul Armand, *La Poussière des corons*
Marie-Paul Armand, *Le Vent de la haine*
Marie-Paul Armand, *Le Pain rouge*
Marie-Paul Armand, *La Courée*
tome I *La Courée*
tome II *Louise*
tome III *Benoît*
Édouard Axelrad, *La Cavale irlandaise*
Erwan Bergot, *Les Marches vers la gloire*
Erwan Bergot, *L'Héritage*
Erwan Bergot, *Sud lointain*
tome I *Le Courrier de Saigon*
tome II *La Rivière des parfums*
tome III *Le Maître de Bao-Tan*
Erwan Bergot, *Rendez-vous à Vera-Cruz*
Georges Coulonges, *Les Terres gelées*
Anne Courtillé, *Les Dames de Clermont*
Alain Gandy, *Les Chiens jaunes*
Alain Gandy, *L'Escadron*
Alain Gandy, *La Dernière Rafale*
Alain Gandy, *Adieu capitaine*
Michel Hérubel, *Anna*
Denis Humbert, *La Malvialle*
Denis Humbert, *Un si joli village*
Michel Jeury, *Au cabaret des oiseaux*
Henry Noullet, *La Pagode rouge*
Henry Noullet, *Les Trois Cavaliers de Langson*
Henry Noullet, *Sur la piste de Samrang*
Michel Peyramaure, *Les Tambours sauvages*
Claude Riffaud, *Mékong Palace*
Annie Sanerot-Degroote, *La Kermesse du diable*
Pierre Sergent, *Les Voies de l'honneur*
tome I *Les Voies de l'honneur*
tome II *La Revanche*
tome III *Le Coup de grâce*
Claude Veillot et Jean-Michel Thibaux, *L'Enfant qui venait du froid*
Jeane Westin, *Amour et Gloire*

ISBN 2-258-00153-6

A la mémoire de ma mère,
à Véronique, ma belle-fille.

Vivre, c'est survivre à un enfant mort.

Jean Genet

PREMIÈRE PARTIE

1

C'est à l'automne 1938 que Roseline fit irruption à Gravigny, Annaëlle sur ses pas.

J'avais près de dix-huit ans et me sentais un homme, mais mon aspect physique était celui d'un enfant de quinze ans au visage ascétique. Convalescent, je vivais, sinon reclus, du moins peu en contact avec l'extérieur. Les rares adultes venant chez nous — d'instinct je dis encore « chez nous » en évoquant Tournebise — je les fuyais pour éviter leurs propos gênés et leur compassion. Quant aux camarades d'autrefois, ils avaient compris que les plaisanteries faciles et autres facéties de collégiens qu'ils déployaient pour me dérider n'atteignaient pas leur but : leur gaieté, pour artificielle et de noble intention qu'elle fût, me semblait indécente. Ou bien ils s'étaient détachés de moi, ou bien, pour les plus fidèles, ils espaçaient et écourtaient leurs visites. Qu'aurais-je voulu entendre des uns et des autres sinon : « Rien de tout cela n'a eu lieu. Tu vas sortir d'un mauvais rêve. »

Nous habitions une villa spacieuse près de l'usine, à l'écart de la ville, au pied d'un coteau inégalement quadrillé de vergers, de prairies et de vignes ; ou plus exactement dans sa partie basse, là ou la pente s'infléchit pour aller doucement rejoindre l'Arve[1].

Dans cette campagne souriante, les ateliers, la maison et son parc formaient un vaste enclos entouré de grilles scellées sur un mur assez bas, doublé de haies. Ils étaient reliés à la route Chamonix-Annecy par une impasse (nous disions « la rue ») et avaient une entrée commune : un portail métallique géant et son portillon ouvrant sur une large cour.

La tonnelle était devenue pour moi un refuge, et c'est à travers son treillage en losanges qu'il me fut donné d'assister à l'arrivée des intruses.

La tonnelle était couverte, à l'abri des regards, blottie dans un coin retiré du parc, et j'y passais des heures un livre entre les mains, mais plus enclin à rêvasser qu'à lire. Elle était encore emplie des babillages de Bénédicte qui, seule ou avec de petites amies, avait aimé y jouer à la marchande ou à la maîtresse de maison après avoir chipé quelques légumes au potager ; et je m'étais souvent prêté au rôle de client ou de convive. J'y réentendais le rire sonore d'Henri, ressenti encore comme une offense, si, daignant être mon partenaire aux échecs, il me dépossédait d'une tour ou d'une dame, après l'avoir traquée impitoyablement. Nulle part ailleurs, je ne revoyais avec la même netteté maman se promener en tricotant autour des parterres de fleurs, puis venir s'asseoir à quelques pas de nous et nous observer sans un mot, avec un léger sourire.

Il me revient d'avoir été tiré de quelque obscure méditation par des claquements de portière suivis du

1. Torrent dans son cours supérieur, l'Arve ouvre la vallée de Chamonix avant de traverser le bassin de Sallanches. C'est à partir de là, dans sa section moyenne, que foisonnent les entreprises de décolletage industrielles ou artisanales.

tintement de la clochette ; d'avoir vu Mathilde descendre du perron en s'essuyant les mains à son tablier, puis disparaître derrière le garage attenant à l'usine et qui cachait la grille à ma vue.

En fin d'après-midi, il n'était pas rare que le Dr Dousselin, grand ami de mon père — bien qu'il ne lui pardonnât pas d'avoir préféré maman à sa fille — fît une halte en coup de vent au cours de ses visites, un peu pour le pernod, « Oui, mais léger, léger ! », qu'il ne savait refuser, beaucoup pour prendre de nos nouvelles. Il était donc plausible que Mathilde réapparût en sa compagnie. Ce fut elle seule qui revint presque en courant vers la maison en appelant mon père qui ne tarda pas à sortir. Et à sa manière de lever les bras en s'arrêtant un instant sur le seuil, se précipitant ensuite, je compris que ce n'était pas une visite ordinaire et qu'elle suscitait chez lui un certain trouble.

Intrigué, je ne quittai pas des yeux l'espace entre les deux bâtiments. Après une minute ou deux, une femme d'allure jeune le traversa, tenant un petit bagage à chaque main. Elle marchait d'un pas décidé, le bas de son manteau flottant sur ses talons qu'elle faisait claquer sur les dalles.

Elle se trouvait déjà à l'intérieur, quand mon père se montra de nouveau. Il avançait au contraire lentement, incliné vers une fillette de quatre à cinq ans qu'il tenait par la main. Index dans la bouche, elle semblait très intimidée. « Peut-être des gens que papa connaît, de passage dans la région » pensai-je, m'attendant à voir bientôt le conducteur du véhicule, probablement l'époux de la jeune femme.

Plus personne n'apparaissant, je me dirigeai vers une aire de pelouse d'où je savais avoir vue sur la rue. Une Rosengart d'un modèle à toit plat y stationnait. Elle ressemblait à une voiture de marchand forain arrivant sur une place de marché, tant la galerie porte-bagages était surchargée de colis variés à en juger par l'asymétrie de la bâche protectrice. Une bicyclette de dame était fixée à la malle arrière. L'intérieur semblait tout aussi encombré, impression qui se confirma lorsque je m'approchai : la voiture était pleine de bagages, cartons et vêtements ne laissant aucune autre place disponible que celle du conducteur. Un creux parmi des vêtements fripés indiquait le nid où la fillette avait voyagé.

A l'évidence, cette femme et cette enfant étaient les seules occupantes de la voiture dont le contenu faisait penser à un déménagement sans meubles plus qu'à un voyage d'agrément.

Poussé par la curiosité, je me retrouvai dans la rue, à essayer de lire, au travers de la vitre, l'inscription d'une plaque en métal frappée dans un angle à l'effigie de saint Christophe. Je demeurai bouche bée : le propriétaire de la Rosengart était Éloi Contamine, mon père.

Tout à ma perplexité, je déambulais aux abords de la maison quand un grincement d'espagnolette à l'étage attira mon attention. Demeurés hermétiquement clos durant de longs mois, les contrevents d'une chambre d'amis gémirent puis heurtèrent le mur. J'entendis Mathilde annoncer :

— Voyez, votre chambre donne sur le parc. Ici, c'est presque la campagne. Vous y serez au calme jusqu'au matin à sept heures quand arrive le car du personnel.

Les bras appuyés au rebord de la fenêtre, la visiteuse avança la tête, jeta un bref regard en direction du parc et disparut sans remarquer ma présence derrière un buisson. Moi-même ne vis d'elle que le profil et le haut du buste, mais pour fugitive que fût cette vision elle me provoqua une accélération des battements de cœur.

Cette femme était très belle, d'une beauté ignorant le flou, comme tirée d'une toile d'Ingres, madone, courtisane ou duchesse : front haut, fraîcheur de teint, perfection de l'ovale du visage, de la ligne du nez aquilin et des lèvres, de celle du cou et des épaules, féminité triomphante, tout y était. Les cheveux étaient noirs, lisses, luisants. Noués sur la nuque, ils libéraient avec audace le cou et les oreilles, laissant admirer une carnation délicate exhalant une discrète sensualité. D'où probablement ce frisson érotique mêlé à l'émotion esthétique que j'éprouvais et qui eurent des prolongements obsédants tard dans la nuit.

L'esprit absorbé par cette présence insolite sous notre toit et m'attendant à être appelé d'une minute à l'autre, je m'assis sur un banc placé à peu de distance du perron.

Je vis sortir Mathilde qui retournait chez elle, un petit logement faisant corps avec l'usine. Elle y habitait avec son mari, seuls depuis le départ de leur fils, un vaurien qui leur en avait fait voir de toutes les couleurs et avait devancé l'appel à la suite d'une dispute avec son père. Officiellement concierges, Mathilde et Siméon Lambert étaient notre salut pour l'organisation matérielle de notre vie, lui, homme à tout faire, elle, de longtemps notre femme de ménage. Tout naturellement elle était devenue en quelque sorte notre gouvernante depuis la disparition de maman.

Elle parut saisie d'un intérêt soudain pour des hirondelles s'organisant en arpège fébrile sur les fils électriques longeant la rue. Je fis un mouvement pour m'approcher. Elle pressa le pas. J'en déduisis qu'ayant humé une situation peu claire et ne tenant pas à y être mêlée, elle se dérobait à mes questions. Ma perplexité ne fit qu'augmenter.

Mais alors que, nul ne se souciant de ma présence,

j'hésitais à entrer, un bruit de discussion assourdie et animée me parvint. Je fis quelques pas en direction des voix, et compris qu'une querelle avait éclaté dans la chambre attribuée à celle qui, pour moi, n'avait pas encore de nom.

Un ton bougon et des phrases saccadées dont pas un mot ne m'était saisissable trahissaient chez mon père de la contrariété mais exprimée sobrement, comme par peur de froisser. La tonalité générale était celle de la réprobation mais avec des inflexions tendres et même caressantes par moments.

La voix féminine ne tarda pas, au contraire, à entrer dans une gamme ascendante aux accents acerbes. Et après quelques bribes de phrases dépourvues de sens pour moi, une crise de fureur la percha tellement haut que pas une syllabe ne m'échappa. J'entendis :

— Oui, j'en ai pris la décision toute seule ! Eh bien quoi ? On ne peut pas toujours remettre. Je n'en pouvais plus d'attendre. Et puis, je te dis, j'ai pris peur !

Ce que mon père objecta, je le sus par la repartie fulgurante qui en résulta :

— Peut-être, mais Annaëlle et moi aussi avons besoin de toi.

Et, après une nouvelle réplique inaudible :

— Il faudra bien qu'il sache la vérité, et le plus vite sera le mieux. Sinon ce sera intenable ici.

La fillette se mit à pleurer. Tout redevint confus. Comme frappé de commotion, j'allai me réfugier sous la tonnelle.

2

Prenant au plus court, mon père avançait vers moi en tenant à la main un gilet de laine. Sa belle stature se découpa un instant sur fond de ciel plombé. Par un curieux phénomène de mimétisme *post mortem*, il imitait souvent les gestes de maman depuis qu'elle n'était plus, et je savais qu'il me disposerait lui-même ce lainage en châle sur les épaules, avec une touchante maladresse.

En accomplissant le geste attendu, il me dit :

— Ce soir, il fait frais. Tu serais mieux à l'intérieur. Fais-moi penser de dire à Siméon qu'il est temps de commencer le ramassage des feuilles. Depuis quelques jours, il en est beaucoup tombé.

Ce n'était pas assez d'imiter les gestes de maman. Voilà qu'il prenait sa manière de parler quand elle se sentait tenue de meubler un silence : des phrases courtes énonçant des banalités sur le ton intéressé et péremptoire qu'on aurait pour une nouvelle d'importance. Le timbre était assez naturel, peut-être un peu voilé.

— Dis, tu n'as rien de plus urgent à me dire ?

Il s'éclaicit la gorge et s'assit près de moi :

— Tu as entendu arriver l'auto ?

— Vaguement.

— Pourquoi ne t'es-tu pas montré ? Tu deviens de plus en plus sauvage. C'est Roseline, tu sais bien, Roseline Verneuil, notre fondée de pouvoir à Paris. Depuis longtemps, je lui proposais un séjour ici avec sa petite fille. Elle s'est enfin décidée. Cela mettra un peu de gaieté dans la maison. Nous leur ferons faire quelques sorties. J'espère que le temps s'y prêtera.

Quelle impudence ! Après un court instant de flottement, je hasardai sur un ton de fausse innocence :

— Alors elle est arrivée sans prévenir, pour faire une cure d'air pur. Et avec une voiture pleine à craquer !

— Bon ! Il vaut mieux que je te dise tout. Seulement, ne lui en parle pas. Elle serait furieuse si elle savait que je t'ai mis dans la confidence. Elle est née en France mais de parents juifs d'origine autrichienne. Elle se fait appeler Roseline Verneuil par précaution, mais son vrai nom c'est Esther Hoffman. Tu sais qu'en Autriche on persécute les Juifs depuis l'annexion par Hitler. Or, certains milieux français accueillent avec faveur cette montée de l'antisémitisme. Elle ne se sent plus en sécurité à Paris. En apprenant que des amis juifs venaient d'être victimes de menaces, elle a pris peur et entassé tout ce qu'elle a pu dans son auto pour prendre la direction de Gravigny.

— Pas *son* auto. La tienne. *Ta* Rosengart.

— Ma Rosengart si tu veux. Tu es allé fureter. C'est une voiture d'occasion que j'utilisais à Paris. Comme je n'y suis plus retourné depuis... depuis l'accident, je lui ai demandé de s'en servir. Rester au garage durant des mois n'a jamais arrangé une voiture.

— Et tu la connais depuis longtemps, *ta* Roseline à la Rosengart ?

— Ne sois pas mordant, s'il te plaît. Je l'ai d'abord rencontrée en tant qu'assistante de Me Laroche, notre avocat pour cette fameuse affaire de ridoirs où nous avons été accusés de contrefaçon. En 36, quand elle a su que nous avions besoin de quelqu'un à Paris pour la paperasse et les contacts commerciaux, elle s'est portée candidate. Étant resté sur une excellente impression, je l'ai engagée et bien m'en a pris. C'est une perle.

— Et même une perle fine au physique.

— Décidément, avec ton air d'être dans les nuages, tu observes tout. Et comment as-tu fait pour la voir ?

— Je l'ai vue à la fenêtre. Juste entrevue.

— C'est une jolie femme en effet.

— Tu ne redoutes pas les ragots ?

— Oh ! moi, les ragots... J'ai assez d'autres préoccupations, à commencer par lui trouver un emploi. Je n'ai guère eu le temps d'y réfléchir, mais elle pourrait peut-être remplacer Duclos qui est à six mois de la retraite. Il nous faut un chef de bureau dynamique et à poigne. Elle en a l'étoffe. Tu vois, je te dis tout, mon grand, mais garde-le pour toi.

J'avalai difficilement ma salive :

— Elle compte donc s'établir à Gravigny ?

— Si on lui trouve un travail, pourquoi pas ? Elle est divorcée et n'a pas d'attaches à Paris. Comme ses parents habitent Lyon, elle se rapprocherait d'eux. Et puis, ici, elle et la gamine seraient en lieu sûr.

— Ici... tu veux dire à Tournebise ?

— Tu n'y penses pas ! On lui chercherait un petit logement pas trop loin. Mais il faut se donner le temps de la réflexion. A chaque jour suffit sa peine.

Bien sûr, tout n'était pas faux ; mais de sa liaison avec Roseline, il ne disait mot, faisant mine d'ignorer mes insinuations au lieu de les saisir au vol pour me parler en toute franchise. J'en éprouvai une rage d'autant plus vive qu'il répondait à mes questions sans gêne apparente. Et de signe d'irritation, pas le moindre.

L'envie de m'écrier : « Papa, tu mens ! Je sais que Roseline est ta maîtresse. A quoi bon le dissimuler ! » fut alors très vive. Ne pas l'avoir fait me semble aujourd'hui tantôt un exploit, tantôt une lâcheté. Ce fut en tout cas un effet très direct de mon caractère.

Écorché vif, certes je l'étais, mais intériorisant beaucoup, peu enclin aux emportements primaires. Un réflexe rétractile m'imposa donc de m'abstenir, bien aidé en cela par une boule dans la gorge devenant insupportable et une salivation tarissante. De surcroît, d'autres pensées commençaient à combattre l'insurrection qui grondait en moi, me donnant de la situation une vision moins sommaire.

Chaque jour, je lisais dans son regard qu'il me voyait encore fragile, et sans conteste je l'étais. Se donner un temps de réflexion avant d'étaler ses *turpitudes* pouvait donc se comprendre. « Il faudra bien qu'il sache la vérité et le plus tôt sera le mieux » avait dit Roseline. Les quelques phrases dérobées, et plus encore le ton qui les avait rendues audibles, me donnait à penser qu'elle avait barre sur lui et n'était pas d'une nature à lâcher prise facilement. Demain, après-demain au plus tard, il serait bien obligé d'avouer.

Mais à ce moment-là, il n'abattit pas son jeu et je ne découvris pas le mien, ce qui se traduisit, à l'issue de notre dialogue de sourds, par une sensation complexe où se mêlaient à l'amertume de la curiosité insatisfaite et un médiocre sentiment de supériorité. Dans la partie engagée, j'avais une certaine avance et me promettais d'en faire bon usage. Mon père avait saisi — j'avais été assez clair pour cela — que cette présence féminine à Tournebise suscitait chez moi de la suspicion. Serais-je alors le spectateur de ruses de Sioux visant à endormir ma méfiance ? Pourrais-je supporter des regards d'intelligence que je serais supposé ne pas voir ?

Une pluie fine commençait à tomber. En m'acheminant en silence vers la maison aux côtés de mon père, je me dis, avec consternation, que c'en était bien fini de notre belle complicité engendrée par le malheur.

Je venais de découvrir un inconnu qui m'effrayait et, simultanément, se trouvait comme ennobli à mes yeux pour avoir séduit une aussi ravissante personne.

Mais l'idée de me trouver bientôt en présence de l'usurpatrice à la beauté du diable me donna un frisson dont je n'aurais su dire la nature.

— Sois aimable avec elle, recommanda mon père avec douceur.

Roseline n'était pas au rez-de-chaussée.

— Quand je suis sorti, dit mon père, elle faisait les lits avec Mathilde. Elle doit être en train de coucher sa fille.

Soucieux de ne pas me présenter en tenue négligée, je traversai le vestibule pour monter dans ma chambre quand elle parut sur le palier du premier. Elle posa un index vertical sur ses lèvres :

— Chut ! ma fille dort.

A contre-jour d'une lumière tamisée, je distinguais mal son visage, n'osant d'ailleurs pas trop lever la tête dans sa direction. Je constatai cependant qu'elle s'était dénoué les cheveux, les laissant tomber en vagues voluptueuses sur ses bras nus. A ma vue, elle les secoua légèrement, comme pour paraître plus à son avantage. D'emblée elle était chez elle et cette constatation me fit frémir. La gourmette à gros chaînons d'or luisant à son poignet et que je supposais être un cadeau de mon père, n'était guère propice à calmer la sourde agitation qui m'habitait. La séduction émanant de la jeune femme dans la demi-pénombre s'y ajoutant, je ressentais des palpitations si fortes et si rapides que j'aurais voulu fuir. Et bientôt, seul l'inconfort de la situation m'absorba.

S'arrêtant au sommet des marches, elle me fit signe de monter, demeurant immobile et en retrait pour me céder le passage, cou infléchi dans ma direction et me toisant d'un regard inquisiteur.

L'état de ma jambe gauche laissant beaucoup à désirer, cet exercice nécessitait des précautions que ne simplifiait pas l'obligation de ne pas être bruyant. Et tandis que, cramponné à la rampe, je me hissais marche à marche aussi vite que je le pouvais, je sentis mes joues s'empourprer. La pensée qu'un éclairage faible ne permettrait probablement pas de voir cet effet coloré de ma confusion tempéra toutefois une impression de ridicule grandissante.

— J'ai à vous parler, me dit-elle à mi-voix, sans préambule, lorsque je parvins auprès d'elle. (Et je vis alors qu'elle avait les yeux verts.) Allons dans votre chambre, nous serons plus tranquilles pour discuter.

Sans un mot, je la précédai.

Bien que la clarté venant du dehors fût assez réduite, je n'éclairai pas la pièce, redoutant de laisser lire sur ma figure un émoi trop vibrant. Il me semblait même que la vision de cette créature que j'étais censé détester et qui, à contrecœur, me fascinait, allait me paralyser.

Un instant, je craignis qu'elle prît elle-même l'initiative d'allumer. Je lui sus gré de ne pas le faire, mais y vis une imperceptible connivence muette qui me déplut.

Elle s'installa résolument sur une chaise face à la fenêtre, croisant les jambes et joignant les mains sur les genoux, le buste droit, le maintien un peu raide. Je pris place au bord du lit sans la regarder et devais avoir une mine assez renfrognée car elle observa aussitôt sur un ton d'amicale compréhension :

— A la tête que vous faites, il n'est pas sorcier de comprendre que ma présence vous contrarie. Votre père vous a-t-il appris ce que je fais ici ?

Je fis un signe de dénégation.

— Je l'aurais juré. Mais vous vous en doutez, n'est-ce pas ? Je vous ai vu tourner autour de la voiture, l'air perplexe. Cette inspection a dû vous mettre sur la voie ?

Étonné, je lui jetai un regard de côté, mais le sien était si direct, dans l'ombre légère, que je fus incapable de le soutenir. J'acquiesçai vaguement en reprenant ma position première.

— Alors, amis ou ennemis ? demanda-t-elle avec une intonation caressante.

— Je n'en sais rien, répondis-je sèchement en regardant droit devant moi. C'est sans importance : je ne ferai pas de vieux os ici.

Elle répliqua en y mettant un trémolo d'attendrissement que je jugeai déplacé :

— Vous avez tort de le prendre au tragique. Votre émotion se conçoit, car votre père aurait dû vous préparer à ma venue. Comme il remettait toujours de le faire, il fallait en finir. Nous allons nous marier. Ce n'est pas un crime que de vouloir refaire sa vie, et cela n'entraînera pas votre mise à l'écart. Je ne vous traiterai pas comme un fils, notre différence d'âge ne le permettant guère, mais assurément comme un frère.

Désirant savoir si Annaëlle était ma demi-sœur, je hasardai insidieusement :

— En somme, j'aurais une grande sœur et une petite sœur avec cette originalité que l'une est la mère de l'autre, la grande sœur étant la maîtresse de mon père et la petite sœur sa fille.

Il y eut un silence. Je la sentis un peu décontenancée.

— Vous ne manquez pas d'à-propos, dit-elle enfin, moins aimablement. Cette petite sœur, désirez-vous la voir ?

— Non, elle ne m'intéresse pas.

— Comment avez-vous pu deviner qu'Annaëlle est votre demi-sœur ?

— J'ai des yeux et des oreilles. Je m'en suis seulement douté et vous venez de me le confirmer.

— En plus, vous êtes roué. Il est exact que mes relations avec votre père remontent à plusieurs années. Mais votre mère n'a pas eu à en souffrir.

Elle n'aurait pas dû évoquer maman, car cela eut une conséquence inattendue, même de moi. Ma faculté d'inhibition ayant des limites, ce qui ne s'était pas produit avec mon père se produisit. Je me levai si vivement que des élancements se produisirent dans ma jambe estropiée.

— Laissez ma mère en paix, je vous prie. Vous lui avez volé son mari. Aujourd'hui vous investissez sa maison. Sans doute porterez-vous demain ses bijoux, son vison, utiliserez-vous son parfum, ses livres de chevet. Elle aimait beaucoup Marcel Prévost et Pierre Loti, je vous signale. Et vous, qu'aimez-vous, à part intriguer et détruire une famille en séduisant le père ! Vous voudriez en plus que je vous saute au cou ?

Roseline n'avait pas attendu la fin de cette diatribe. Comprenant qu'il n'y avait rien à tirer de moi, elle avait prestement quitté son siège et regagné la porte. Quand elle l'ouvrit, elle se trouva nez à nez avec papa qui avança aussitôt la main vers l'interrupteur et demanda en allumant :

— Que se passe-t-il ? Vous allez réveiller la petite.

— Il se passe qu'il n'accepte pas ma présence.

— Je t'avais prévenue, dit-il d'une voix soudain âpre. Il ne fallait pas brusquer le dénouement.

— Ce n'est pas mon avis, répliqua-t-elle vertement. Il est plus perspicace que tu ne penses. Déjà il avait presque tout compris. Le reste, je le lui ai dit. Il a le droit de savoir. Jouer la comédie n'aurait fait que compliquer les choses.

Elle avait raison et papa n'insista pas. Venant à moi, il me posa une main pesante sur l'épaule alors que Roseline battait en retraite vers le rez-de-chaussée.

— C'était à moi de te mettre au courant, reconnut-il sur un ton de grande lassitude. Je n'ai pas eu ce courage. Je sais ce que tu ressens, mais ne me juge pas trop sévèrement. Maman n'a pas été une femme délaissée et ne l'aurait jamais été. Je les aimais toutes les deux et me trouvais souvent à Paris. Un jour, tu comprendras. Pour toi, j'ai fait traîner les choses. Les événements aidant, Roseline a fini par s'impatienter. C'est naturel : je lui ai donné une enfant et je suis veuf.

— Dès demain, je prends le train pour Saint-Germain, dis-je d'une voix blanche. Et tout compte fait, pour redoubler ma seconde, je préfère Chambéry à Annecy.

Chambéry était plus proche de Saint-Germain-Prieuré que de Gravigny, et je venais de prendre, en un instant, les deux décisions.

— Bon ! fit-il à peine étonné. Comme tu voudras ! D'ailleurs je t'approuve. Je préviendrai tante Lisou par télégramme.

Il y avait dans l'intonation une telle soumission que je me repentis d'avoir provoqué l'incident. Il dut percevoir le ton abdicatif de sa propre voix, car il reprit avec une pointe d'autorité :

— Oui, mais pour le collège, il est trop tôt. Tu n'es pas complètement rétabli. Entre-temps tu devras poursuivre la mécanothérapie.

Sa main était demeurée refermée sur mon épaule et

j'en ressentais la chaleur. Il la desserra et me gratifia de quelques tapotements, à eux seuls tout un langage : douleur rentrée, pudeur, tendresse, fatalisme... Ma gorge se contracta un peu plus. J'esquissai un mouvement de recul. Une légère pression affectueuse mit un point final à ce langage muet.

— Je cède volontiers la place, observai-je avec aigreur.

Il fit aussitôt demi-tour :

— Bon, prépare tes affaires. Demain matin je te réveille à six heures.

Pauvre papa ! Comme mû par un instinct prémonitoire, il avait fondé une famille de substitution. Mais la translation de l'une vers l'autre se révélait bien malaisée ; et j'y étais pour beaucoup, moi le rescapé et désormais unique enfant vivant du premier lit.

J'ignore ce qu'aurait été mon attitude s'il m'avait supplié de rester, mais le secret désir qu'il le fît n'étant pas exaucé, je n'avais plus qu'à plier bagage.

Dès lors, oubliant que la décision était venue de moi, je me sentis mis à l'index, chassé, supplanté. Dans mon désarroi, mes pensées se tournèrent vers maman, vers Henri, vers Bénédicte et aussitôt les larmes jaillirent. Je m'affalai sur le lit avec des sanglots d'enfant égaré.

Refusant de me mettre à table avec Roseline, je ne la revis pas avant mon départ, mais ne sus faire obstacle à la tentation d'approcher Annaëlle.

A l'étage, je nous savais seuls. Muni d'une lampe de poche, je m'introduisis au cours de la soirée, avec des précautions de cambrioleur, dans la chambre où elle reposait, fouillant les lieux d'un faisceau lumineux fébrile. Elle occupait un petit lit-cage métallique au pourtour orné de rideaux bleus. Je ressentis comme un coup au cœur en reconnaissant celui de Bénédicte au même âge. C'était de l'usurpation. Une profanation pure et simple.

Évitant une lumière vive sur la fillette, je l'observai à la faible clarté de l'extrême bord du halo lumineux. Couchée sur le côté, elle suçotait le coude d'une poupée avec de légers bruits de salive. Jadis, j'avais vu cent fois Bénédicte le faire avec son pouce. D'elle aussi, Annaëlle était la demi-sœur. Et à cette pensée, je ressentis comme une stupidité ma réaction outragée en voyant Annaëlle dans ce lit. Elle aurait été diablement contente, Bénédicte, d'avoir une petite sœur et de lui donner son ancien lit. Adolescente de treize ans bientôt, elle aurait eu pour elle une tendresse émerveillée et des gestes de mère. C'est du moins ce qui me traversa l'esprit.

Le visage d'Annaëlle était calme et doux. Un exquis visage d'une pâleur laiteuse accentuée par la chevelure sombre à reflets d'or, éparpillée sur l'oreiller. Un modelé de joues digne du plus doué des peintres florentins, dans le clair-obscur de la pièce.

Le sommeil devait être léger car, sur un infime craquement de plancher, elle ouvrit les yeux. J'éteignis aussitôt en priant qu'elle ne se mît pas à crier. Être pris en flagrant délit de curiosité à son égard après ma réponse à Roseline eût été essuyer la pire des avanies.

Retenant ma respiration, je me figeai dans une attente angoissée, espérant le miracle. Les suçotements reprirent de plus belle. J'étais sauvé et ne tardai à pas me retirer avec une sage lenteur.

Merci, Annaëlle ! Ta discrétion aura été un premier lien de complicité. Dire que dès cet instant je t'ai adoptée serait aller vite en besogne. Du moins ta présence ne me révulsa plus, contrairement à celle de ta mère.

Au demeurant, il y avait une autre raison : j'imaginais les grands yeux clairs de Bénédicte illuminés de bonheur à ta vue. Quant aux tiens, en une fraction de seconde, j'avais pu en voir la couleur : ce bleu-vert d'eau profonde que tu tiens de ta mère. Du reste, votre ressemblance était déjà frappante.

Le lendemain à l'aube, il me conduisit à la gare dans la fourgonnette de l'usine. J'en avais gros sur le cœur. Seuls des propos anodins furent échangés. Le train s'arrêta juste le temps nécessaire à la montée en voiture ce qui nous évita la gêne d'un face-à-face, lui planté sur le quai, moi comme un morne portrait dans son cadre, à échanger d'ultimes insignifiances. Il m'embrassa. Je l'embrassai. Nous reverrions-nous bientôt ? Bien sûr que nous nous reverrions bientôt.

3

Un premier prix du Conservatoire de Genève à seize ans et demi annonciateur d'une prometteuse carrière de violoniste et, lors d'un week-end en famille au lac de Constance pour célébrer l'événement, ce camion fou à la sortie d'un virage arrivant droit sur la Traction conduite par mon frère Henri... L'horreur.

Je n'avais recouvré mes esprits qu'à l'hôpital de Zurich et, dans l'état où je me trouvais, le personnel médical s'en était tenu à ce pieux mensonge : les autres occupants du véhicule, tous blessés, étaient soignés dans un bâtiment voisin.

Ce n'était, hélas, vrai que pour mon père atteint de profondes brûlures car il s'était acharné à arracher les siens aux flammes malgré une jambe cassée. Il n'avait pu sauver que moi.

Les cadavres à demi calcinés de ma mère, de mon frère aîné, Henri, de ma sœur de onze ans, Bénédicte, avaient été retirés un peu plus tard de l'épave de la voiture ne faisant qu'un avec le camion.

Ce fut mon père lui-même, poussé dans un fauteuil roulant, qui me le révéla quelques jours plus tard alors que, tenu à l'immobilité en raison de fractures multiples à la jambe gauche et au bras droit, mais assez lucide, je me rongeais en conjectures. Comment ne pas éventer un drame effroyable, en effet, dans les réponses embarrassées et les regards fuyants de ceux qui m'entouraient de soins ?

C'était mon père, mais j'avais devant moi un autre homme, comme un frère jumeau à lui tout à coup resurgi d'une vie contemplative sous les voûtes sombres et froides de quelque monastère.

Cependant, par-delà le visage amaigri et pâle, une étrange énergie se dégageait de sa personne quand il me dit sans un mot de trop, sans une larme :

— Petit, Dieu nous aidera à supporter ce malheur : il n'y a plus que toi et moi.

Soutenu par une foi qui m'était longtemps apparue suspecte par ses relents petit-bourgeois et qui le transcendait dans l'épreuve, il me scrutait d'un regard chargé d'une compassion et d'une tendresse infinies, comme s'il concentrait sur moi toute l'affection qu'il ne pourrait plus manifester à d'autres et dont je n'avais eu jusque-là que de vagues retombées.

Incapable de prononcer un mot, je le regardai horrifié et encore circonspect, ne parvenant pas à prendre une conscience exacte de la terrible réalité.

Mais ce que je connus, dans les semaines qui suivirent, de douleur physique et morale me fit bien souvent maudire le destin qui m'avait épargné. Et plus d'une fois l'idée me vint de mettre fin à mes jours, tentation combattue moins par les interdits d'une éducation catholique — obscurément je pressentais que Dieu le comprendrait — que par la volonté de ne pas abandonner mon père.

Dans le passé, j'avais toujours jalousé Henri, son préféré, qui devait prendre place à ses côtés, dans un avenir proche, auréolé de son diplôme de centralien, et assurer plus tard la pérennité de l'entreprise familiale. Je continuai de le jalouser après sa mort, précisément d'être mort et moi vivant. Il serait juste, me disais-je, qu'il soit à ma place dans ce lit de douleur, en proie, qui plus est, au tourment de n'avoir pas su éviter le choc fatal. Mais j'étais bien obligé de convenir qu'il eût beaucoup mieux supporté l'épreuve que son cadet.

Je n'avais pas l'étoffe d'un héros, moi, desservi par une constitution assez fragile et une sensibilité toujours en éveil, doublée d'un caractère difficile, éprouvant pour l'entourage. « Mon petit hérisson », comme me baptisait quelquefois maman, caractérise assez bien ce que j'étais. Elle enveloppait d'ailleurs le mot d'un sourire si tendre qu'en aucune circonstance je ne l'avais ressenti comme offensant.

Il est du reste hors de doute que, dans les années d'enfance, j'aurais été relégué au ban de la famille, comme je l'étais presque à l'école, sans la présence de maman et de Bénédicte. Je les avais toujours devinées de mon côté lorsque, nous trouvant tous les cinq réunis, papa m'ignorait ou se contentait de m'effleurer — il ne me voyait pas vraiment, j'en aurais juré — d'un regard sans joie, proche de la compassion plus que de l'affection. Depuis longtemps, en effet, l'heure n'était plus aux réprimandes, qu'il avait cru voir glisser sur mon visage glacé et qui m'avaient, au contraire, empli d'amertume. A quoi bon dire et répéter à un être aussi borné que sans travail, point d'avenir ? Autant porter l'eau à la mer. Et pourtant, cette réprobation d'attitude plus que de paroles — oh, silences réprobateurs, comme je vous ai haïs ! — me condamnait à un sentiment constant de culpabilité. Et cela m'était d'autant plus cuisant qu'il s'y mêlait une forte impression d'injustice. D'où une sourde révolte intérieure ne faisant que creuser le fossé qui nous séparait, lui et moi.

Le comportement de mon père me mettait au supplice mais, ayant trop de fierté pour en laisser voir les stigmates, j'enfouissais les rancœurs, les remords, les griefs qu'il déchaînait sous le masque insolent de l'impassibilité.

Le hérissement intérieur qui me ravageait devait cependant demeurer perceptible au cœur exercé de maman. A défaut de me comprendre — comment l'aurait-elle pu, elle si rêveuse et qui ne s'attardait à rien ! — elle m'aimait assez, je crois, pour supporter mon humeur sauvage et chagrine sans efforts excessifs ni marques trop fréquentes d'exaspération. « Il a bon fond » disait-elle pour m'absoudre en me caressant d'une prunelle fluide. Et ce bon fond suffisait à me faire reprendre pied lorsque je me sentais couler.

Avec le temps, nous en étions arrivés, papa et moi, à un *modus vivendi* aseptique. J'étais définitivement voué à l'eau saumâtre de ceux que, las de ne pouvoir tirer ni pousser, on laisse patauger au milieu du gué.

Mon premier prix de Conservatoire était venu fort à propos relever ma cote paternelle et, hormis le voyage en famille projeté, avait donné lieu à une petite garden-party avec pour invités les amis les plus proches. Malgré son peu d'attrait pour la musique, papa n'était pas resté insensible, en effet, à ce résultat le dédommageant quelque peu des blessures d'amour-propre qui lui étaient venues de moi. Je n'étais plus tout à fait une nullité. Mais ce succès qui avait fait pleurer maman de bonheur en me serrant sur son cœur et sauter de joie Bénédicte, me situait résolument hors de son univers à lui, Éloi Contamine, industriel en décolletage mécanique, bien connu dans la vallée de l'Arve et au-delà, et ne faisait qu'affermir en lui mon image de fille manquée.

Et pourtant, c'est au même homme — mais était-il vraiment le même ? — que je dois d'avoir surmonté l'épreuve avec une certaine vaillance. Sa présence fréquente à mon chevet, les touchantes attentions qu'il me prodigua, sa foi communicative, me furent précieuses ; et surtout l'aveu qu'il me fit, dans un moment de confidence grave, que lui aussi avait besoin de moi.

Cet étranger qui m'avait donné la vie et venait de me la sauver, je le voyais maintenant comme un protecteur tendre et compréhensif sur fond d'avenir blafard, désespérément vide. Je découvrais enfin — mais à quel prix — le père que j'avais ardemment désiré. Cependant, il n'aurait pas dû ajouter — il ne pouvait pas oublier, malgré le désastre dont nous étions victimes, qu'une autre famille l'attendait — non, il n'aurait pas dû ajouter que j'étais *sa* raison de vivre et d'espérer.

Par bonheur, aucun organe vital de mon corps n'avait été atteint. L'on ne put toutefois me cacher longtemps que ma main et mon bras droits avaient subi de graves dommages. Je le compris aussitôt : mon ambition de faire du violon un métier, de réaliser mon vœu le plus cher, devenir premier violon d'un orchestre symphonique, voire concertiste, serait sans lendemain.

Je sus plus tard que l'amputation avait été évitée de peu sur l'insistance de mon père. Je ne devrais qu'aux merveilles de la chirurgie suisse de retrouver l'usage de mon bras et de ma main.

Papa fut très affecté, paradoxalement plus que moi, de voir s'anéantir cette éclosion de jeune talent, redoutant les conséquences sur mon état mental. Mais, sédatifs aidant, je supportai cette nouvelle épreuve avec un certain fatalisme.

Après quelques semaines à Zurich, la consolidation osseuse étant jugée assez avancée pour lui comme pour moi, on nous dirigea sur une clinique genevoise pour complément de soins. L'accident avait eu lieu en septembre 1937. Papa regagna Gravigny en février 1938. Je lui fis alors promettre de brûler mon instrument et de faire disparaître partitions, pupitre et autres témoins de mon déjà long passé musical. Être un gratte-cordes après avoir rêvé de devenir virtuose, à Dieu ne plaise !

Ce violon n'était pas de grande valeur. De semblables, il en existe des milliers. Cependant, il avait pour moi beaucoup de prix. Non seulement je n'aurais pas souffert que quelqu'un d'autre en jouât, même des années plus tard, mais — élucubration d'un esprit agité — j'en étais arrivé à cet impératif : la mort de mes espoirs imposait la sienne.

Mars et avril s'écoulèrent dans cette clinique de Genève où papa venait me voir deux fois par semaine par le train. Je réapparus à Tournebise au début du printemps.

Béquillard d'un côté, bras en écharpe de l'autre, que vais-je faire une fois réintégrée la maison familiale désormais trop vaste, trop silencieuse, plus sanctuaire qu'habitation ? Que vais-je faire hormis une laborieuse toilette matinale et deux séances hebdomadaires de mécanothérapie ?

Pendant la journée, je suis souvent seul. Mon père n'est pas très loin, mais, dans la petite enfance, on m'a donné l'habitude de ne pas le déranger à l'usine. Il était alors surchargé de travail et redoutait ceux qui lui faisaient perdre son temps et qu'il baptisait *chronophages*. D'ailleurs, à l'usine, je ne tiens pas à m'y rendre. Que nous dirions-nous en présence de tiers ? Je me sais timide et emprunté et ne ferais que balbutier des banalités en échange de propos embarrassés.

Assurément, je suis un peu perdu ; et, ne me trouvant à l'aise nulle part dans un décor où tout me ramène au passé, je me traîne d'un endroit à un autre, ne sachant trop ce que je cherche ou ce que je fuis. Et de nombreux objets me parlent. Ou plutôt, ils arrachent au néant de brèves et bouleversantes sensations de présence de ceux qui ne sont plus, leurs timbres de voix, des mots, des phrases d'eux. Ils réveillent une succession d'images, des plus indécises aux plus saisissantes de vérité. Et la tristesse me ronge doucement le cœur.

Est-ce que je les aime, est-ce que je les déteste, ces objets diserts tels le moulin à poivre de la cuisine et les figurines de Saxe du salon ? Je ne le sais pas moi-même.

Le moulin à poivre tout en hauteur, raide sur son étagère, il est décoloré en son milieu pour avoir été mille et une fois soumis à des torsions par des jolies mains aux ongles irisés de vernis incolore. Et je revois maman dans une robe à fleurs, — toujours la même alors qu'elle en changeait souvent —, penchée sur la table avec une légère contraction des lèvres à chaque pression des mains. J'entends : « Elle fait si mal la sauce de salade, Mathilde. Je préfère m'en occuper moi-même. » Et si elle ne fait que se prêter à ce qu'elle fait, je ne m'en étonne pas. C'est le côté princesse déchue de maman, que je lui ai toujours connu et qui lui va si bien.

Quant aux figurines... Quelles prunelles de velours elle a, maman, devant ses trois saxes et surtout l'officier en tricorne galonné d'or et guêtré de blanc, lancé sur un cheval au galop. Comme elle les comprend, la troublante danseuse, toute de dentelles et de mignardises, ainsi que la petite marchande de violettes — qu'elle a baptisée Ciboulette —, de loucher dans sa direction ! Comment ne pas songer, devant la vitrine second Empire, aux petites comédies d'intrigues, plus contes de fées que marivaudages, que ma mère échafaudait pour les enfants, réservant cependant le mariage aux couleurs : « Le bleu roi de l'officier se marie si bien avec le framboise de la robe à fleurs », me revient-il.

Assis dans un fauteuil du salon, je saisis un magazine et en parcours quelques titres :

Démission du cabinet Blum — Le Japon envahit la Chine sans déclaration de guerre — Hitler recevra prochainement Mussolini à Berlin.

Au chapitre des arts :

En Allemagne, les nazis condamnent l'art dégénéré.

Et à celui des lettres :

Dans Comme le temps passe, *Robert Brasillach fait revivre sous nos yeux un couple aussi exemplaire qu'Adam et Ève.*

Je regarde la date : *juillet 1937*, et pense : « Maman a feuilleté cette revue. » Aussitôt, je sens monter en moi un afflux de tendresse en revoyant ma mère dans le fauteuil même où je suis assis. La revue s'arrondit sur la cuisse. D'un pouce expert, elle libère l'une après l'autre chaque page qui finit de se retourner d'elle-même, car elle ne s'attarde guère à chacune.

Si je me trouve dans ce voltaire, c'est pour être plus près de toi, maman. Tu crochetais de si jolis napperons dans ce fauteuil décoré de fleurs. Tu y lisais tellement de romans, donnant d'ailleurs l'impression d'être l'héroïne de l'un d'eux avec le regard vague que tu posais sur tout, paraissant ne t'attacher qu'au moins visible, au plus évanescent, à l'âme des choses. Je me revois, tout petit, sur tes genoux et tu me cajoles. J'entends : « Ne crains rien, je suis là. » Furieux après moi-même, je reprends ma béquille pour me diriger vers la serre.

Et me voilà qui descends, clopin-clopant, les marches du perron, refusant l'aide de Mathilde.

Je suis dans une allée et soudain me baisse pour prendre de la terre dans la main, la laissant aussitôt filer entre les doigts. Comme le temps. Comme la vie. C'est ici qu'on plantait les arceaux. Le frais minois de Bénédicte se fige dans une expression résolue quand elle lève son maillet, le tenant un instant en suspens avant de croquer. Elle croque. Les boucles châtain clair virevoltent. Le visage s'anime, frais, rose, rieur. Elle suit des yeux la trajectoire de la boule. J'entends le « Oh ! » de dépit ou le cri de victoire. Cette voix claire, le maillet jeté dans l'herbe rageusement ou brandi en trophée, tout me revient. Comment est la terre qui a absorbé Bénédicte ? Peu différente, bien sûr.

Cahin-caha, je poursuis mon chemin vers la serre.

Pourquoi la serre ? Peut-être parce que là, au contraire, rien n'est comme avant. Avant, c'était toi, maman, parcourant ton petit paradis éphémère, humant une fleur ou l'effleurant de ta fine main baguée, relevant une autre du doigt pour mieux la contempler. Soudain arrive en coup de vent une petite fille joyeuse :

— Maman, maman, Henri vient d'arriver !

Oui, mais je suis présent. Alors elle refrène son envie de courir à la rencontre de son fils aîné, attendant qu'ayant déposé ses affaires dans sa chambre il vînt lui-même l'embrasser.

— Fais-voir, Bénédicte !

Du même geste que pour les fleurs, elle relève un petit menton plus gracieux que la plus gracieuse d'entre elles.

— Mais... tu es toute bocharde, ma chérie, est-ce que...

— Oui, c'est du chocolat, maman. Henri m'en a apporté une tablette. Du bon. Aux noisettes. Je vous en donnerai, à toi et à Jean-Cy.

— Tu es gentille ma petite fille. Mais va vite te passer un gant de toilette sur la frimousse.

Il n'y a plus de fleurs dans la serre. Il n'y a que des pots de terre cuite empilés sur des tables de zinc soigneusement balayées. Non, rien n'est comme avant, mais avant est dans ma tête.

Parfois je m'acharne à dévider le fil d'une journée, d'une heure... Illusion ! Il ne demeure que de très courts moments non reliables entre eux et se jouant de la chronologie. Les premières images à se présenter ne varient guère. Je voudrais en faire défiler des centaines. Après les huit à dix premières, les débusquer est plus ardu. A vingt-cinq ou trente, j'abdique, des interrogations plein la tête. Pourquoi seulement des bribes ? Pourquoi tant de souvenirs se cachent-ils si bien ? Pourquoi tant de moments vécus ne laissent-ils pas de traces ou sont-ils si couverts de nébulosité que leur recherche haletante se perd dans un abîme de déconvenues ?

Des bribes, assurément, mais précieuses. A valeur de reliques.

Par moments, je voudrais au contraire refuser des images qui me tyrannisent dans leur puissante vitalité. Illusion encore !

Le tas de sable a disparu mais il en reste une petite nappe couleur ocre sous le vieux pommier, dernier vestige de l'ancien verger. Du bout de ma béquille, je veux y inscrire BÉNÉDICTE. Une tache bleue apparaît. C'est un cœur de métal embouti et à moitié rouillé. Il a fait partie d'une petite panoplie multicolore avec seau, pelle, râteau, d'autres moules, l'un en forme de coquille, l'autre d'étoile de mer... Pour moi, c'est comme un message. Ce morceau de métal ne me quittera plus. Devenu mon porte-bonheur, il a fait le tour du monde.

Bénédicte dans sa cinquième ou sa sixième année...

Elle est vêtue d'une salopette rose ternie aux genoux et décorée sur la poitrine d'un bateau à voiles et d'oiseaux blancs. Entourée de son petit outillage et sérieuse comme un pape, elle remplit le seau à gestes méticuleux. Soudain, elle devine que je l'observe du banc où je suis assis, un livre entre les mains. Elle me sourit. Après quelques instants, voyant que je me suis remis à ma lecture, elle me crie : « Jean-Cy, regarde ! » Comme je termine mon paragraphe, elle s'impatiente, devenant impérieuse : « Regarde-moi, Jean-Cy ! » A peine ai-je les yeux levés, elle détruit d'un grand coup de pied le pâté qu'elle vient de démouler, puis éclate de rire. « Coquine ! » Elle manifeste sa joie d'avoir capté mon attention en courant vers moi. J'abandonne le livre, ouvre les bras. Elle s'y jette, m'entoure le cou avec les siens, de jolis petits bras nus dont je ressens la tiède douceur. Je me laisse embrasser et entends de légers gloussements joyeux. « Jean-Cy, fais-moi l'avion ! » Je la repose à terre, lui prends les mains, la faisant tourbillonner autour de moi. La force centrifuge la fait rapidement s'élever jusqu'à l'horizontale. Elle pousse de petits cris effarouchés et ravis. Essoufflé, je la repose. « Encore ! » — « Non, tout à l'heure. » Elle ne tarde pas à s'échapper.

Elle s'est échappée.

Ah ! tenir Bénédicte par la main. La protéger de tout, de tout !...

Et comment oublier un Henri de dix-huit ou dix-neuf ans se promenant dans l'allée centrale aux côtés de son père qui lui tient affectueusement le bras. Ils marchent du même pas en faisant crisser allègrement le gravier. Heureux d'être ensemble, ils parlent comme deux adultes, loin de tout ce qui n'est pas eux et leurs projets d'avenir. C'est décidé : son service militaire, Henri le fera dans la marine et, le couvant des yeux, papa le voit déjà en uniforme d'officier.

Oui, mais Henri n'était plus là, papa. Il naviguait en haute mer pour un très long voyage, ton capitaine au long cours de rêve. Seul te restait le petit canard désormais boitillant qu'il fallait sauver du désastre et enfin regarder. Et lui aussi, tout malingre et grelottant t'aidait à survivre. Il pensait même être le seul à compter vraiment dans ta vie. Ce n'était pas le cas et l'avoir découvert lui a fait mal, très mal. Mais il a continué de penser que lui aussi avait beaucoup compté pour toi.

Même à la Toussaint, je ne t'accompagnerai pas au cimetière et tu n'insisteras pas. Par-delà une froideur tumulaire qu'une orgie de fleurs s'efforce de voiler, c'est un trop-plein de révolte que je redoute, me repliant sur l'espoir que le cimetière ment, que l'inertie apparente des morts n'est que l'envers de la vérité ; que s'ils vivent en nous, c'est qu'ils vivent ailleurs.

4

O la tendre vigilance de mon père en ces temps de déchirement ! Et comme j'aimais le voir venir à moi, aux heures les plus inattendues, grand, fort, lui — je lui voyais alors une force de caractère peu commune —, pour me soustraire au bon moment, souvent au bon moment dans mon souvenir, à un afflux de marée grise autour de moi, voulant me ramener, naufragé de l'horreur, à la même image, la dernière de Bénédicte ; image atroce qui se formait dans ma tête sans l'avoir vue de mes yeux.

Avant mon retour, lui et Mathilde avaient remis en ordre les chambres des disparus. Armoires et commodes avaient été en grande partie vidées au bénéfice des *indigents*, même le coffre à jouets de Bénédicte qu'elle n'ouvrait d'ailleurs plus guère. Et ce fut une telle épreuve pour papa, à ce que m'en a dit ultérieurement Mathilde, qu'en replaçant lui-même sur les rayonnages d'une armoire une partie de ce qu'il venait d'en retirer, il avait été pris de malaise. Le Dr Dousselin, appelé aussitôt, l'avait fait monter dans sa voiture pour l'emmener chez lui. Il y avait passé la nuit suivante, assommé de barbituriques.

Absidioles désaffectées du sanctuaire, ces trois chambres demeuraient bouclées et sentaient le renfermé. Seule Mathilde, dans les débuts et profitant de nos absences, s'était quelquefois risquée à les aérer « pour assainir l'air », disait-elle. Au profit de qui, je me le demande. « Madame n'aurait pas aimé que... » avait-elle tenté d'expliquer, le jour où papa l'avait surprise à le faire. Le regard glacial qu'il lui avait jeté, lui coupant le sifflet, l'avait bien mal récompensée de son zèle. Redoutant de l'avoir blessée, il avait concédé :

— Après tout, vous n'avez peut-être pas tout à fait tort, Mathilde.

Mais le ton lugubre avec lequel cela fut dit, alors qu'elle redescendait l'escalier à la hâte pour s'enfermer dans la buanderie, avait mis un terme à l'accomplissement posthume de cette supposée volonté domestique de « Madame ».

Papa occupait l'une des chambres à donner, et nous prenions nos repas dans la cuisine. La salle à manger fut donc délaissée. Quant au salon, il fut boudé au bénéfice de la salle de billard qui devint le centre de gravité de notre vie à deux. « Salle de billard » était la dénomination officielle d'une pièce assez grande, dotée d'un bon éclairage avec trois abat-jour coniques de couleur verte suspendus à des fils. L'une des parois était aménagée en bibliothèque. Sans recherche, le mobilier comprenait, pour l'essentiel, un antique billard acquis dans une vente aux enchères, d'imposants fauteuils de cuir, une table de jeu Louis-Philippe ainsi que des chaises Henri II, vestige de la première salle à manger de mes parents. En famille, on ne disait d'ailleurs que rarement « salle de billard ». Pour Henri et moi, c'était « la salle de jeu » ; pour papa « la bibliothèque » et pour maman « le fumoir », qui devenait « votre foutoir » si nous y laissions du désordre. Elle ne se montrait guère dans cette pièce que pour y prendre un livre ou faire l'état des lieux, car elle ne s'y plaisait pas pour deux raisons au moins. Papa l'avait ornée de trophées de chasse : une tête de sanglier, deux de cerfs, une de chevreuil ; et les cigarillos qu'il y fumait laissaient planer en permanence une écœurante odeur de fumée froide, même après lessivage des rideaux. De la part de maman, dénommer cette pièce « le fumoir » n'était pas innocent. C'était rappeler qu'elle détestait voir fumer en tout autre endroit de la maison. Papa avait donc pris l'habitude de s'y retirer après chaque repas, lorsque le temps lui interdisait la terrasse. Quant à Bénédicte, ayant entendu cent fois que cette partie de l'habitation était réservée aux hommes, elle avait, en grandissant, cherché à savoir pourquoi. Maman l'avait alors persuadée qu'il s'y tenait des propos qu'une petite fille bien élevée ne doit pas écouter, les hommes entre eux ayant une fâcheuse tendance à un langage leste. Il est vrai que maman était plus stricte que papa sous l'angle du vocabulaire et que chaque mot argotique ou trivial que nous utilisions était ressenti par elle comme une atteinte à son honneur de mère et de fille de famille d'un bon milieu. Dissuader Bénédicte de nous rejoindre avait cependant une autre cause : pendant nos interminables parties de cartes ou de billard, maman utilisait toutes sortes de stratagèmes pour garder sa fille auprès d'elle.

Les souvenirs de maman et de Bénédicte étaient donc moins envahissants dans la salle de billard qu'ailleurs. En revanche, j'y entendais souvent une voix de jeune mâle ayant une certaine propension à plastronner.

— Tu as vu un peu ce carambolage ! Si tu plaçais la queue un peu plus haut, tiens, comme ça, toi aussi tu pourrais...

La queue, les boules d'ivoire, les blanches, la rouge

surtout, je les lui aurais envoyées à la tête avec un bonheur ! Maintenant, comme il manquait, ce salaud, dans la salle de billard !

— Tu ne crois pas, papa, que l'on devrait aller habiter ailleurs ? Pour moi, Tournebise est devenu trop...

Je ne sais plus quel adjectif j'ai utilisé. Il y en aurait eu tant, dont aucun n'aurait traduit ma pensée aussi bien qu'un silence. Et peut-être dut-il se contenter d'un silence.

— Si tu veux. Oui, mais où ?

— N'importe où ailleurs, papa.

— Peut-être qu'un chalet aux environs... Pas trop grand... Ce serait bien, un chalet pour nous deux... avec une cheminée.

Et nous voilà partis à imaginer ce qu'il pourrait être, ce chalet. On y vivait déjà. On faisait une flambée. On s'y réchauffait les mains à la flamme. Les mains et le cœur.

— Avec des fleurs devant, je disais, des géraniums. Maman aimait bien les géraniums sous les fenêtres.

— Une grande pièce. Deux chambres. Un petit jardin...

— Avec un chien. Que dirais-tu d'un chien ?

Bénédicte avait eu envie d'un chien pour compagnon de jeu, justement, un gros qu'elle aurait appelé Perle... Elle se plaisait à enfiler des perles tout près de maman pour se faire des bracelets et des colliers. « Regarde, Jean-Cy, comme je suis belle ! » D'où le nom qu'elle donnait au chien de ses rêves.

— Surtout pas un chien-loup !

— Non, pas un chien-loup.

Subitement, je m'étais souvenu qu'un jour où elle rentrait de l'école, la main dans celle de maman, un berger allemand lui avait subtilisé le croissant qu'elles venaient d'acheter pour son goûter. Il le lui avait arraché de la main alors qu'elle s'apprêtait à mordre dedans. Elle avait senti la froideur de la truffe sur sa joue avec, pour résultat, une grande frayeur et un torrent de larmes. Consolée, elle avait fini par en rire avec nous.

— Oh ! et puis que ferions-nous d'un chien ! C'est encombrant, un chien. En tout cas, ton idée de chalet, papa, c'est une bonne idée.

Plusieurs fois, le chalet fut au centre de nos conversations du soir, mais le projet ne prit jamais corps. A cause de Mathilde ? Autrefois, maman s'en plaignait, de Mathilde. « Je suis obligée de passer derrière elle », avais-je entendu cent fois. Elle disait la garder par charité ; qu'avec le chiffon elle tournait autour des objets au lieu de les déplacer ; qu'elle mettait des heures à faire ce qui aurait demandé quelques minutes. Je la comprenais, maman. Je la comprenais aussi, Mathilde. Des objets fragiles, il y en avait partout : sur les meubles, les cheminées... Même sur le guéridon du salon, il y en avait en cristal et en porcelaine. Et elle savait que maman y tenait comme à la prunelle de ses yeux à ses bibelots. Maintenant, poussière ou pas, qu'aurions-nous fait sans Mathilde !

C'est vrai, avait dit papa, comment ferait-elle pour venir au chalet, Mathilde !

Elle avait bon dos, Mathilde ! Si le projet avorta, c'est bien plutôt parce que ce n'était pas un vrai projet, qu'il n'était que belles paroles venues d'un commun désir de reconstruire ce qui, en nous, était détruit ; de reconstruire l'un avec l'autre, l'un pour l'autre. Mais nous savions bien, sans le dire, que changer de décor ne consolerait de rien ; que partout où nous irions, ils seraient là tous les trois, avec nous, ne voulant nous fuir à aucun prix, elles, lui, que nous n'aurions du reste aucun désir de les voir s'éloigner.

L'époque ne péchait pas par la modicité des nouvelles. Préoccupé par la situation économique, mon père en parlait beaucoup, bien que, désormais, sans passion, ce qui n'avait pas été le cas lorsque le Front populaire l'avait emporté aux élections de 1936. Arrivé au pouvoir, Léon Blum avait satisfait aux revendications ayant provoqué un large mouvement de grève qui n'avait pas épargné notre usine : semaine de quarante heures, congés payés, relèvement des salaires, reconnaissance du droit syndical... Furieux et inquiet pour l'avenir, papa avait alors renoncé à remplacer des machines pourtant menacées d'obsolescence. Désireux de mettre à l'abri nos biens personnels, il avait transféré certains avoirs en Suisse et constitué l'entreprise en SARL. Les « Ets Éloi Contamine » étaient devenus la SIF (Société industrielle du Faucigny). Dans le même temps, il avait adhéré aux Croix-de-Feu, ayant été décoré pendant la guerre 14-18. Il avait d'ailleurs pris cette option moins par désir de développer la collaboration du capital et du travail que par souci de protéger l'économie et de s'opposer au marxisme et au communisme.

— Il faut barrer la route au bolchevisme, avait-il expliqué. Ce qu'il faudrait à la France, c'est un homme à poigne ; un nouveau Clemenceau. Et qui va-t-on chercher ? Un ventre-mou SFIO.

Blum demeurait pour lui la bête noire ayant « porté un mauvais coup à la France » par les accords de Matignon. Et son retour éphémère en mars pour une ultime tentative d'un Front populaire à bout de souffle l'aurait indigné en d'autres temps. Dorénavant, s'il s'efforçait de ne pas l'afficher, rien de ce qui venait de l'extérieur ne semblait l'atteindre vraiment.

Il voyait cependant d'un bon œil l'arrivée de Daladier au pouvoir, et pas seulement parce qu'elle brisait la coalition socialo-communiste, car il disait :

— Qui sait ! Le voilà peut-être, l'homme à poigne

qu'il nous faut ! Et puis les radicaux, c'est comme les radis : rouge à l'extérieur, blanc à l'intérieur, hélas, toujours près de l'assiette au beurre.

N'ayant guère d'opinion personnelle, je ne lui donnais pas la réplique, épousant ses thèses sans esprit critique, n'imaginant pas une seconde qu'il puisse avoir tort.

— Bonne nuit, p'pa.

— Bonne nuit, fiston ! Tâche de dormir.

Des somnifères m'y aideraient.

Après m'avoir embrassé, il prenait un journal ou un livre pour se donner une contenance, mais ne s'éternisait pas dans la salle de billard. Dans un demi-sommeil, longtemps je percevrais des signes audibles d'allées et venues au niveau inférieur, faibles et discontinus, auxquels succéderaient des gémissements de plancher sur le palier proche de moi et que j'entendais plus rarement. Je savais qu'il ne regagnerait pas sa chambre sans s'agenouiller quelques minutes sur le prie-Dieu gothique du petit oratoire de maman. Dans un renfoncement du couloir, elle avait fait aménager une niche pour y placer une très jolie statuette de la Vierge devant laquelle brillait nuit et jour la flamme discrète d'un lumignon, et parfois une seconde pour « une intention particulière ». Mathilde, durant notre séjour à l'hôpital, papa et moi ensuite, avions pris soin de ne pas laisser mourir ce que nous regardions comme une lueur d'espoir allumée par maman. Pour ne pas prendre le risque de son extinction, ce n'était plus une, ni deux, mais trois langues de feu minuscules que nous entretenions, chacune près d'un petit portrait oblique dans son porte-photo.

Il advint, certain soir, que j'eus à descendre à la cave, ce qui n'était pas habituel depuis mon retour à Tournebise, l'étroit escalier tournant qui y conduisait étant peu fait pour moi.

Un pas maladroit me fit heurter un tonneau, ce qui produisit un léger bruit de verre. Intrigué je provoquai un ébranlement plus fort, et le bruit se renouvela en plus accusé, faisait penser à des bouteilles s'entrechoquant. Éventant du louche et présumant que le fond plat face au mur avait été retiré, je me frayai un passage. En effet, du côté masqué à la vue, le tonneau n'avait plus de fond. Je découvris dans la demi-pénombre qu'il contenait un grand nombre de bouteilles de cognac vidées de leur contenu. A portée de main s'y trouvait aussi une réserve de bouteilles pleines, deux autres entamées, et un verre encore humide.

Je sentis mes jambes se dérober : ainsi donc, la prière n'avait pas suffi à mon père pour combattre son chagrin.

Jamais je ne l'avais vu en état d'ébriété, et je compris que, chaque soir, il attendait le moment où je me retirerais pour se rendre à la cave.

Il ne sut pas que j'avais fait cette troublante découverte, que je n'aurais d'ailleurs osé lui avouer. Mais la vision que j'avais jusque-là de lui s'en trouva modifiée. Je pris conscience que, pareil à une barque ayant rompu ses amarres, il m'avait rejoint sur les bords de l'île déserte qui était mon fragile univers.

Loin de nous éloigner l'un de l'autre, ce maudit alcool qu'il consommait en secret réduisait la distance entre nous, donnant tout son sens à cette affirmation entendue à l'hôpital de Genève selon laquelle lui aussi avait besoin de moi.

Durant cette période de fréquents tête-à-tête — période qui me parut interminable et me semble bien courte aujourd'hui —, je crois que lui et moi avons toujours flotté entre une détresse pudiquement voilée et un désir d'intimité difficile à établir. Dès que nous nous écartions des sujets passe-partout, nos dialogues n'étaient que mensonges et je crois sincèrement qu'il en était bien ainsi ; qu'à défaut, nous n'aurions jamais pu nous regarder en face, trop humiliés pour en être capables.

Jamais je ne me suis senti si proche de mon père qu'après ma découverte dans la cave et, dès lors, prière, alcool et moi, nous nous sommes mis à trois pour aider un homme désemparé, et qui avait tout fait pour le dissimuler, à porter sa croix. Et comme je te loue aujourd'hui, papa, de m'avoir caché ta liaison !

Maintenant que tu les as rejoints, toi dont la première vraie rencontre avec ton second fils eut lieu après leur mort, il m'est doux, amer et doux de vous savoir réunis tous les quatre. A travers les rideaux effilochés de ma foi, la magie souveraine de leur souvenir et du tien ne me torture plus. Elle m'accompagne et m'aide à espérer. Et si je vous rejoins un jour, que de bonheur nous attend ! Que d'embrassades ! Que de cabrioles avec Bénédicte ! Que de rires ! Que de fous rires !... A en pleurer. Et je pleure.

Les semaines qui suivirent mon retour à Gravigny furent entrecoupées de brefs séjours à Genève, soit en observation, soit pour des interventions de complément, sans gravité.

Les savants assemblages d'os, de nerfs et de métal des articulations du coude et du poignet répondaient assez bien aux sollicitations de mon cerveau. Mes doigts eux-mêmes recommençaient timidement à bouger. Le genou avait perdu une partie de sa raideur. D'un progrès à l'autre, je renouai avec assez de gestes de la vie quotidienne pour acquérir une certaine autonomie.

Ainsi, une petite lumière s'allumait dans ma vie, dont je voyais les reflets dans les prunelles de mon père.

Simultanément, le désir de jouer du violon reprenait vigueur.

Être privé de ce plaisir, plus que de voir soudainement réduites à rien mes ambitions de carrière musicale, m'était comme un chagrin provoqué par l'abandon de l'être aimé.

Anesthésiée dans les premières semaines, cette maladie d'amour s'était insidieusement frayée un chemin en moi à mesure que les forces me revenaient. Éperonnée par l'oisiveté, elle avait très vite progressé après mon retour à Tournebise, avec des moments de crise où elle s'accompagnait d'une angoisse insupportable.

Pour éviter que ce désir ne tournât à l'obsession, je dus mener un rude combat, l'un de ces combats sur soi-même d'où l'on ne sort ni vainqueur ni vaincu, mais qui aide à ne pas sombrer.

Sur mon lit d'hôpital, j'avais maudit l'instrument tant chéri d'être devenu synonyme de désastre. Sa seule pensée me livrait à cette torturante et absurde interrogation : sans mon prix de Conservatoire, maman, Henri, Bénédicte, seraient-ils vivants ?

Ma main et mon bras droits auraient-ils été épargnés, je ne me serais peut-être jamais décidé à rejouer du violon. La seule tentation de le faire me semblait condamnable. Et il m'est arrivé de trouver une consolation à mon infirmité en songeant qu'à défaut, elle serait devenue tyrannique.

Sur une courte lettre dictée, destinée à mon professeur à qui j'étais très attaché, j'avais indiqué : « *Je n'ai pas le cœur à vous rencontrer avant d'être bien rétabli* », formule assez imprécise pour s'adapter à toutes les situations, et suffisante pour bien faire saisir que remettre *sine die* de se voir ne lui enlevait aucunement mon affection. Il était sage de ne pas trop remuer une légitime ambition ayant tourné court par une sinistre pirouette du destin. Et durant des années, je me suis refusé d'assister à des concerts, me faisant scrupule de tourner le dos à la musique.

Une découverte dont je ne dis mot à mon père fit de la privation de violon un supplice, nouvelle épreuve que je vécus solitairement. Il me fallut plusieurs jours pour m'en remettre.

Fouinant dans un débarras pour combattre mon désœuvrement, je me trouvai en présence d'un paquet sommaire, fait à l'aide de papier journal et de ficelle, mais rembourré avec soin par de la fibre. Il était enfoui dans une malle d'objets hétéroclites comme il en existe dans les maisons durablement liées à une famille, et qui font la joie des nouvelles générations.

En glissant la main dans la fibre, je ne mis pas longtemps à justifier une vague appréhension. Papa n'avait pas respecté sa promesse : au lieu de détruire mon violon par le feu, il l'avait camouflé. Le souffle coupé, je dus m'asseoir pour me ressaisir, ne tardant pas à défaire le paquet sur mes genoux.

Saisissant le violon en tremblant, je promenai sur lui mes doigts malades, lui parlant amoureusement et versant sur son vernis quelques larmes. Sur quoi, je lui donnai un baiser comme on le fait à une relique et, l'ayant empoigné par le manche, le fracturai contre l'angle d'une caisse de toute la force impitoyable de mon bras valide.

L'archet subit un sort comparable, cassé en quatre avec d'affreux craquements de bois mort.

Ayant rassemblé les débris dans un chiffon et redescendu les escaliers en le tenant par les quatre coins, je me rendis au fond du jardin.

Là se trouvait un emplacement où l'on brûlait

feuilles et branches mortes. J'y achevai l'œuvre de destruction commencée et le fis, envahi d'un sentiment étrange où se mêlait à l'amertume comme une petite jubilation morbide.

Ayant arrosé d'essence les restes suppliciés, j'y jetai une allumette enflammée. Un feu d'enfer eut tôt fait de tout consumer dans des convulsions et des crépitements sinistres.

Et ce ne fut pas tout, car je récupérai les cendres avec minutie, les enfermant dans une boîte de fer blanc. L'humble cérémonie se termina par leur dispersion, non dans les eaux du Gange, mais bien dans celles de l'Arve infiniment plus proche.

L'envie de jouer du violon sévit encore par moments ; comme le froid, comme la peur, comme un accès de fièvre, et jusque dans mon sommeil. La passion de la littérature n'a pas plus étouffé mon désir de rejouer qu'un grand amour ne fait oublier un premier amour.

Cette frustration ne fut jamais évoquée avec mon père. La difficulté que j'éprouvais à plier devant un tel revers, il l'éventa, cela n'est pas douteux. Bien qu'assez étranger à toute expression musicale, il dut comprendre que des mots ne feraient que rendre plus sensible cette fêlure irréparable.

5

L'été venu, papa insista pour que nous acceptions les invitations à dîner des amis les plus proches, éludées jusque-là. « Il y aura Gérard, Isabelle, Jean-Luc, Carine, Chloé... » — « Dans mon état, je ne sais pas si... » — « Dans ton état ? Veux-tu bien te taire ! Tu récupères avec une rapidité surprenante. Dousselin n'en revient pas. Il me disait encore hier ou avant-hier... »

Dans son regard, j'étais Henri faisant des progrès décisifs en *maths*. Comment le décevoir ? Je cédai, tout en sachant que ce serait pour lui aussi une corvée qu'il acceptait dans le seul but de m'arracher à l'isolement où je me complaisais.

Bon gré, mal gré, je me résolus donc à le suivre une ou deux fois par semaine, pour un dîner chez l'une des dix ou douze familles formant entre elles un petit clan de notabilités locales.

Ces familles fréquentaient l'église et envoyaient leurs enfants faire des études secondaires dans les institutions religieuses les plus réputées de la région.

Un fort sentiment de caste les unissait, fortifié par la venue du Front populaire au pouvoir. Tous communiaient autour de certaines idées et certains privilèges : la défense du patrimoine familial, la hantise de la « clique judéo-maçonnique », du syndicalisme, du bolchevisme ; la phobie du prolétariat, la supériorité du catholicisme sur toute autre forme de religion.

Élevées elles-mêmes « chez les sœurs » — marque suprême à leurs yeux d'une moralité et d'une éducation sans faille —, les mères prenaient encore des mines d'enfants de Marie si, disposant tasses et petits fours sur des napperons de dentelle faits main, ou retenant de l'index le couvercle de la théière en argent, elles soupçonnaient qu'un regard masculin effleurait leur discrète échancrure de corsage. Et si, d'aventure, une parole un peu leste était prononcée, elles savaient, toutes rougissantes, pincer les lèvres à propos ou lancer un regard assassin pour dissuader de recommencer.

Les pères étaient industriels ou membres de professions libérales. Ils tenaient de leurs ancêtres un arrière-goût de terre dans la bouche. Entre eux, ils parlaient souvent chasse ou pêche pour ajourer les commentaires et les protestations enflammées sur les événements et les décisions politiques.

A de rares exceptions près, nous ne rencontrions que des habitués parmi lesquels, durant les grandes vacances, des garçons et des filles de ma génération que je connaissais depuis la petite enfance.

J'avais appréhendé de voir les regards converger sur moi et surtout que l'on s'apitoyât sur mon compte, que l'on s'extasiât sur les améliorations de mon état, en particulier de mon bras dont chacun savait que c'était miracle s'il était demeuré attaché à mon corps. J'aurais mal supporté le poids de la commisération. J'avais redouté plus encore que l'on se crût obligé d'évoquer nos morts. Mais dès la première sortie, je compris que quelqu'un avait fait passer une consigne de discrétion à mon égard au sujet du drame et de ses conséquences.

En questionnant ultérieurement Carine, j'appris que c'était le Dr Dousselin, son grand-père, mais elle ne sut me préciser s'il l'avait fait de son propre chef ou à la demande de mon père.

Cette précaution m'inspira des sentiments contrastés, celui de ma vulnérabilité, donc, pour moi, de mon infériorité, se trouvant aggravé. Mon esprit retors en conclut que l'on m'accueillait avec circonspection, ce que me semblaient confirmer les congratulations dont on m'abreuvait rituellement sur un ton faussement dégagé. A telle enseigne que, dès les premières sorties, je me sentis rejeté dans le camp de ceux que l'on reçoit par nécessité, dont on redoute la présence et que l'on a plaisir à voir prendre congé.

Cette perception, sinon entièrement fausse, du moins très exagérée de la réalité se trouvait confortée par le halo de sollicitude dont j'étais entouré.

Car ils étaient tous gentils avec moi, les gens. Tout sucre et miel. D'une rare bienveillance. Les jeunes filles aussi. Elles avaient pour moi des regards de mère, les sales bêtes. Je ne tardai pas à ressentir certaines prévenances, certains sourires gênés, certaines intonations où un rien de condescendance se mêlait à un excès de douceur, comme autant de marques discriminatoires proches de l'offense. Timide, peu loquace et les nerfs à fleur de peau, je réagissais parfois avec une brusquerie qui jetait un froid. Il s'y greffait un obscur besoin de ressembler à l'image peu attrayante de moi que je croyais lire dans les yeux de presque tous : celle du rescapé qu'un injuste destin avait préféré à d'autres qui, plus que lui, auraient mérité de survivre : un usurpateur, en quelque sorte. Je me sentais donc un peu coupable et même assez courageux d'oser apparaître chez ces « *bien-pensants, bien portants, agglutinés pour choisir entre lait et citron, aile et cuisse, et peu soucieux des crève-la-faim et des trompe-la-mort* », phrase empruntée à mon journal intime et donnant un aperçu de l'acrimonie refoulée qui m'habitait.

Je demeurais donc, le plus souvent, passif, rongeant mon frein en écoutant distraitement les discussions rouler, s'enfler, retomber, ou subissant le souffle d'une agitation soudaine provoquée par un bon mot ou l'arrivée d'un plat artistiquement présenté. Comme, de surcroît, elles me semblaient souvent inconsistantes ou dénuées d'intérêt, elles devenaient vite comme un flot capricieux, sur une grève déserte où je m'enlisais ; cela jusqu'au moment où un rire féminin suraigu me faisait sursauter. Il m'arrivait même de rester les yeux mi-clos pour mieux appréhender cet effet de houle et je devais être à ces moments-là hermétique, inaccessible, indéchiffrable à ceux qui, par hasard, portaient les yeux sur moi. Empêtré dans mes contradictions, j'avais, de plus, la très désagréable impression qu'encombrant pour les autres, je l'étais plus encore pour moi-même.

Cette attitude rentrée et mon air languissant avaient tôt fait de détourner de moi nos hôtes et leurs invités, ce qui à la fois me soulageait et me blessait. J'ai d'ailleurs toujours eu une âme de spectateur critique plus que d'acteur et simultanément le désir de jouer un rôle et de briller. Comprenne qui pourra ! Par voie de conséquence, la curiosité que je suscitais lors de mes premières réapparitions fit place, en peu de temps, à de l'indifférence concrétisée par un glissement vers une extrémité de table. Et je m'y retrouvais souvent — à croire que les maîtresses de maison s'étaient donné le mot — entre une personne âgée et une jeune fille, probablement la sacrifiée de la soirée, choisie parmi les plus godiches et les plus effacées. Je me souviens de l'une d'elles répondant au nom de Bérangère et dont le visage s'empourprait lorsqu'elle coupait la viande dans mon assiette. J'ignorerai toujours la couleur de ses yeux car, timidité ou défiance, elle ne les a jamais levés sur moi.

Au fond, la plupart de ces gens-là n'étaient pour moi que des ombres.

Je vivais donc ces soirées dans un détachement orgueilleux, un peu étourdi par les bavardages. Je m'y trouvais plus isolé que sous la tonnelle ou dans ma chambre, où il me tardait de me retrouver.

Si je veux vraiment tout rapporter des impressions qui me restent de ces soirées, je crois d'ailleurs discerner, dans une région profonde de moi-même, une volupté secrète à me sentir exclu.

Peut-être les hommes âgés, mais vraiment très âgés, ceux de la génération qui ne travaille plus depuis longtemps, et qui appartenaient à ce clan restreint des fâcheux dont je me sentais le plus beau spécimen, me comprenaient-ils un peu mieux que les autres, eux qu'on avait tendance à oublier aussi. Résignés et un peu absents, ils m'observaient fréquemment à la dérobée, laissant flotter sur leurs lèvres un sourire triste, reconnaissant très certainement en moi quelque chose d'eux.

Il me revient en mémoire ce que l'un d'eux, propre et soigné, qui passait aux yeux de beaucoup pour un raseur et dont nul ne s'occupait, me raconta avec une subite exaltation. Il avait épousé, me dit-il, une femme tellement plus jeune que lui que son beau-père était de plusieurs années son cadet, et qu'elle s'était mariée dans le but de s'assurer les revenus nécessaires pour élever un oncle et une tante de sept ou huit ans plus jeunes qu'elle. Une fois son oncle et sa tante élevés, elle l'avait quitté pour se faire nonne. Lui-même serait volontiers entré dans les ordres si on l'avait nommé aussitôt chanoine ; qu'à défaut, après avoir vendu sa boutique d'apothicaire, il était devenu sacristain. J'ai cru qu'il avait perdu la raison. Pas du tout ! Il était tellement pénétré du récit qu'il n'en finissait plus d'écrire, pour se consoler d'une vocation sacerdotale contrariée jadis, qu'un détail manquait à ces confidences : cela se passait dans son roman.

C'est à peu près tout ce qui me reste de ces soirées en fait de conversations, hormis les échos d'une situation économique et politique que l'on s'accordait à juger désastreuse.

La spectaculaire avancée sociale de 1936 était encore dans toutes les bouches. Elle avait été vécue dans notre groupe de relations comme un revers cinglant dont le pays aurait du mal à se relever. Si l'idée de progrès social n'était pas rejetée, elle était conçue dans une optique corporatiste et catholique, c'est-à-dire modérée. On ne concédait donc à Léon Blum une belle intelligence que pour mieux dénoncer sa faiblesse et son utopisme. Un industriel du cénacle fit même, à la fin d'un repas bien arrosé, cette déclaration fracassante : « Nous autres, les patrons, nous ne devons pas plier, quitte à faire parler la poudre. Aujourd'hui, on nous saigne. Demain nous sommes promis à la servitude si nous ne savons pas nous défendre. » — « Ah non, protesta le Dr Dousselin appuyé par mon père et quelques autres, vous n'allez pas, quarante ans après, nous faire revivre à Gravigny l'affaire de Cluses. Une fois suffit. Vous savez comment elle s'est terminée : par un bain de sang[1]. » Ayant longtemps détenu la mairie, le docteur en avait

1. En juillet 1904, un grave conflit oppose Claude Crettiez, important industriel en horlogerie, et ses quatre fils, aux ouvriers en grève. Devant la détermination de ceux-ci, les cinq hommes ouvrent le feu, faisant trois morts et de nombreux blessés.

gardé une prérogative morale consolidée par la direction de la fanfare municipale et la présidence de la Société de chasse. L'autre s'était rencogné, pensif et maussade.

Les regards se portaient aussi avec angoisse outre-Rhin. L'*Anschluss*[1] avait ajouté une raison majeure de s'interroger sur les intentions du régime nazi. Index prophétiquement levé, mais peu écoutés, certains prédisaient même une catastrophe.

L'arrivée récente de Daladier suscitait cependant quelque espoir. L'opinion commençait à se répandre qu'il serait le nouveau Clemenceau. Dans l'imagerie populaire, il était le *Taureau du Vaucluse*. Après Munich, on le comparerait même à Talleyrand. Il ne serait ni *Tigre* ni *Diable boiteux* et encore moins *Père la Victoire*. La machine infernale était en marche. Quel homme providentiel aurait pu l'arrêter ? On concluait généralement par un « Pauvre République ! » ou un « Pauvre France ! » prémonitoire et désenchanté.

Donc, des soirées dans l'ensemble assez ternes pour un garçon de dix-huit ans avec une hydre dans la tête paralysant le meilleur de lui-même, décourageant les efforts de sympathie.

Curieusement, ce qui me reste de ces dîners se rapporte moins aux longs moments chez les autres qu'aux préparatifs et au retour à Tournebise.

Mon père tenait beaucoup à me voir tiré à quatre épingles car, disait-il, « le respect des autres commence par le respect de soi ». Comme j'avais grandi et minci, il m'avait conduit à Annecy pour renouveler ma garde-robe, se souvenant avoir entendu

1. Annexion de l'Autriche par l'Allemagne en mars 1938.

dire par maman : « Il n'y a rien de chic à Gravigny. On n'y trouve que des nippes. » Mon choix s'était porté sur un costume de golf d'un prince-de-galles gris-bleu dont le veston à martingale avait du chic. Devant la psyché de la salle de bains que j'inclinai en sorte de m'y voir tout entier, je constatai, hélas, que le pantalon mettait cruellement en évidence la parenthèse de mes tibias. Il me vint aussitôt à l'esprit que maman aurait désapprouvé mon choix. Sa suprême contrariété, lorsque j'étais bébé, lui était précisément venue de mes jambes arquées. Même à la belle saison, s'il lui arrivait, par nécessité, de faire des courses à Gravigny avec moi dans un landeau ou une poussette, elle n'oubliait pas de cacher sous un drap fin l'irrécusable preuve d'un rachitisme qu'elle s'évertuait à combattre avec des bains salés et de l'huile de foie de morue. En grandissant, ce gauchissement offensant pour son amour-propre s'était atténué. Le pantalon droit eût été cependant plus indiqué.

Ce ne fut pas une mince satisfaction, en revanche, que d'enfiler, au prix de savantes contorsions, une chemise neuve et intacte. Je n'avais en effet porté, depuis l'accident, que des demi-chemises à une seule manche, semblables à celles dont les verriers se servaient autrefois et que Mathilde avait taillées dans de vieilles chemises de mon père. C'était à lui — moment solennel — qu'il revenait de nouer ma cravate de soie grise, d'abord sur lui-même, en nœud coulant lâche, la transposant et l'ajustant ensuite sur moi avec minutie. Et ce point final à mon laborieux habillage était un moment un peu mortifiant, surtout quand il se terminait par un : « Là ! tu es beau comme un astre ! » Je me retrouvais alors tout gamin et lui à faire les mêmes gestes et à dire les mêmes mots, pour ma première cravate.

La glace me renvoyait enfin une image acceptable

de moi. Je savais toutefois qu'il en irait autrement si je pouvais me voir marcher. Du moins, l'impression d'être repoussant et la honte induite s'atténuaient. Je flottais un peu dans mes vêtements, mais le lustre de la cravate sur une chemise immaculée et la disparition d'un reste de rondeurs poupines donnaient à ma figure un petit air de virilité dont je n'étais pas mécontent. Mais comment oublier que ma démarche déhanchée provoquerait des sourires apitoyés qui me froissaient par anticipation ?

Dans une vieille fourgonnette de l'usine que papa monopolisait, il nous arrivait, à l'aller ou au retour, d'envisager l'achat d'une autre voiture.

— Il faudrait bien que je me décide, disait-il.

— Qu'est-ce que tu prendrais ?

— Je sais pas... A ton avis ?

— Pas une Traction, en tout cas !

— Bien sûr que non. Une 301 peut-être... C'est un bon modèle à ce qu'on dit, aérodynamique, robuste... Nous n'avons plus besoin d'une grande voiture.

Morts sur le coup, maman, Henri, Bénédicte ? Il me l'a juré. Sans souffrir. Une petite mort de rêve, en somme. A un moment, il a même arrêté la fourgonnette dans le chemin qui mène chez les Périllat pour me le répéter en me regardant droit dans les yeux avec un air de profonde conviction. La première fois qu'il l'avait dit, c'était au tout début, moi sur mon lit d'hôpital le fixant de prunelles immobiles chargées d'interrogations, lui dans son fauteuil roulant et penché vers moi. Oui, droit dans les yeux, et les siens avec une indicible expression de franchise. Que diable ! Il était bien placé pour le savoir, lui. Ils ne s'étaient rendu compte de rien. Aucun des trois. Mordicus jusqu'à la mort, il le soutiendrait. Allons donc ! Quelles images devaient le torturer, mon pauvre père !

— Peut-être que...

— Peut-être que quoi ?

— Si tu avais conduit, toi ?

— Je n'aurais pas fait mieux. Il conduisait très bien, Henri ! Que veux-tu faire quand un poids-lourd manque son virage et arrive sur toi comme une bombe alors que tu tiens parfaitement ta droite ?...

— Tu aurais peut-être donné un grand coup de volant à gauche ?

— Et s'il s'était redressé à la dernière minute, le camion... D'ailleurs, le temps manquait. Non, il n'y avait aucun recours, je t'assure.

Des toussotements rauques rappellent que la fourgonnette est à bout de souffle. Cahin-caha, elle continue sa course hoquetante.

— Il faut la montrer au garagiste.

— Tu ne crois pas, papa, que le ferrailleur serait plus indiqué ?

— Peut-être, mais tant qu'elle tient...

Dix minutes, un quart d'heure à l'aller. Moins encore pour le retour entre les maisons assoupies faiblement éclairées de loin en loin par de paisibles réverbères. Avec papa au volant, il n'y a pas vraiment de conversation. Ce sont plutôt des réflexions que l'on échange avec des intermittences de silence, laissant à l'esprit des plages d'évasion.

Quel jour et revenant de chez qui, je ne sais plus, mais il me souvient que le temps était à l'orage et que, là d'où nous venions, je m'étais retenu de bâiller d'ennui. Non, de chez qui nous venions, je ne sais plus, mais les Ducoudray s'y trouvaient, de cela je suis sûr. Car dans le véhicule agonisant qui tressautait sous une pluie diluvienne, une vision me hantait, celle des jambes de Carine. Simplement pour les avoir entrevues un peu plus haut que le genou quand elle s'était mise au piano.

Ici, je fais appel à mon cahier intime tapoté feuillet

par feuillet, avec deux doigts de la main gauche, sur une antique machine à écrire de l'usine, hors service. Oui, cahier intime est plus juste que journal. Je n'y trouve guère de relation précise des petits événements de ma vie. Il est surtout fait d'états d'âme et me semble aujourd'hui bien désuet, mais c'était mon seul ami. Je m'y reporte souvent pour évoquer dans ce livre les quelques mois qui suivirent mon retour à Gravigny.

Voilà ce que j'y ai noté cette nuit-là (ou une autre) alors que la bourrasque cinglait les contrevents de ma chambre et la paroi de mon cœur.

Il n'a pas dû s'ennuyer, Henri, à la peloter. Et pas seulement les seins. Elle a dû se laisser caresser les cuisses, peut-être même un peu plus, tout enfant de Marie qu'elle est. Quoique, sans bague au doigt ?... Mais il savait si bien s'y prendre, Henri, avec les filles... Oui, il savait s'y prendre, le bougre ! D'ailleurs tout lui réussissait. Il n'avait pas même à se baisser. Tout venait à lui : les diplômes, les filles, les succès sportifs... Il ramassait tout avec la même aisance désinvolte qu'au tennis les balles entre pied et raquette. Justement, au tennis, ces demoiselles n'avaient d'yeux que pour lui, ces pestes. En plus, il me battait régulièrement sans effort en me laissant gagner quelques sets. Qu'est-ce que j'en avais à faire, moi, de ses aumônes ! Sans compter qu'il se payait le luxe d'affirmer à la fin de la partie : « Il n'est pas mal, ton smash ! » Moi, je le trouvais même diablement bon, mon smash. Mais il est vrai que le sien était meilleur. Indéniablement, il était doué, Henri. Et séduisant. Vaniteux ? Tout bien pesé, à peine ! L'intelligence, le cœur, le physique, il avait tout pour lui. Des fois, je lui aurais flanqué ma raquette sur la figure, tellement il n'avait pas de défauts. Comment aurait-elle fait, Carine, pour ne pas voir qu'il thésaurisait les qualités ? Et moi, à côté, qu'est-ce que j'étais ? Et aujourd'hui que suis-je face à son souvenir ? Une pâle imitation ? Pas même, on ferait davantage attention à moi. J'aimerais bien lui ressembler, mais je ne lui ressemble pas. Aux yeux des jeunes filles comme aux yeux de tous, je suis le petit rescapé, le miraculé avec qui il faut composer, faire preuve de patience et d'indulgence car il y a en lui, dans sa chance d'avoir survécu, l'oblitération indélébile du malheur.

Mort, Henri ? Pas vraiment ! Je l'ai vu dans le regard des filles lorsqu'elles m'observaient discrètement en se poussant du coude puis rapprochant leurs fronts pour échanger des confidences. Elles devaient comparer. Sûr qu'elles comparaient. Et je jurerais bien que ce qu'elles nous trouvaient en commun se réduisait au mot « pauvre », mais « ce pauvre Henri » et « ce pauvre Jean-Cy » prononcés avec des intonations différentes : le premier avec consternation, le second avec pitié. A un regard que m'a lancé Chloé en disant quelques mots d'un air entendu, communiquant sa joie à deux compagnes, je soupçonne même avoir été l'objet de plaisanteries du plus mauvais goût. Et quand elles ont repris leur sérieux, je jurerais que la conversation a dévié sur mon frère, et que le petit groupe de donzelles séparées de moi par quelques convives bruyants ne tarissait pas d'éloges et de regrets en évoquant son souvenir.

Outre qu'il traduit un confus sentiment de persécution qui ne me quittait guère, ce passage prouve à quel point la mort n'avait pas suffi à éteindre ma sordide jalousie à l'égard de mon frère. Cette jalousie serait ultérieurement stimulatrice par désir d'approcher les sommets qu'il était supposé devoir atteindre s'il avait survécu. J'aurais donné dix ans de ma vie pour être à la hauteur d'Henri.

Ce même passage est du reste révélateur de la crise de misogynie juvénile que je traversais.

Il me revient, en effet, que l'explosion de rires vite étouffée de Cloé et de ses compagnes me provoqua une flambée de haine à leur égard.

Il est cependant fort probable que, si les yeux de

Cloé se portèrent sur moi à l'instant où elle déclenchait un rire, ce fait insignifiant, ressenti comme un affront, était pure coïncidence.

— Si tu veux bien, nous irons la choisir ensemble d'ici quelque temps.

— Quoi donc, p'pa ?

— La nouvelle voiture. Je t'apprendrai à conduire.

— A condition d'avoir deux mains.

— Qu'est-ce que tu racontes ! Dousselin me disait encore tout à l'heure : « Ton fils... »

Libidineux chasseur d'images, j'en faisais provision en observant les filles à la dérobée. Pas seulement Carine. Toutes les filles. Un genou par-ci, un sillon de gorge par-là, un bras gracile sur une épaule laiteuse dans une échancrure de manche. Ces suggestives splendeurs étaient plus qu'il en fallait à des sens tourmentés et à une âme assoiffée d'amour pour imaginer un peu plus tard une séance de déshabillage, avec quelques raffinements pervers, en des gestes nocturnes auxquels se mêlait un très fort sentiment de culpabilité. En dépit de ce handicap, arrivait toujours le moment où je ne savais plus trop bien où j'étais ni ce que je faisais, mais où j'étais ravi d'y être et de le faire. Assouvi, je m'endormirais dans une sensation de bien-être malsain qui ne chassait pas mes ressentiments. Je retrouve d'ailleurs dans mon journal de l'époque : *Demi-vierges vendues d'avance, jouvencelles futiles que l'amour n'atteindra jamais, allez au diable ! Les putains font moins de chichis et sûrement mieux l'amour que vous ne saurez jamais. Je m'en accommoderai.*

Et pourtant comme j'aurais aimé que l'une d'entre vous, jeunes filles inoubliables de ma jeunesse trop vite ensevelie, pas forcément la plus belle — la plus belle, à mon regard avide d'amour, c'était Carine —, que l'une d'entre vous, n'importe laquelle, dans un coin sombre, rien que nous deux, m'embrassât même furtivement pour me prouver que je n'étais pas seulement une ombre, l'ombre de mon frère disparu.

Vint le moment où, du petit groupe bruyant des camarades de jadis, seule Carine me rendait régulièrement visite quand elle n'était pas en pension. Faisant un détour par Tournebise en rentrant du tennis, elle avait une manière bien à elle d'agiter la sonnette dont les vibrations se propageaient jusque dans mon cœur.

Cependant, je me retenais de me précipiter à sa rencontre, laissant à Mathilde le soin de l'accueillir. Et comme, en fin d'après-midi, je me trouvais souvent sous la tonnelle, je la regardais avec admiration venir vers moi, vêtue de blanc, les cheveux dorés de soleil, toute légère et gracieuse dans sa démarche de danseuse. « Coucou ! » me faisait-elle en agitant la main dès qu'elle devinait ma présence ; et c'était à cet instant précis seulement que je feignais de constater la sienne, répondant nonchalamment « Ah ! c'est toi », comme si je n'attachais qu'une importance mineure à sa venue.

Car la coquille invisible dont je me protégeais me donnait à penser que, si Carine fréquentait Tournebise, ce n'était pas véritablement pour moi. J'avais la conviction de n'être qu'un prétexte bien commode à des visites où elle ne recherchait que l'atténuation du chagrin de la disparition de mon frère. Cependant elle ne parlait jamais de lui et cette occultation même, noyée dans l'insignifiance des propos qu'elle tenait, contribuait à entretenir l'équivoque. Je le ressentais même, par moments, comme la plus irréfutable des preuves. Une autre me semblait être que mon indifférence de façade qui en avait lassé d'autres, filles ou garçons, paraissait ne pas avoir de prise sur elle. Résolument souriante, elle parlait avec une volubilité factice de petits faits sans grande importance pour elle et dont elle savait qu'ils n'en avaient guère pour moi. J'étais d'ailleurs bien obligé de convenir en moi-même qu'en dépit des motifs supposés de sa venue, je serais demeuré des heures à l'écouter et surtout à la contempler.

Ainsi maintenait-elle entre nous ce que je tenais pour un simulacre de complicité et, paradoxalement, faisait-elle vibrer en moi une espérance confuse que je me reprochais et lui tenais dissimulée.

La fin des grandes vacances approchait. Pour Carine, ce serait l'année du baccalauréat.

Un jour, elle me téléphona pour me dire qu'ayant pris du retard dans ses devoirs de vacances, elle comptait sur mon aide pour une version anglaise. Il fut convenu qu'elle viendrait dans l'après-midi. (L'anglais avait été l'un de mes rares points forts grâce à plusieurs séjours en Angleterre.)

Elle me trouva, une balle de tennis usagée et souple dans la main, à essayer de faire mouvoir mes doigts en la comprimant — thérapie à laquelle j'étais tenu de me livrer plusieurs fois par jour.

Comme d'habitude lorsqu'elle me rendait visite, elle revenait du tennis. Vêtue de blanc, sa chemise Lacoste lui moulait délicieusement la poitrine et mettait en valeur le hâle velouté du visage et des bras. On devinait des traces de moiteur sous les aisselles. Sa jupe plissée courte, translucide dans le soleil, m'invitait à des pensées lubriques qu'une sensualité toujours en éveil avait tôt fait de susciter.

Elle était charmante, et je me mis brusquement à songer que peut-être elle me portait plus d'intérêt qu'un esprit méfiant ne voulait me le laisser entendre. D'où un fugitif regain de confiance, suffisant pour me donner l'audace de la questionner à propos de mon frère après quelques minutes de papotage, ce que je fis on ne peut plus maladroitement.

— De toi et d'Henri, j'aimerais savoir...

Incapable d'en dire plus, je demeurai soudain comme fasciné par le bout de mes espadrilles.

— Tu voudrais savoir quoi ? fit-elle d'un ton agacé.

— Rien. Enfin, je voulais dire... Est-ce qu'il t'est arrivé d'embrasser un garçon, à part Henri ?

Elle me regarda, interdite :

— A part Henri ? Pourquoi « à part Henri » ? Qu'en sais-tu si je l'ai embrassé, Henri ?

Je bluffai :

— Parce que je vous ai vus. D'ailleurs, il me l'a dit.

— Qu'est-ce que tu racontes ? Rien, tu as vu ! Au tennis, surtout quand je me mets en short, ou au lac, les garçons me reluquent plus que je ne le voudrais et cela leur donne des idées. De lui, il m'est arrivé de ne pas refuser un petit bécot qui n'engage en rien. Et alors !

— Excuse-moi ! C'est vrai que tu es encore plus belle en short ou en maillot de bain.

— Il t'en avait vraiment parlé, Henri ? C'est pas bien de t'en avoir parlé. Il n'aurait pas dû. Qu'est-ce qu'il a bien pu te dire ?

— Que tu t'étais laissée embrasser sur la bouche, peloter, caresser partout...

— Le mufle ! Il avait dû en avoir envie et le rêver ; ou bien...

— Ou bien quoi ?

— ...cherché à t'en mettre plein la vue. Pourtant ce n'était pas tellement son genre.

— Et s'il avait essayé, est-ce que tu aurais accepté ?

Son regard se durcit :

— Est-ce que ça te regarde d'abord ?

— C'était mon frère et il est mort.

— Ce n'est pas une raison. Peut-être que j'aurais accepté ! Oui, il était beau, gentil et tout. Il aurait fait un bon mari. Mais tu m'énerves avec tes questions !

— Et toi, ce sont des pèlerinages sur les lieux foulés par mon saint homme de frère que tu fais sous prétexte de venir me voir ?

— Ooh !... Ça, mon p'tit vieux, tu me le payeras ! Tu dépasses les bornes.

Furibonde elle se détendit comme un ressort et se mit à courir vers la grille en me jetant :

— Tu es vraiment odieux. Décidément, tu ne mérites pas qu'on s'intéresse à toi.

A quelque distance, elle s'arrêta pour me crier, palpitante d'indignation :

— Alors pour toi, Carine, c'est une langue dans la bouche des garçons, leurs mains sur ses cuisses et ses seins, comme ces femmes qui... que...

Sur ce bafouillage, elle se dirigea d'un pas furieux vers le portail tandis que, tout penaud, je la poursuivais en m'aidant de la canne substituée depuis peu à la béquille.

Lorsque j'atteignis la grille, elle avait repris sa bicyclette restée dans la rue. Déjà sur la selle, elle me lança avec de la foudre dans les yeux :

— A partir de maintenant, tu sais ce que tu es pour moi ? Un estropié grincheux.

Jamais je ne l'avais vue pédaler avec autant d'indomptable énergie. Elle ne se retourna pas.

La soirée me parut bien terne, seul avec papa, sans maman, ni Bénédicte, ni Henri, ni Carine.

Le lendemain, je retrouvai les *Pages choisies de William Shakespeare* oubliées sur un banc dans la confusion d'un départ précipité.

Un signet indiquait l'endroit de l'extrait à traduire, lui-même isolé par une accolade. C'était un dialogue où Juliette avouait son amour au beau Montaigu.

Je fus ému par cette lecture, persuadé que le choix n'était pas fortuit et n'avait de « devoir de vacances » que le nom.

Lorsque Mathilde parut à l'improviste pour faire ma chambre, elle me trouva la main droite entortillée d'élastiques à essayer de tenir un stylo, et je devais tirer une langue d'écolier pendant la dictée du certificat d'études. Je stoppai aussitôt, ne supportant pas d'être observé. J'étais en train de réapprendre à écrire et pas seulement pour les beaux yeux de Carine. Je ne sais quand, maman m'avait dit avoir pleuré en assistant à une représentation de *Roméo et Juliette* au théâtre des Célestins de Lyon.

Une fois la traduction consignée d'une écriture d'enfant malade, je téléphonai à Carine en me demandant si elle accepterait de me parler. Ce fut sa mère qui répondit.

— Je vais l'appeler, dit-elle, mais je ne sais pas ce qu'elle a ; depuis hier soir elle n'est pas à prendre avec des pincettes. C'est sûrement la rentrée qui la travaille.

Après une assez longue attente que je vécus dans l'inquiétude, j'entendis un « Allô ! qu'est-ce que tu me veux ? » peu amène. Quand je lui annonçai que la traduction était à sa disposition, il y eut un silence, suivi d'un boudeur mais intrigué :

— Et... et qui l'a écrite ?

— Moi !

— Tu disais qu'avec ta main gauche...

— Avec la droite, j'ai écrit.

Encore un silence, puis :

— Mais... c'est prodigieux. C'était la première fois que tu... ?

— Hum, hum ! (Et, m'enhardissant :) A propos, il a bon goût, ton prof d'anglais. Ce dialogue est très chouette.

— ...

— Allô ! tu es là ?

— Oui, je suis là. Et alors... Que veux-tu que je dise !

— Quand comptes-tu passer ?

— En fin d'après-midi, si tu veux, quand j'aurai terminé un double avec Bernard, Isabelle et Jean-Luc. Veux-tu que nous venions tous les quatre pour une fois ?

— Je préférerais te voir seule... enfin, si ça ne t'ennuie pas.

— Bon, je viendrai seule. Tiens-moi un jus d'orange au frais. Et surtout montre-toi aimable. Ta mère avait bien raison de dire de toi : *Mon petit hérisson*. Hier, c'était vraiment le cas : un hérisson en espadrilles.

Sur recommandation médicale, je faisais les cent pas dans une allée quand j'eus l'agréable surprise de la voir arriver plus tôt que d'ordinaire, un manche de raquette émergeant d'une sacoche. Pas très fier de mon attitude la veille, je m'avançai à sa rencontre, lui ouvrant le portillon sans qu'elle eût à sonner. Elle était toujours en jupe plissée mais celle-ci était bleu marine, une jupe de collégienne qu'elle avait dû passer par-dessus un short. J'en déduisis qu'elle voulait ainsi se protéger de mon regard. Elle avait un air chagrin et soucieux :

— Je n'étais pas en forme, expliqua-t-elle, et ils m'agaçaient. Je les ai plaqués. D'ailleurs, c'est fini pour cette année. Je vais remiser ma raquette. La rentrée approche et il y a beaucoup à faire pour la préparer. Tu t'en fiches, toi !

— Allez, ne sois pas de mauvaise humeur !

— Tu ne t'es pas vu toi, hier. Dis, tu ne pourrais pas l'oublier un peu, Henri ?

— Excuse-moi, je n'ai pas voulu te blesser ; c'est parti tout seul. J'ai été stupide.

— Allons dans la tonnelle, tu veux ? J'en ai assez du soleil. Bien sûr qu'il me manque, Henri. Il me manque même terriblement. A toi aussi, il manque. A tous. Sur le court, chacun de nous le cherche des yeux. Tout à l'heure Jean-Luc essayait d'imiter sa manière de jouer, cet imbécile. Je me suis fâchée. Il a arrêté mais j'en ai été tellement contrariée qu'après je mettais toutes les balles dans le filet. C'est pour cela que je leur ai faussé compagnie.

— Il faut bien reconnaître qu'il était le meilleur joueur de la bande, Henri.

— Quelle importance ! D'ailleurs toi aussi, tu joues bien. Ton smash, tout le monde te l'envie. Jean-Luc... tous. Ton revers, il n'est pas mal non plus, mais tu dois pouvoir l'améliorer, ton revers.

— Ne fais pas l'idiote, Carine ! Tu sais bien que le violon et le tennis, c'est fini pour moi.

— Mais puisque tu recommences à écrire ?

— Ce n'est pas du tout la même chose. « Écrire » est d'ailleurs un grand mot : tu verras les gribouillis.

Elle me précéda vers la tonnelle tandis que je pénétrais dans la maison pour en ressortir aussitôt muni du verre de jus d'orange préparé d'avance. Je n'oubliai pas les *Pages choisies* accompagnées de ma traduction.

— Je t'ai regardé venir, dit-elle quand je la rejoignis. Bientôt, tu pourras marcher sans canne. Grand-père dit que tu remontes la pente très vite. Tu ne peux pas savoir le plaisir que ça me fait !

— Vraiment !

S'étant désaltérée, elle reposa son verre et saisit l'opuscule posé sur la table :

— Voyons un peu ces gribouillis !

— Tu ne me croiras pas : deux heures à suer sang et eau pour en arriver à ce massacre. Regarde comme elle est amusante, ma nouvelle écriture !

— Il n'y a pas de quoi se tordre. Pour un début, ce n'est d'ailleurs pas mal du tout.

Et refermant pensivement les *Pages choisies* :

— Si pour le tennis, tu ne peux vraiment pas, l'an prochain nous irons ensemble au lac. On commencera tout doucement. Tu verras comme ce sera bien.

— Comme ça, je pourrai te voir en maillot. J'aimais bien te voir en maillot.

— Pourquoi ? Tu me trouves belle ?

— Divine.

— Rien que ça ! Je m'achèterai un deux-pièces. Tu aimerais me voir le nombril à l'air ?

— Évidemment, tiens !

— Fais voir un peu ta main !

— Non, elle va te dégoûter, ma main. Elle est toute couturée et rougeâtre. On dirait une patte de crabe. C'est repoussant.

— Donne, je te dis !

D'un geste décidé et précautionneux, elle s'en empara. Les doigts étaient ankylosés et enflés. Elle les examina, me complimentant sur mes ongles demeurés intacts et que je tenais bien soignés. Elle y déposa un rapide baiser.

— C'est pour t'aider à guérir, me dit-elle.

Relevant un tout petit peu sa jupe, elle mit ma main en contact avec la naissance de sa cuisse.

— Quel effet ça te fait de me toucher la peau ?

— Aucun. Si, le supplice de Tantale. Elle est insensible, ma main, et pour longtemps je crois.

Elle s'employa quelques instants à me masser les doigts et les faire manœuvrer, puis me décocha un sourire en coin :

— Tu as bien mérité de poser ta main gauche au même endroit si tu en as envie.

— Si j'en ai envie... Tu parles !

— Alors qu'attends-tu !

Tandis que je m'exécutais timidement, elle m'embrassa sur la joue puis, m'entourant le cou, m'attira avec une incroyable audace. Nos lèvres s'effleurèrent, se humèrent. Voyant que je ne me décidais pas, ce fut elle qui absorba les miennes, glissant presque aussitôt sa langue dans ma bouche alors que ma main valide remontait lentement vers le haut de sa cuisse et que mon cœur fondait.

Lorsque j'atteignis la lisière de son slip, elle retira sa bouche, relevant sa chemisette et dégrafant son soutien-gorge. Je répondis aussitôt à l'invite en regrettant une fois de plus de ne disposer utilement que d'une main. Ce n'en fut pas moins avec délectation que je lui caressai la poitrine pendant qu'elle m'accordait un nouveau baiser.

Mais il y avait une fausse note : en dépit de sa détermination, je lui trouvais plus de passivité que de langueur amoureuse, ce qui refrénait mon ardeur et mitigeait mon plaisir.

Elle me fit comprendre d'un léger retrait de buste que la séance était terminée, me laissant toutefois le loisir de lui embrasser la joue et le front pendant qu'elle se rajustait, répliquant par quelques petits coups de lèvres un peu distraits.

Quand elle eut remis en ordre ses vêtements, elle me dévisagea avec une expression tendre et espiègle :

— Maintenant, tu es à égalité avec Henri !

— Plaît-il ?

— Hier, j'ai un peu menti. D'ailleurs tu l'as cherché en affirmant le faux pour savoir le vrai. A part des bécots de rien du tout, il ne s'est rien produit au tennis. Puisque tu tiens à le savoir, c'est ici qu'il s'est passé avec lui la même chose qu'avec toi. Pas souvent. La dernière fois, c'était peu de jours avant sa... disparition.

— Eh bien, c'est agréable à entendre, dis-je, désappointé et vexé. Alors, ce que tu as fait avec moi, c'était... du chiqué ?

J'avais été sur le point de dire : « c'était la célébration d'un anniversaire » et m'étais retenu à temps. Pourquoi ajouter une offense à la tristesse que je lisais maintenant dans ses yeux ?

— Non, ce n'était pas du chiqué. J'ai voulu te mettre à égalité avec lui pour que tu ne sois plus jaloux. J'avais aussi besoin de savoir si j'étais capable de recommencer avec un autre que lui et, de tous, c'est toi que j'aime le plus. Depuis sa mort, jamais je ne m'étais laissée approcher par un garçon.

— Tu l'aimais, Henri ?

— Tout de suite les grands mots ! Est-ce que je sais ! C'était comme avec toi : on se connaissait depuis toujours. Tout nous rapprochait. Mais il n'a pas dû se contenter de ce flirt. Je suis bien certaine qu'à Paris, il faisait des conquêtes !

Elle demeura quelques instants immobile, regard perdu, comme si, oubliant ma présence, elle s'efforçait de démasquer les présumées frasques de mon frère, refusant l'idée que d'autres qu'elle aient pu le séduire. Soudain, son joli visage se contracta. Elle se prit aussitôt la tête entre les mains pour ne pas me laisser voir ses larmes. Et dès lors, je ne doutai plus qu'elle ait aimé Henri, qu'elle l'aimait encore, la mascarade à laquelle elle venait de se livrer n'étant que vaine tentative pour lui échapper.

Dépité, mais sans pensées mauvaises à son égard, je demeurai silencieux le peu de temps qu'elle mit à se ressaisir et n'osant pas esquisser un geste pour la consoler. Elle souffrait. Je souffrais. Cela du moins nous rapprochait.

Je lui tendis le verre de jus d'orange. Elle but une gorgée, le reposa, s'apprêtant à partir :

— Toi aussi, dit-elle, tu es joli garçon et intelligent. Mais, au caractère, tu es très différent d'Henri. Tu es plus renfermé, plus sentimental, plus profond... Lui, il avançait dans la vie sans se poser beaucoup de questions. Je te jure que tu as tout à gagner à ne pas te comparer à lui. Sais-tu ce que mon grand-père, qui t'aime bien, dit de toi, dans son langage médical : « C'est un garçon atypique. Les autres ne se reconnaissent pas en lui. Mais il en surprendra plus d'un s'il parvient à s'immuniser contre deux modèles dont l'un le tyrannise et l'autre le persécute : ceux de son père et de son frère. » Ton domaine, c'est la littérature et l'art, pas le monde des affaires. Tu as trop de sensibilité et de finesse d'esprit pour cela. Maintenant, tu dois songer à te faire une situation. Pour nous deux, on verra plus tard.

J'ai souvent repensé à ces conseils de bon sens. Et comme ils s'harmonisaient avec mes aspirations profondes, ils furent comme de premiers jalons sur le chemin sinueux où je suis engagé.

Je ne revis Carine qu'une fois avant la fin des grandes vacances. Pas plus que moi elle ne rechercha un tête-à-tête. Nous n'avions plus rien à nous dire.

6

A dérouler le fil de ma vie, j'en arrive toujours à subodorer que ce qui se passe d'essentiel en nous est mû par des mécanismes échappant à l'entendement humain, ce qui compte vraiment étant d'essence supérieure, et qu'il serait vain de chercher des explications à tout.

J'en veux pour exemple ce revirement m'ayant conduit, en quelques heures, d'un état de semi-prostration à une activité débordante.

Car, me piquant au jeu, une fois exhumés dictionnaire et grammaire, une véritable frénésie de version anglaise s'empara de moi après avoir traduit une vingtaine de lignes de *Roméo et Juliette* sur les instances de Carine.

Renouer avec l'écriture — une vilaine écriture assurément mais d'une main miraculée — fut certainement pour beaucoup dans ce renouveau. Pourquoi, néanmoins, cette avidité subite pour l'anglais et plus spécialement les œuvres de Shakespeare ?

Les jours suivants, je m'activai comme si le temps pressait, torturant ma mémoire et l'enrichissant, ce qui me conduisit à beaucoup écrire, mais par périodes courtes, pour ne pas exposer mon bras et ma main à une fatigue excessive et laisser reposer un cerveau déshabitué des efforts soutenus. Je ne tardai pas à quitter les beaux palais de Vérone, leurs jardins, leurs vergers, les amours interdites, pour les projets criminels de *Macbeth*, les drames noyés de brume, tachés de sang et traversés de cris d'épouvante. Ils s'accordaient à mon esprit en rébellion plus que les passions trop pures.

La toute nouvelle satisfaction que j'éprouvais avait de multiples composantes. Je trouvais par exemple, dans la gestuelle à laquelle mon bras se prêtait sans réticence excessive, une jouissance quasi sensuelle. Longtemps, j'avais été privé de gestes précis, ordonnés, rassurants de méticulosité. Ils avaient contribué à mes succès musicaux. Je redécouvrais leurs vertus avec étonnement.

Quand arrivait le milieu d'après-midi, mes doigts devenaient douloureux et mes idées se brouillaient. Si le temps le permettait, j'allais me dégourdir les jambes dans le jardin puis me détendre sous la tonnelle, plutôt satisfait de moi, laissant osciller mes pensées entre le passé et un avenir un peu moins opaque.

En la circonstance, les encouragements de mon père, heureux de me voir utiliser ma main tout en trouvant un dérivatif, me contrarièrent plus qu'ils ne m'aidèrent ; mais je m'efforçai de cacher mon irritation, pour ne pas lui voler, par une attitude négative, le contentement attendri qu'il manifestait du reste sans démesure.

Ayant attendu trois ou quatre jours pour s'assurer que cet élan n'était pas que lubie vite retombée, il téléphona au Dr Dousselin pour lui annoncer la nouvelle.

A l'heure de l'apéritif, le grand-père de Carine

arrêta sa grosse Talbot devant la grille pour venir à moi avec effusion, puis, un peu plus tard, dire et redire chaque fois que mon père lui remplissait son verre de roussette[1] que c'était là le signe évident d'une « régénérescence » — mot qui, une fois la bouteille aux trois quarts vidée, s'accompagna de postillons. Il dut s'en rendre compte, renonçant à le prononcer au profit de « progrès significatifs », supprimant ensuite « significatifs » qui produisait le même effet. L'événement fut ainsi ramené à de plus justes proportions.

Quelques jours plus tard, papa devait me rapporter de Lyon les *Œuvres complètes de William Shakespeare* en fac-similé de l'édition de 1663, une folie dans la situation financière où il se trouvait.

Sans disparaître, la nostalgie du violon devint moins lancinante dès lors que je commençai à nourrir l'espoir de devenir soit traducteur, soit professeur d'anglais, ce qui ne constituait pas en soi un objectif. J'y voyais surtout un moyen de me jeter à corps perdu dans la littérature anglaise qui, par un phénomène inexpliqué, exerçait désormais sur moi une séduction un peu délirante.

Opium et passion, le virus shakespearien ne m'a jamais quitté. Et j'éprouve toujours une petite émotion en songeant à Carine, la délicieuse petite Carine de dix-sept ans qui aurait tant voulu tomber amoureuse de moi pour me consoler de mes malheurs et se consoler de l'abandon précipité de mon frère. Peut-être m'aimait-elle d'ailleurs d'un amour-compassion. Sa sollicitude fut l'indéniable révélateur de ce goût pour la langue anglaise qui, de fil en aiguille, m'ouvrit à un autre univers, celui des lettres où, sans recherche forcenée d'érudition, je me sens plus à l'aise qu'ailleurs. Intuitivement, elle avait vu juste.

---

1. Vin blanc de qualité provenant des vignobles de Seyssel et de Frangy.

Oui, tout est parti d'un petit opuscule de potache et d'un pseudo-devoir de vacances par le biais duquel une fausse Juliette disait un faux amour à un faux Roméo.

Commencerait bientôt une vie de méandres et qui continue, servie et desservie tour à tour par une propension à m'enfermer, teigneux et pointilleux, dans des champs clos successifs que je m'assigne pour tâche d'explorer.

Il en avait été ainsi pour le violon. Il en fut de même pour cette soif inextinguible de culture anglo-saxonne qui parfois m'accapara au point d'en oublier l'objectif à atteindre, celui d'une profession — pratiquant l'art pour l'art au détriment de l'efficacité, et refusant de voir que je me fourvoyais.

Cela continue sous une forme plus disciplinée. Où que je me trouve, dans tout ce que je fais, à tout ce que je vois, pour le restituer, je mets en œuvre cette faculté d'isolement me permettant d'ignorer momentanément le reste du monde afin de mieux me pénétrer de mon sujet et tenter d'en tirer la quintessence. Faut-il encore que le sujet soit à ma convenance et qu'il soit tenu compte de mon peu d'éclestisme, autrement dit de mes attirances et de mes répulsions.

Mais j'ai des regrets. Si je réussis assez bien dans le journalisme, ce n'est pas mon élément naturel. Être professeur ou écrivain, ou mieux encore mener les deux carrières de front — sans renoncer complètement à voyager —, répondrait davantage à mes aspirations. Raconter mon histoire et celle des miens est peut-être le signe avant-coureur d'un changement de cap ? Qui le sait !

Cette incursion dans le présent témoigne que, si ma personne physique et morale a, somme toute, assez bien résisté dans la tourmente, il est resté chez l'homme d'âge mûr quelque chose d'instable.

Et de m'être enfin penché sur de bien mauvais jours que, longtemps, j'avais tenté d'occulter me procure la sensation un peu sotte d'observer en spectateur un autre moi-même pour qui j'éprouve des sentiments partagés. Personnage central d'une comédie de caractère, il m'irrite et m'inquiète. Il me dérange d'autant plus vivement que je suis loin de le percer à jour.

Il en est de lui, à mes yeux, un peu comme des personnages de Kafka aux prises avec une situation sans issue dans une atmosphère oppressante et se mouvant dans un espace étroit et labyrinthique. Mais, à la différence des personnages kafkaïens, cet être qui fut moi n'engendre pas que désespérance.

Il passait pour insignifiant et ne l'était pas. Pour caractériel, et il l'était. Contrairement à son frère, on ne lui voyait aucun avenir. Ce crochet par l'année 1950 où j'écris ces lignes, est peut-être, indistinctement, un moyen de lui rendre justice. Il recelait indéniablement des qualités, mais trop indécises pour être reconnues. Il y avait malheureusement en lui du neuropathe un peu pervers contribuant à l'engluer dans une fausse médiocrité.

Inconsciemment ou pas, Carine a su lui ouvrir une lucarne sur une autre vie. Aucun projet sérieux n'était possible entre eux. Du moins lui appliqua-t-elle un baume salutaire sur ses blessures de l'âme, en cherchant à le convaincre et à se convaincre qu'un avenir commun n'était pas à exclure. Elle aussi l'a tiré vers la vie. La vie l'a repris.

Je garde pour Carine une affection de frère à laquelle se mêle mon admiration pour l'élégante et distinguée « madame la préfète » — de l'Isère — qu'elle est devenue en épousant Jean-Luc Rivière, l'un des meilleurs amis d'Henri.

Sur les cartons d'invitation que je reçois d'elle deux ou trois fois l'an, je trouve toujours quelques mots bien sentis ajoutés de sa jolie main. De fréquentes absences et mon peu de goût pour les mondanités font toutefois que je donne rarement une suite positive. Et puis, très franchement, la voir en représentation ne me séduit guère. Le souvenir de notre intimité frelatée et de la fraîcheur d'âme de ses dix-sept ans me la rendent beaucoup plus précieuse.

7

A certains indices et à des allusions recueillies ici ou là, perfidies pour certaines, inadvertances pour d'autres — comme celles venant de Mathilde —, je compris que le peu d'empressement à remplacer la voiture était dû à un manque de moyens.

Les réserves familiales, déjà écornées par l'entretien d'une maîtresse à Paris, avaient subi deux préjudices plus imprévisibles.

Il avait fallu renflouer la société de décolletage, d'où l'obligation de réaliser dans une période peu favorable une grande partie des placements bancaires. Les soins très coûteux que réclamait notre état, et surtout le mien, avaient donné le coup de grâce à ces réserves.

De surcroît, un emprunt à long terme pour acquérir des machines modernes avait contraint mon père à accepter une hypothèque sur la maison.

Mais il y avait pire, que le moment est venu d'aborder.

Car le malheur engendrant le malheur, un enchaînement de circonstances avait achevé de miner l'édifice que feu mon grand-père paternel et mon père avaient mis trois quarts de siècle à bâtir.

La conjoncture joua son rôle, révolue étant l'époque où les entreprises tournaient pour ainsi dire toutes seules. Mais elle fut bien aidée par des négligences et, disons-le, des bévues de l'unique dirigeant.

L'un de ses torts fut de laisser trop de pouvoirs à un comptable dévoué mais manquant de discernement. Un autre, fondé sur des relations complexes, fut de confier provisoirement la direction de la SIF à Maxime Ducoudray — père de Gérard et de Carine — et seul autre gros industriel de Gravigny. Sous des allures de bon apôtre, Maxime Ducoudray sut exploiter avec brio la situation dramatique où nous nous trouvions.

Dans la vallée de l'Arve, « gros industriel » s'entend par comparaison à d'autres tours de taille de la profession. Ce n'est pas un François de Wendel ni un André Citroën, mais quelqu'un à la tête d'une usine de cinquante à soixante salariés. Maxime Ducoudray et mon père étaient de ceux-là.

Ce dernier aimait à définir le décolletage comme un épluchage de barres rondes ayant pour effet d'en décupler la valeur. Certainement, mais il n'est pas superflu d'ajouter que l'épluchage — ou, en moins argotique le détourage — se fait par usinage au tour selon un tracé et une précision que ne demandaient pas les pluches des *Gaietés de l'escadron.* Ainsi obtient-on, après filetage et autres techniques de finition, des vis, des boulons et une multitude de pièces aux formes et aux destinations variées.

Au temps jadis, tout avait commencé par l'horlogerie. Pour les maîtres-horlogers genevois, la main-d'œuvre bon marché n'était pas en Asie, mais à leur porte. Des archets avaient fait chanter les tours à décolleter qui peu à peu se multiplièrent. Avec le temps, ce fut toute la vallée qui entendit chanter les étonnantes machines éplucheuses de métaux.

Les anciennes générations avaient travaillé dans la cave ou un appentis attenant à la ferme ancestrale. On s'y relayait derrière les deux ou trois tours acquis à force de privations. Tous s'y mettaient : les vieux, les enfants après l'école... Du matin très tôt au soir très tard à la lumière des quinquets[1], quelqu'un était présent à l'atelier et la famille se trouvait rarement au complet pendant les repas — hormis le dimanche, car nul n'aurait failli au repos dominical.

Après avoir longtemps vécu à la fois de la terre et de la mécanique, on s'était décidé pour le plus lucratif.

Avec *beaucoup de travail et un peu de chance*, les descendants avaient hérité d'une petite usine.

La fabrication de munitions et de pièces d'armement pendant la Grande Guerre et l'importante dévaluation qui suivit avaient suscité une phase de prospérité chez ceux qui, ayant senti le vent tourner, tels les Contamine et les Ducoudray, avaient su investir opportunément.

D'un perfectionnement à l'autre, on était arrivé à des machines mues par l'électricité, le tournage automatique constituant la grande innovation du décolletage faucignerand.

Les deux entreprises occupaient désormais des positions de premier plan sur un marché en plein essor mais de plus en plus concurrentiel.

Plus effet du hasard que volonté de ne pas se porter mutuellement préjudice, les Ets Ducoudray fabriquaient surtout des pièces suivant modèles ou plans et la SIF des tire-fond, des vis et des boulons. Ils se complétaient donc plus qu'ils ne se gênaient. Si d'aventure on se trouvait en concurrence, l'un cédait le pas à l'autre qui savait renvoyer l'ascenseur.

---

1. Quinquet : lampe à double courant d'air avec réservoir d'huile à un niveau supérieur au bec et à la mèche. Inventé vers 1800 par le physicien Argant, le fabricant Quinquet lui a donné son nom.

Des relations personnelles contribuaient à ce climat de bonne entente.

Maman et Simone Ducoudray née Dousselin — épouse de Maxime et mère de Carine — s'étaient liées d'amitié au cours de leurs années communes au pensionnat de jeunes filles des Charmilles à Annecy.

Autour de cette amitié s'étaient tissées des fréquentations de couples, les maris paraissant, à première vue, avoir toutes les raisons de s'entendre : ils se connaissaient de toujours, avaient des origines similaires, une réussite professionnelle comparable, à la force du poignet, grâce à laquelle chacun avait pris femme dans un milieu plus élevé. Décisif pour se camper devant la petite-bourgeoisie locale, l'anneau nuptial les avait fait admettre dans le clan jusqu'à détenir le haut du pavé de Gravigny.

Cependant, ils avaient gardé des goûts simples, dominés par une passion commune, la chasse, et un penchant prononcé et non moins partagé pour la bonne chère.

C'est dire que les meilleures auberges de la région n'avaient pas de secret pour les deux familles qui s'y retrouvaient souvent, le dimanche, autour d'une table bien garnie.

J'ai toujours soupçonné que les deux pères mesuraient confusément, à ces agapes, le chemin parcouru depuis qu'à la ferme natale le repas se composait d'une grosse soupe au pain trempé et de fromage. Ce souvenir devait donner au civet de lièvre et à la tarte Tatin une saveur inconnue des femmes et des enfants.

Ensuite, une promenade dans la campagne était de tradition.

Il s'y trouvait toujours des cousins ou quelques autres connaissances avec qui « causer du pays ». Coiffés l'un d'une casquette, l'autre d'un chapeau tyrolien à aigrette, les pères parlaient aux paysans avec des airs d'initiés, n'oubliant pas de caser quelques mots de patois et ne dédaignant pas le verre de « gros rouge » ou de « petit blanc » qui leur était offert.

Et si les hommes avaient acquis un certain vernis leur permettant de faire bonne figure dans les milieux d'affaires, ils s'étaient tenus sagement à l'écart d'une vie plus mondaine où les auraient volontiers entraînés leurs épouses.

Menant une existence trop oisive à Gravigny, elles s'y trouvaient à l'étroit, louchant vers Annecy, Chambéry et surtout Lyon où elles avaient gardé de leurs années scolaires quelques relations dans la bonne société.

Plus instruites que les maris, elles avaient en outre bénéficié d'une éducation qu'elles trouvaient mal employée dans une petite ville ouvrière. Mais, de connivence, les hommes n'avaient pas cédé. A chacun son territoire ! Fils de montagnards, ils préféraient demeurer là où ils se sentaient le pied ferme, peu soucieux de se fourvoyer dans un milieu où ils auraient fait figure de parvenus.

Maman et Simone se consolaient en prenant le train ensemble, une fois par semaine, avec des allures émancipées. Après avoir foulé le sol d'une des trois villes convoitées, hanté les magasins de nouveautés et de frivolités en compagnie d'anciennes camarades de pension, elles allaient prendre le thé chez l'une d'entre elles avant de regagner la gare.

Pour ces escapades, les maris mettaient à leur disposition non pas un budget illimité, mais des moyens suffisants pour faire jeu égal avec leurs amies réputées fortunées de naissance ou avoir fait de beaux mariages.

S'ils en tiraient une certaine vanité, ils les savaient assez préparées, par une éducation stricte, à ne pas faire d'emplettes somptuaires ou inutiles.

Leur générosité était récompensée par les sourires radieux qu'elles arboraient, bien que fourbues, à la descente du train où ils les attendaient côte à côte.

Force m'est bien d'ajouter qu'elles avaient un côté gentiment bas-bleu, maman et son amie Simone, se piquant de connaissances littéraires et artistiques, et un peu trop portées à se plaindre du manque d'éducation et de culture de leurs époux.

Si leur vie laborieuse n'avait guère permis à ceux-ci de se cultiver, elle leur avait du moins donné les moyens d'assurer aux leurs une vie confortable. Mais ce n'était une satisfaction que pour eux, les femmes n'ayant, dans leurs familles, jamais connu autre chose qu'une honnête aisance.

Hormis les adultes, mon frère et Gérard — enfant d'un premier lit — s'étaient à leur tour liés d'amitié. Et comme ils avaient l'un et l'autre la passion du ski, il était fréquent, les dimanches d'hiver, que nous partions à deux voitures équipées de chaînes et surmontées de tout notre attirail — sans oublier la luge de Bénédicte — en direction de Chamonix et de Megève.

S'installant sur la banquette arrière de l'Hotchkiss des Ducoudray, Henri, Gérard et Carine ne se quittaient plus de la journée. Pas très gracieux, je montais dans la Rosalie et plus tard la Traction de papa, avec maman, Simone et Bénédicte.

Et je revois Henri le magnifique dévalant n'importe quelle piste *tout schuss* ; s'arrangeant pour le faire devant Carine qui, plantée sur ses spatules, le suivait de ses yeux noisette, luisants d'admiration. Je crois bien qu'elle serait demeurée des heures à cette contemplation.

Le *slalom* était mon point fort et je fus la vedette du jour quand je décrochai mon Chamois d'argent. Mais on me fit une telle fête que cela gâcha mon plaisir. Car le Chamois d'or d'Henri, ne surprenant personne, ne lui avait pas valu, le dimanche précédent, le dixième des compliments dont je bénéficiai, même si Carine ne me regarda guère, réservant son attention à Henri.

A ma grande déception, je voyais du reste s'ébaucher entre eux un flirt encouragé par les parents, unanimement désireux de les voir un jour mari et femme.

Voilà pour l'aspect visible des relations entre les Contamine et les Ducoudray, le seul connu de moi à l'époque. Tout n'était cependant pas aussi simple que je le présumais.

Il est des enfants dont on dit : « Il s'élève tout seul. » Mon frère avait été de ces prodiges. J'avais, au contraire, été de ceux que l'on couve indéfiniment pour avoir été de constitution délicate dans la petite enfance et en avoir gardé certains stigmates dans le physique, la tournure d'esprit, et plus encore dans la tête des parents.

On observe la mine du suspect au moindre frémissement de cils. On le fait passer sous la toise tous les huit jours en regrettant de ne pas disposer d'instrument de mesure pour le développement jugé médiocre de ses aptitudes mentales. On l'accable de recommandations oiseuses. (Ah, comme j'ai appris à me méfier des courants d'air !) Et surtout, pour en venir à mon propos, on le tient à l'écart de mille faits et dires présumés préjudiciables à sa cervelle de moineau ou dont il pourrait faire mauvais usage. Car le chérubin est censé avoir fait un stage chez les mauvais anges avant d'échoir chez papa-maman.

Cet écran de fumée rose explique mon ignorance de faits anciens que je ne découvrirais qu'avec le temps. Il explique aussi que, durant l'année vécue seul avec mon père, celui-ci prit grand soin de me cacher que, si nous vivions encore à Tournebise, il n'en était plus le maître.

Avec l'intention d'aller au fond des choses et de faire ici une relation aussi exacte que possible, tant des événements eux-mêmes que de leurs causes et de leurs effets, j'ai interrogé les témoins survivants tels que Mathilde, Octave Ligeonnet et Simone Ducoudray demeurée proche dans mon affection.

De tout cela, il ressort que, si les deux chefs de famille vivaient en bonne intelligence, l'entente était superficielle, n'ayant la qualité ni de celle entre leurs femmes, ni de celle entre leurs enfants.

Car une rivalité demeurait sous le boisseau, plus étouffée chez mon père que chez son confrère.

Respectons la chronologie en remontant à des temps reculés où s'étaient noués puis dénoués des rapports amicaux entre leurs pères, originaires du même village de moyenne altitude.

Les deux hommes avaient laissé naître entre eux d'obscures dissensions de prestige et de prérogatives plus que d'opinions, car l'un et l'autre étaient de droite et se rendaient chaque dimanche à la grand-messe accompagnés de leurs épouses en costume traditionnel.

Les couples se défaisaient d'ailleurs sous le porche. Pendant que la femme remontait dévotement l'allée centrale jusqu'à sa chaise étiquetée, l'homme s'agglutinait à d'autres hommes sur les bancs du fond, éloignés des confessionnaux. Dès le *et filius* et peu soucieux du plus abstrait *spiritus sanctus*, on se mettait en branle, signe de croix expédié, pour se rendre au *Café de la Paix* en se faufilant par la petite porte.

Il advint que, briguant l'un et l'autre la mairie du village, Ducoudray le père et Contamine le père se taillèrent des croupières telles que, profitant de la perplexité des électeurs, l'instituteur radical-socialiste sut tirer les marrons du feu.

S'étant ainsi créé un motif avéré de brouille, ils s'agonirent d'injures au dit *Café de la Paix* et jusqu'à en venir aux mains, puis ne s'adressèrent plus la parole.

Les relations entre les fils d'une douzaine d'années s'en ressentirent, mais sans provoquer d'éclats. Et il est probable qu'avec le temps les algarades paternelles n'auraient guère laissé de traces, sans une circonstance propre à les raviver.

Entre-temps, les affaires avaient prospéré. Usine et habitation avaient subi la loi commune d'attirance vers la vallée. Les patrons avaient jeté aux orties leurs bourgerons et leurs galoches pour se vêtir bourgeoisement, desserrant cravate et col cassé dès qu'ils rentraient à la maison. Les gamins étaient devenus des hommes. Et il faut bien avouer que mon futur père allait, innocemment ou pas, bousculer quelque peu les projets de Maxime.

Simone était une sémillante brune aux yeux de gazelle qui, en dépit d'un quant-à-soi de bon ton, faisait tourner la tête à tous les jeunes gens de Gravigny, les plus en faveur étant mon père et Maxime. Toutefois les parents Dousselin les tenaient à distance, ne voyant, en aucun des deux, le parti avantageux qu'ils convoitaient pour leur fille.

Mon père, d'un an l'aîné de Maxime, se trouvant sous les drapeaux, ce dernier en profita pour tenter de le prendre de vitesse, multipliant les avances auprès du docteur et de sa femme, obtenant d'être le cavalier de leur fille au bal municipal.

Il se fit que mon père, en permission, se présenta le soir du bal, en uniforme flambant neuf de dragon, avec épaulettes en argent, boutons de cuivre et galons d'or de sergent. Il se tailla un joli succès et Simone lui accorda un nombre respectable de danses, davantage qu'à son virtuel prétendant.

(Entre Simone et papa, il n'y eut probablement rien d'autre que cette passade d'un soir. Peut-être n'en seraient-ils pas restés là sans l'apparition à Gravigny d'une jeune fille au charme romantique en la personne de qui papa vit aussitôt la femme de sa vie.)

Désappointé et vexé, Maxime se montra ce soir-là très empressé à l'égard d'une blondinette potelée, Charlotte, la fille du charcutier, ce qui produisit des signes d'agitation chez Simone qui, pourtant, ne l'avait pas volé.

Et il fit mieux. Espérant la rendre plus jalouse encore, il alla plusieurs fois, au cours des jours suivants, se pavaner en compagnie de sa nouvelle conquête sous les fenêtres des Dousselin, dans la rue centrale de Gravigny.

Mal lui en prit, Simone n'ayant pas un caractère aussi souple qu'il le présumait. Quand il se présenta, un bouquet d'anémones à la main, elle l'enjoignit d'aller vite le piquer dans les naseaux d'une tête de veau à la vitrine du charcutier.

La « fille de la charcuterie » — vocable que Simone, furieuse d'avoir été supplantée, utilisait alors — serait l'heureuse bénéficiaire de ce mouvement d'humeur.

Maxime Ducoudray, à son tour, fut appelé sous les drapeaux. Mais Charlotte s'étant « laissé faire un enfant entre deux portes au cours d'une permission de détente » — autre expression de Simone passée à la postérité en raison de la gauloiserie involontaire — le mariage eut lieu dès la permission libérable.

Sept mois plus tard naissait Gérard, réputé « petit prématuré ». Mais Charlotte devait être victime d'une phtisie galopante après moins de trois ans de mariage.

Une fois la période de deuil achevée, Maxime, qui n'avait pas attendu l'échéance pour multiplier les ronds de jambes auprès des parents Dousselin et de leur fille — qu'aucun autre prétendant n'avait réussi à séduire —, put faire sa demande officielle sans courir le risque d'être éconduit.

Entre-temps, et peu après son retour de l'armée, papa avait été invité par Simone à un après-midi dansant organisé en l'honneur d'une amie en vacances chez les Dousselin, Evelyne Lemercier dite Linette.

Si les visées de Simone sur mon père n'étaient pas éteintes, ce fut une imprudence de sa part. Un an plus tard, Saint-Germain-Prieuré carillonnait pour un jeune couple resplendissant de félicité, Simone, en robe d'organdi jaune pâle, devant se contenter du rôle de demoiselle d'honneur.

Un nouveau foyer s'allumait dont je serais le second enfant.

Heureuses d'habiter à dix minutes l'une de l'autre, les deux amies devinrent inséparables, le mariage ultérieur de Simone ne faisant que doubler ces relations intimes d'une fréquentation de couples.

Les chefs de famille avaient bien été contraints d'enfouir dans les corbeilles de mariage les reliquats de rancœurs. Mais s'ils se faisaient assaut de politesses il ne restait pas moins entre eux comme une petite odeur de soufre.

Papa et Maxime Ducoudray n'appartenaient pas à la même espèce d'hommes.

Profondément humain en dépit d'une apparence plutôt sévère, le premier était aimé du personnel. Incapable de bas calculs et de mesquineries, il tenait à sa réputation d'intégrité et de probité que ne démentaient pas les faits, et accordait facilement sa confiance.

Le défaut de la cuirasse se perçoit déjà. Il est dans ces qualités mêmes : influençable, désireux d'être en bons termes avec chacun. Je n'irais pas jusqu'à dire de mon père qu'il était un homme faible et une proie facile pour les profiteurs, mais il est indéniable qu'en certaines circonstances il fit preuve de faiblesse et que, s'il manqua quelquefois de clairvoyance, il manqua souvent de détermination.

Maxime Ducoudray n'était pas du même bois tendre. Sous une trompeuse rondeur, il était aussi coriace et inébranlable que le chêne. Et le tranchant de la hache lui-même s'émousse en s'attaquant à un cœur de chêne. Lui n'était guère sensible au malheur des autres et traitait le personnel avec un manque de considération que mon père jugeait révoltant bien qu'il n'osât pas le lui dire.

De taille moyenne, bien en chair sans être gros, le teint coloré, couperosé, les cheveux presque blancs taillés en brosse, Maxime Ducoudray n'était pas véritablement un homme avenant, mais il avait l'apparence satisfaite qui en donne l'illusion.

Ce qui frappait cependant dès l'abord, c'était le regard. Petits, bleuâtres, opaques, les yeux lui donnaient une expression dure et froide contredisant le reste de l'aspect physique. Comme si, désireux d'atténuer les marques extérieures d'un caractère indomptable, il était parvenu à discipliner tous les éléments constitutifs de sa personne sauf les yeux — réfractaires par nature à tout changement, au point de refuser de vieillir.

Ce fut donc à cet homme-là que, dans son désarroi, mon père eut l'imprudence de confier momentanément les destinées de la SIF, pour éviter une double crise : crise d'autorité à l'intérieur, crise de confiance à l'extérieur.

A l'intérieur, l'absence de tête pouvait entraîner

rapidement le désordre. L'usine comptait des collaborateurs assez qualifiés, chacun dans sa spécialité, aucun d'eux n'étant toutefois en mesure d'assurer l'intérim. Sachant que son fils aîné ne tarderait pas à le seconder, son diplôme inscrit sur le front, mon père s'était en effet refusé à s'adjoindre quelqu'un qu'il ne pourrait pas maintenir en fonction.

Quant à la crise de confiance à l'extérieur, elle était inévitable à défaut d'une reprise en main rapide et de qualité.

Dans les milieux d'affaires dont la SIF dépendait, nul n'ignorait, en effet, qu'elle se résumait à un seul homme, qu'il en détenait toutes les commandes et que, lui absent, tout risquait de tourner très vite à la débandade.

A l'hôpital de Zurich, mon père avait accueilli avec gratitude les Ducoudray accourus dès connaissance du malheur qui nous frappait. Dans sa détresse, il avait sollicité de son confrère, et présumé ami, qu'il remuât ciel et terre pour dénicher d'urgence un ingénieur féru de mécanique et bon gestionnaire. A quoi Maxime Ducoudray avait rétorqué que c'était demander la lune, mais qu'au nom de l'amitié il était disposé à consacrer lui-même à la SIF une partie de ses journées, aussi longtemps qu'il le faudrait. « Vous êtes la Providence ! » s'était alors écrié mon père condamné à l'impuissance et dont le manque de jugement, pour compréhensible qu'il soit dans son état, devait s'avérer lourd de conséquences.

Affirmer qu'il ait vu en Maxime Ducoudray un homme providentiel serait d'ailleurs exagéré ; mais quelqu'un qui se noie ne se demande pas si le lanceur de bouée cache un poignard dans sa manche.

Au reste, rien ne permet d'affirmer que, sur le moment, l'industriel ait flairé le parti qu'il pourrait tirer de la situation. Ce n'était pas un monstre. Sa femme était effondrée. Lui-même avait l'air retourné. Et ils avaient dû confier Carine à son grand-père pour surveillance médicale, tant elle était choquée.

Mais un loup est un loup. On ne le laisse pas entrer dans la bergerie.

La signature d'une procuration le subrogea dans les pouvoirs du gérant en titre de la SIF.

Voici le sieur Ducoudray au travail.

Son arrivée serait rassurante pour le personnel si ce n'était cette réputation de dureté qui le précède. Aussi s'efforce-t-il d'apaiser les craintes, ne tenant pas à laisser sourdre un mécontentement qui compliquerait sa tâche.

A l'atelier, il sait à point nommé donner une tape sur une épaule, distribuer des poignées de main, tutoyant les plus jeunes, demandant aux ouvriers qu'il connaît des nouvelles de leur famille. L'air intéressé, il tourne autour des machines, écoutant chacun lui expliquer ce qu'il fait, relevant parfois un détail dénotant un homme de l'art.

Caresser dans le sens du poil ne suffit pas pour convaincre et moins encore en terre savoyarde qu'ailleurs ; mais le premier contact ne laisse pas une mauvaise impression. « L'essentiel est de faire tourner la boutique. Tout compte fait, mieux vaut quelqu'un du coin et du métier qu'un inconnu. » Telle est l'opinion qui prévaut.

Nous sommes, souvenons-nous, dans la vallée de l'Arve où l'on a l'esprit de corps et, par-dessus tout, de clocher. Ici l'on compose plus volontiers avec les travers d'un enfant du pays qu'avec des qualités étrangères.

A équivalence hiérarchique, deux anciens collaborateurs secondaient mon père au bureau, respectivement comptable et « chef de bureau ». Il les appelait sa « vieille garde ». Et il est nécessaire de s'attarder sur la personnalité du comptable, pour éclairer la suite des événements.

Octave Ligeonnet était un célibataire taciturne de cinquante-sept ans, si fuyant et dissimulé qu'on disait de lui « il rase les murs », ce qui ne signifie pas qu'il passait inaperçu car, voulant se faire oublier, il se faisait doublement remarquer.

Il suscitait d'ailleurs d'autant plus de curiosité qu'il était réputé excellent comptable et éminence grise du « patron ».

C'était un homme maigre aux épaules voûtées, au visage raviné et jaunâtre avec un nez tombant. On aurait dit qu'à force de rester penché sur ses livres de comptes, le buste et le nez s'étaient incurvés dans leur direction.

Mon père jugeait son « grand argentier » tatillon et même vétilleux par moment. Cependant, il le citait comme un exemple de dévouement. Il lui faisait une confiance aveugle, se reposant sur lui pour la gestion comptable et financière qui n'était pas sa tasse de thé, ne cachant pas sa prédilection pour la technique et le commerce.

Le « chef de bureau » Jules Duclos, englué dans la routine, arriverait bientôt au terme d'une carrière sans grand relief. Il tardait à papa de lui tresser des couronnes devant le champagne d'honneur. Pour justifier un titre obtenu sur le tard et comblant les vœux de toute une vie, on avait dû placer sous son autorité Josette, la sténo-dactylo, qui travaillait surtout pour mon père et pour lui.

Dès le premier jour, Ducoudray consulte, en compagnie de Duclos, le planning et les dossiers de commandes en cours à une jolie cadence d'homme efficace ayant l'habitude d'aller à l'essentiel, se les faisant commenter et prenant des notes.

Le soir, il prévient Ligeonnet qu'il passera le lendemain à l'examen des livres comptables.

Bien que celui-ci doive s'y attendre, il en paraît si contrarié que le teint cireux de bilieux devient verdâtre et que les mains aux phalanges noueuses d'arthritique sont saisies de tremblements. Dès lors, Ducoudray peut s'attendre à quelques surprises.

La première est que, le matin suivant, Ligeonnet fait prévenir qu'il est souffrant, ce qu'authentifie une mine longue et défaite quand il se présente le surlendemain.

Depuis qu'il a eu connaissance de la mission de Ducoudray, il vit en effet dans la terreur ; une terreur devenant panique lorsque le chargé de mission lui exprime clairement son intention de regarder de près la comptabilité.

Il sait, en effet, que, contrairement au « patron », Ducoudray, qui ne fait confiance à personne, la passera au crible. Et déjà il se voit comparaître devant une cohorte de juges agitant de longues manches noires comme des ailes de corbeaux vengeurs.

Dès qu'il verra arriver Ducoudray, il l'entraînera dans son bureau.

Quel est le *crime* de Ligeonnet ?

Depuis quelques années, mon père a fait de nombreux séjours à Paris et ses affaires en ont souffert. Une conjoncture peu propice a contribué à la chute du chiffre d'affaires, et plus encore du bénéfice. Aux frais de déplacements sont venus s'ajouter successivement le loyer d'un appartement, le salaire de la « fondée de pouvoir » et l'achat d'une voiture.

Cependant, il fait confiance au « patron ». S'il connaît parfaitement son métier, Ligeonnet est en effet frappé d'indigence mentale pour ce qui relève du commerce, réduisant le monde des affaires à la grouillante et menaçante allégorie du panier de crabes. Il sait que l'état de chef d'entreprise a ses grandeurs et ses misères, et à aucun moment ne suspecte la clairvoyance de son chef à qui il voue un attachement pathétique. Il ne se doute pas que celui-ci vit désormais sur une autre planète.

On s'habitue à la prospérité sans envisager qu'elle peut ne pas durer. Il est clair que, l'esprit tourneboulé par l'entrée de Roseline dans sa vie, mon père a perdu peu à peu la maîtrise de son affaire. L'idée qu'elle puisse sombrer ne l'a jamais effleuré. D'où les réponses évasives mais rassurantes que Ligeonnet entend quand il manifeste de l'inquiétude.

Il est vrai que, profitant des séjours qu'il fait à Paris, papa établit certains contacts, obtenant même des marchés de quelque importance, mais à marge réduite, car sur la place de Paris la concurrence est sévère.

La première étape que franchit le comptable est la falsification des comptes d'exercice.

Les maquiller en embellissant abusivement la réalité, il sait faire. Donner momentanément l'illusion que, si l'entreprise subit une petite dépression, elle demeure assez solide pour inspirer confiance est un jeu pour qui connaît les ficelles du métier. Il va enfin pouvoir prouver, et surtout à lui-même, qu'il est toujours demeuré très au-dessous de ses capacités.

Cependant, la fertilité de son esprit sera surtout mise au service des besoins en trésorerie, qui vont se faire de plus en plus pressants.

Il fera d'abord appel à toute la gamme des expédients légaux, renégociant avec la banque le découvert de caisse[1], s'efforçant d'obtenir des clients un raccourcissement de leurs délais de paiement, imposant l'inverse aux fournisseurs, remettant les traites à l'escompte[2] aussitôt que reçues. Il ira jusqu'à obtenir des prorogations auprès du Trésor public.

Mon père le sait-il ?

Oui, il le sait, mais sous une forme édulcorée. Ligeonnet dira n'avoir pas voulu le pousser à puiser trop largement dans sa propre escarcelle. Je croirais plutôt qu'il n'osa pas tirer trop brusquement le signal d'alarme par veulerie, ce qui serait assez bien dans sa manière doucereuse, non dénuée de flagornerie.

Arrive le moment où il faut jongler pour assurer les échéances. Et c'est là qu'un fait nouveau va le conduire à jouer avec le feu.

Mon père étant à Paris, le comptable apprend que des traites liées à un marché parisien sont impayées, le client ayant déposé son bilan. Sachant qu'à défaut de parade la SIF subira le même sort, le spectre de la débâcle commence à le hanter. Il imagine le vol de rapaces s'abattant sur Tournebise, dépeçant le cadavre encore chaud, et mon père impuissant, hagard, accablé de honte et d'humiliation... Il se voit lui-même au chômage, ne supporte pas l'idée de cette commune déchéance. D'où une volonté obstinée d'y faire obstacle. Les dernières cartouches légales étant épuisées, il décide de tenter le tout pour le tout en faisant cavalier seul — si l'on ose dire, car c'est bien de *cavalerie* qu'il s'agit.

Dans son esprit, ce n'est que subterfuge de courte

1. Mise à disposition de fonds, par la banque, pour une période de courte durée moyennant versement d'intérêts.

2. Traites à échéance acceptées par les clients et remises à la banque qui, en échange, verse immédiatement les fonds correspondants, déduction faite des intérêts.

durée et cas de force majeure. La situation va se redresser. Le patron est formel. Il le lui a dit vingt fois. On attend d'ailleurs du PLM un gros marché de tire-fond assorti d'une confortable avance pour financer les achats d'acier.

Faisant de nécessité vertu, il se sent en règle avec sa propre conscience, estimant que, si le procédé est illicite, nul n'en sera lésé, et que son habileté sauvera du naufrage la SIF, mon père et tout le personnel qui ne se doute de rien mais risque de se retrouver brutalement sans travail.

La texture de la profession se prête plus que d'autres à la pratique des effets de cavalerie[1]. Toutes les entreprises de décolletage d'une certaine importance travaillent en liaison avec un réseau de sous-traitants, et il existe fréquemment une réciprocité de services donnant lieu à des facturations croisées.

Dès lors, il suffit de se mettre d'accord avec un ou plusieurs partenaires à court de trésorerie : à l'échange habituel d'effets de commerce, il s'en ajoutera d'autres émis chou pour chou, chacun vendant de la fumée à l'autre.

Trois sous-traitants entreront dans le jeu, trop heureux de pouvoir tirer de la banque les *liquidités* qu'elle leur refuse, comme on tirerait de l'eau du puits. Ils sont d'autant plus ouverts à la proposition que mon père n'est pas au courant, Ligeonnet n'ignorant pas que l'informer serait aller au-devant d'un blâme aussi péremptoire qu'indigné.

Qu'importe ! Disposant d'une délégation de signature, il le sauverait, malgré lui, du désastre.

1. Effets dits « de cavalerie » ou de complaisance : traites que deux commerçants tirent l'un sur l'autre sans opération commerciale et qui leur permettent de se procurer frauduleusement des fonds auprès de leurs banquiers par voie d'escompte.

Le système se rode, ronronne bientôt gentiment, même si cela a un coût, car les frais financiers s'accroissent. Mais le stratagème apporte à la SIF le complément de trésorerie lui permettant de faire face à ses engagements.

Toutefois, le marché du PLM n'a pas produit le miracle espéré. Pour enlever l'affaire, il a fallu consentir des prix de misère. Si les tire-fond ont fait tourner les machines, le tiroir-caisse ne s'en est pas regarni. Ligeonnet, dont les épaules se voûtent un peu plus chaque jour, vit désormais un cauchemar, se demandant comment tout cela va finir.

Lorsque notre accident survient, il vit depuis des mois sous une épée de Damoclès. Horrifié par la nouvelle, il croit perdre la tête.

Quand Ducoudray entre en scène, l'imprudent comptable est mûr pour passer aux aveux.

Du premier entretien entre Ducoudray et Ligeonnet, je sais bien peu. Seulement qu'après avoir écouté calmement la confession, l'industriel hocha la tête plusieurs fois en disant :

— Eh bien, mon ami, vous vous êtes fourré dans un beau pétrin. Vous allez tout bonnement vous retrouver en correctionnelle avec Contamine. Ayant la signature, vous êtes solidairement responsable. Rendez-vous compte : déjà que poursuivre une exploitation déficitaire est un délit, vous trouvez le moyen d'y ajouter des infractions aux règles du code de commerce. Au minimum, c'est deux à trois ans de taule et une forte amende qui vous attendent.

Et comme Ligeonnet effondré balbutiait : « Alors, que me reste-t-il à faire ? Me brûler la cervelle ? » Ducoudray répliqua avec un demi-sourire protecteur et un peu narquois :

— Ah non, mon petit bonhomme, vous n'allez pas nous fausser compagnie. Laissez-moi au moins vingt-quatre heures de réflexion. Allez ! ne faites pas cette tête-là ! Je ne dis pas que vous méritez d'être décoré, mais vous n'êtes pas une canaille. On va essayer de vous tirer de là.

Je sus par Mathilde et par Siméon qui, en bons concierges qu'ils étaient, avaient l'art de regarder par le trou d'une serrure et d'écouter aux portes, que, le même soir, Maxime Ducoudray, redoublant d'ardeur, demeura seul dans le bureau directorial jusque fort tard dans la nuit, compulsant les dossiers, furetant dans les papiers, épluchant certains d'entre eux. Il y a gros à parier que ce fut le moment où, se pourléchant les babines à la promesse d'un royal festin, le saint-bernard retrouva ses crocs de loup. La cupidité n'explique du reste pas tout. La volonté de puissance et l'appétit revanchard sont, eux aussi, de puissants leviers.

Il possédait désormais les tenants et aboutissants des affaires de mon père, le tout traduit en chiffres. Le vendredi matin, il n'apparut pas à la SIF, demeurant chez lui à faire et refaire des calculs. L'après-midi, il s'enferma avec Ligeonnet qui, lors de mon enquête, me rapporta lui-même leur conversation en s'efforçant de restaurer auprès de moi son image d'employé modèle.

Ducoudray lui mit, tout de go, le marché en mains.

— De deux choses l'une, lui dit-il, ou bien vous entrez dans mon jeu, ou bien vous allez de vous-même tout révéler au tribunal de commerce. Choisir la deuxième solution, c'est évidemment en accepter toutes les conséquences. Ce n'est pas très drôle de monter, menottes aux poignets, dans le panier à salade, mais on s'en remet. Bien entendu, après avoir purgé votre peine, vous ne pourriez pas revenir à

Gravigny. Tout le monde vous en voudrait à mort, avec de bonnes raisons : outre le scandale dans la vallée, vous condamneriez la SIF et ceux que vous avez entraînés dans vos magouilles à mettre la clef sous la porte. Même dans votre famille, vous passeriez pour un salaud !

— Assez, assez ! Que faut-il que je fasse ? s'écria Ligeonnet.

— Une seconde, que diable, reprit l'autre posément. Laissez-moi vous dire que vous ne manquez ni d'audace ni de talent. Se livrer à toutes ces manigances sans se faire repérer n'est pas du premier venu. Selon toute probabilité, je vais me trouver bientôt à la tête d'un petit groupe et il me faut quelqu'un comme vous pour me seconder, en demeurant dans la légalité bien entendu. Que diriez-vous d'un doublement de vos appointements et d'un titre de sous-directeur ?

Mon père dirait plus tard :

— Mets-toi à sa place. Même un saint n'aurait pas résisté. Ce n'était pas tourner casaque. C'était faire preuve de bon sens.

— Contamine est un homme fini, poursuivit Ducoudray, alors que ce chaud après le froid laissait Ligeonnet tout amolli, et il n'a personne pour prendre sa suite. Il n'a pas non plus les moyens de renflouer l'affaire. Moi, si. Mais, comme le sauvetage est périlleux et que je ne suis pas cousu d'or, il faut m'aider en inscrivant de votre blanche main les chiffres que je vous indiquerai et que vous lui présenterez vous-même. De moi, il se méfiera. De vous, non ! Il sait bien que vous vous feriez hacher en morceaux pour lui. Il s'agit d'une bonne action, je le répète. Si nous faisons cause commune, nous lui épargnerons bien des soucis et des ennuis. Il restera en place en percevant un salaire. Je puis vous assurer qu'il ne manquera de rien.

La fin justifiant les moyens, Ligeonnet inscrivit sans un mot les chiffres fallacieux que Ducoudray lui dicta, traduisant une situation financière beaucoup plus désastreuse qu'elle ne l'était.

Le soir, Maxime Ducoudray confierait à sa femme :

— Pour sauver la mise à Éloi, je me suis jeté à l'eau. Si le coup réussit, nous y gagnerons une position royale pour Gérard quand il en aura terminé avec les études.

Le samedi matin, il monta dans sa voiture, passa prendre chez lui le comptable et mit le cap sur Genève.

Alité et dans l'état que l'on sait, mon père ne soupçonna pas un calculateur avide et froid sous l'air bienveillant de Maxime Ducoudray qui se présenta seul.

Après les amabilités de circonstance et un minimum de précautions oratoires, il en arriva à l'énoncé des faits : la SIF était insolvable depuis des mois. Les pratiques frauduleuses s'étaient multipliées pour lui éviter de couler à pic. Le montant des dettes approchait la valeur des actifs. A défaut d'un miracle, la liquidation et les poursuites judiciaires étaient inévitables.

Et mon père qui, plusieurs fois, me raconta la scène m'a dit s'être retrouvé assis dans son lit, s'écriant, révulsé :

— Comment ! Mais c'est une histoire de fou. Jamais je n'ai mangé de ce pain-là !

— Non, mais quelqu'un l'a fait en votre nom, précisa Ducoudray. Ligeonnet avait la signature. Il a tout pris sous son bonnet.

Et il raconta l'affaire par le détail, intercalant à son exposé des remarques telles que « Je suis bien obligé de vous parler à cœur ouvert » ou « Si vous saviez comme je suis désolé, mon pauvre ami ! » mais noircissant le tableau dans les limites de la vraisemblance.

Mon malheureux père, qui tombait des nues, se sentit bientôt pris dans un inexorable mouvement d'engrenage comme si, de cauchemar en cauchemar, tout concourait à le broyer.

Impitoyable, le visiteur concluait :

— Je me suis renseigné : c'est un délit assimilé à la banqueroute simple, c'est-à-dire passible de deux à cinq ans d'emprisonnement accompagné d'une forte amende.

— C'est affreux. Dites-moi que je rêve, se lamenta mon père à deux doigts de l'asphyxie. D'ailleurs... je ne vous crois pas !

— Bon, alors débrouillez-vous tout seul, dit Maxime Ducoudray, l'air courroucé. Le plus extraordinaire, c'est que tout va à vau-l'eau dans votre turne, et que vous n'en sachiez rien.

Il fit mine de tourner les talons. Mon père le retint par la manche :

— Non, non, attendez ! Tout se bouscule dans ma tête. Laissez-moi le temps de me reprendre. Pourquoi ne vient-il pas m'en parler lui-même, Ligeonnet ?

— Mais il est là, cher ami, fit l'industriel avec le geste avantageux de qui ne se laisse pas prendre au dépourvu.

Et il fit entrer le comptable.

Ligeonnet, qui avait attendu d'être appelé en se rongeant les sangs, se précipita au chevet du blessé, protestant de sa bonne conscience, donnant sa parole d'honneur qu'il avait agi par devoir et fidélité. Papa lui serra cordialement la main, l'assurant qu'il ne doutait pas de sa bonne foi. Le comptable confirma les faits et lui mit sous les yeux les chiffres dictés par Ducoudray. Sur quoi, il ne se fit pas prier pour quitter la chambre.

— Vous ne me croyez toujours pas ? demanda l'industriel un brin goguenard.

— Laissons cela, voulez-vous, implora mon père. Vous voyez bien dans quelle panade je me trouve. Vous-même, comment auriez-vous réagi, à ma place ?

— Moi, je sais ce qui se passe dans ma boutique, rétorqua l'autre sans ménagements. Prévenir le désordre est plus facile que d'y remédier. Dès que vous avez commencé à faire de la corde raide, vous auriez dû m'en parler. Je vous aurais tendu la main. Nous sommes des amis, saperlote ! Au point où en sont les choses, il n'y a rien d'autre à faire que réinjecter des capitaux ou laisser le champ libre à la Justice.

— Des capitaux, c'est vite dit, se désola mon père. Où voulez-vous que je les prenne ? Je n'ai plus rien. Plus que les yeux pour pleurer.

Suivit un lourd silence durant lequel Maxime Ducoudray parut plongé dans une profonde méditation.

— Bon ! reprit-il tout à coup et comme mû par une soudaine inspiration, il existe peut-être une planche de salut ! Après un deuil aussi cruel, vous laisser malmener me révolte. Par amitié, j'ai accepté une mission. Vous lâcher dans un moment pareil serait de la désertion.

Il était assis près de mon père et lui posa une main rassurante sur le bras :

— Alors, voilà : puisque vous n'avez, hélas, personne pour vous succéder, vous me refilez le bébé et l'eau du bain contre un franc, et je fais mon affaire de tout. Un franc, c'est ce que ça vaut. Mais quand je dis « le bébé », ce n'est pas seulement la SIF ; c'est Tournebise dans sa totalité. Si je veux retomber sur mes pattes, c'est la seule solution.

— Mais vous êtes fou, rugit mon père. Même la maison et le parc ?

— De toute façon, la maison passerait à d'autres puisqu'elle est hypothéquée. Au contraire, vous y gagneriez ; momentanément, je pourrais vous en laisser la jouissance. Ah ! il faut bien que je trouve mon intérêt quelque part dans une opération dont le seul but est de vous tirer d'un mauvais pas. Quand j'aurai tout comblé, il ne me restera rien. Pas une épingle. C'est qu'il faudra cracher sérieusement au bassinet pour tout aplanir. En plus, la plupart des machines datent d'avant 1914. Les seules à valoir quelque chose ne sont que partiellement payées. Quant aux stocks, ils sont au plus bas, contrairement à ce qu'annonce le bilan. Avec de l'argent, on aura vite fait d'étouffer l'affaire. Ni la banque, ni les sous-traitants n'ont intérêt à ébruiter les tripatouillages. Et, dans la position où vous vous trouvez, personne ne s'étonnera de vous voir passer la main. Vous sortiriez d'ici la tête haute. Maintenant, cavalerie pour cavalerie, si vous préférez la cavalerie judiciaire...

— Et que deviendrais-je, moi, dans votre combinaison ? suffoqua mon père. J'ai un fils à ma charge et...

— ... et une maîtresse à entretenir, enchaîna Ducoudray. Allez, on est entre amis... Vous n'allez pas me faire croire que tous ces voyages, un appartement, une voiture, c'est pour vous seul. Avoir jeté l'argent par les fenêtres n'a rien arrangé. En plus, vous risquez une condamnation pour abus de biens sociaux. Mais je n'ai pas du tout l'intention de vous laisser dans la mouise ! Bien entendu, vous seriez sous ma coupe, mais vous demeureriez à la SIF en qualité de directeur ! La maison... la direction... Au fond rien ne serait vraiment changé pour vous. Quant à vos appointements, ils ne seraient pas exorbitants mais décents. Disons... ceux d'un chef d'atelier. Vraiment, vous avez tout avantage à accepter... Soit dit en passant, je vous mets au défi de trouver une autre bonne poire dans mon genre. Me mettre tous ces embêtements sur le dos, je ne le ferais pas pour n'importe qui, sachez-le ! Vous voir condamné, être déchu du droit d'exercer, méprisé de tous... Non, je ne me fais pas à cette idée... Et Jean-Cy ? Avez-vous pensé à ce pauvre gamin ? A l'affront qui retomberait sur lui ?...

Et, s'apprêtant à prendre congé :

— Allez, réfléchissez jusqu'à demain. Je reviendrai chercher la réponse.

— Non, pas la peine, dit mon père, pour qui la perspective des avanies qui me viendraient de sa condamnation constitua l'estocade finale. Je suis pris à la gorge... Que puis-je faire d'autre ! Vous pouvez faire préparer les papiers.

Sa vue se brouillait de larmes. Il m'a dit avoir ressenti à cet instant-là une telle détresse qu'il demanda à Dieu de toutes ses forces agonisantes la grâce de le rappeler à Lui. Mais sa lassitude était si intense qu'une torpeur malsaine annihila bientôt toute autre pensée que celle de sa souffrance physique.

Quarante-huit heures plus tard, Ducoudray revenait avec le notaire, et mon père apposa sa signature au bas de deux actes provisoires : l'un pour le transfert de propriété du fonds de commerce et des locaux industriels, l'autre pour les biens privés. Il était ruiné mais l'honneur était sauf.

Ligeonnet ne fut pas nommé sous-directeur et ne reçut pas d'augmentation. Il continua de tenir la comptabilité durant quelques mois sous étroite surveillance. Quand Ducoudray eut tiré de lui ce qu'il jugeait utile comme on exprimerait le jus d'un citron avant d'en jeter l'écorce, il le congédia.

Voilà où nous en étions, mon père et moi, en ce mois d'octobre 1938 où un ouragan déferle sur Tournebise, sous l'apparence d'une femme de grande beauté sémite et d'une adorable fillette.

Un an auparavant, presque jour pour jour, un chemin de croix avait commencé pour nous, alors que nous allions joyeusement célébrer en famille mon premier prix de Conservatoire. Douloureusement atteints dans nos affections et nos personnes physiques, nous savions ne pas pouvoir sortir intacts de cette cruelle mésaventure.

Cependant, nous en avions assumé les conséquences avec pudeur, évitant tacitement entre nous les crises de larmes, les abandons, les rébellions ; prenant soin plus encore de ne pas offrir le spectacle de notre douleur à des tiers, au risque de donner l'impression d'un certain détachement.

Dans notre faiblesse, nous avions donc puisé assez de force, chacun en soi-même et l'un dans l'autre, pour préserver notre dignité.

Cette attitude me semble aujourd'hui d'autant plus méritoire que la commune épreuve se trouvait doublée, pour chacun, d'une seconde qui lui était propre et dont il ne disait mot à l'autre.

Avec un constant souci d'authenticité, j'ai retracé ce que fut celle de mon père et qu'il vivait comme un avilissement.

Reste à préciser néanmoins qu'après sa sortie de clinique il n'avait pas été long à comprendre que Ligeonnet avait été manipulé, car, malgré les pertes enregistrées, la SIF constituait encore un patrimoine permettant d'en envisager la cession en conservant non seulement la maison et le parc mais les biens immobiliers à usage industriel.

Les jeux étaient faits, la transaction ayant été hâtivement menée dans la légalité. Introduire une action paulienne aurait été aléatoire et il s'y refusa, redoutant un rebondissement préjudiciable à sa réputation qui, du moins, n'avait pas souffert.

Maxime Ducoudray avait eu raison sur un point : papa n'était plus de taille à lutter. Il était devenu une cire molle. L'autre en avait profité et il en profitait encore. Le tenant à sa merci, il lui attribuait dédaigneusement un salaire parcimonieux, la jouissance de la maison étant subordonnée au paiement d'un loyer qui l'amputait d'un bon tiers. Sans oser le lui dire franchement, le nouveau gérant et propriétaire ne négligeait rien pour le pousser à quitter définitivement Tournebise.

Pour ma part, la privation de violon m'aura condamné à un infatigable sentiment d'impuissance. De même que j'ai gardé comme une chapelle ardente dans le cœur, j'ai un violon dans la tête. Les airs que j'ai joués, que j'aurais pu jouer beaucoup mieux en progressant, et d'autres que j'aurais voulu mettre à mon répertoire, investissent parfois mon cerveau au moment où je m'y attends le moins. Et la nostalgie ne s'arrête pas aux sons. Elle s'étend aux gestes et jusqu'à la perception visuelle des vibrations de cordes sous l'archet.

Tout n'aura cependant pas été funeste dans la tragédie qui nous frappa. Bonheur dans le malheur, mon père s'était mué en ami tendre, capable moins de me comprendre que de m'accepter tel que j'étais. Divine révélation, il n'était plus le censeur. Nulle réprimande, nulle désapprobation intempestive ne sera venue ternir notre subite complicité. Dans les petits miroirs de son visage, j'aurai existé par moi-même et pas seulement par comparaison avec mon frère — toujours à mon désavantage. J'aurai été quelqu'un avec qui on peut converser, sur qui on peut compter, fonder de nouveaux espoirs... Moi, la chair de sa chair, j'étais en train de devenir un homme.

DEUXIÈME PARTIE

8

Le monde abrégé qui habite chacun de nous ne ressemble pas au Monde. Il ressemble à nos souvenirs. Depuis la disparition de grand-mère et de tante Lisou, l'actuel Saint-Germain-Prieuré n'est que pâle contrefaçon du mien. La « villa rose du petit père » et la haute bâtisse grise, berceau de la famille, abritent des inconnus. Comme rétrécies par les intempéries de ma vie, elles ne sont aujourd'hui, à mes yeux, que monuments funéraires blafards dont je me tiens éloigné. Quant à la baraque sur l'Isle, masquée par un rideau d'arbres, on ne la voit plus de la route et tant mieux. A m'en donner à cœur joie tout autour en compagnie de mon frère Henri, de mes cousins Georges, André et Pierre, de mes cousines Françoise et Nicole, de mes copains Jean-Charli et Marco, j'y ai laissé une parcelle de mon âme.

Que les Germinois ne me tiennent pas rigueur ! Je sais bien que Saint-Germain est une jolie bourgade où l'on ne fait pas que des enterrements, que des enfants y naissent ; mais pour moi, le seul, le vrai Saint-Germain est dans ma tête, impérissable et discret. Deux petites lentilles bleues en ont à jamais fixé les images. Deux pétales de rose en ont écouté battre le cœur. Oui, c'est en moi et nulle part ailleurs que se dressent les décors somptueux et inaltérables de mes grandes vacances. La bâtisse grise n'inspire pas la mélancolie. Elle resplendit de soleil. Il y a des fleurs partout. Des papillons. Des oiseaux qui pépient. Le chant du coq dès le réveil. Des cris d'enfants heureux. Quant aux personnages, la mort ne les a pas tués.

La salle du café n'est ni sombre, ni sale, ni enfumée. Le matin, elle ne sent pas la poussière et le mégot froid. C'est un alcazar dont les glaces opposées se renvoient à l'infini les portraits gigognes d'un garçonnet maigrichon. Et les tables, à pieds de bronze et dessus de marbre blanc veiné de beige, reflètent un luxe au goût très sûr.

Elles sont disposées sur deux rangs parallèles allant du comptoir à la vitrine, le centre étant réservé au billard. Les sièges sont des chaises cannées et, contre les murs, de longues banquettes recouvertes de cuir rouge.

Nous passons là de longs moments à jouer et à lire. Grâce à mes culottes courtes, ce cuir me rafraîchit les cuisses ; mais l'agrément est éphémère, une sensation de chaleur poisseuse me faisant vite préférer une chaise. Plus basse, elle m'oblige à m'agenouiller.

Je dis nous, mais je m'y vois souvent seul et quelquefois assis sur le plancher, disposant en fortin les pièces d'un jeu de construction et des soldats, joliment chamarrés, pour l'attaquer et le défendre. Oui, je devais m'y trouver souvent seul et j'entends encore tante Lisou dire à grand-mère, inquiète pour mon fond de culotte : « Laisse-le un peu tranquille, ce petit ! Il est sage comme une image. »

La salle est spacieuse et son majestueux comptoir en bois sculpté exerce un phénoménal pouvoir d'attraction avec sa verrerie étincelante, ses rangées de bouteilles multicolores disposées en gradins, sa fontaine à absinthe et son rutilant percolateur de cuivre. Au surplus, en fourrageant dans son placard intérieur, on fait de merveilleuses découvertes : des jeux de cartes, de l'oie, de dames, de jaquet et même de taquin et de puce. Sans oublier l'almanach Vermot qui fait nos délices et déclenche des fous rires.

Ce comptoir n'est pas un bar. Ce serait plutôt un grand buffet. Il n'y a pas l'eau. On va laver les verres à la cuisine et remplir les carafes dans la cour.

Comme nous sommes en été, la terrasse a un air de guinguette. Bordée de lauriers-roses plantés dans des baquets, elle est garnie de tables et de chaises métalliques vert jardin. Un ample store strié de couleurs vives semble capter le soleil. Il projette une ombre orangée exempte de fraîcheur. Dans l'après-midi les marronniers de la mairie — sous lesquels nous allons souvent jouer aux billes — sont plus protecteurs. Par grosse chaleur, on puise de l'eau dans la *cunette* avec une sorte de cuiller géante, pour arroser le macadam. Comme nous nous disputons pour le faire, un tour de rôle est établi au début des vacances. Mais en moins de huit jours nous sommes rassasiés et les adultes doivent nous relayer.

Les allées et venues sont nombreuses. Rien que des hommes. Seuls ou par petits groupes. Des commerçants. Des « commis voyageurs ». Souvent des employés du *pélème* (pas un Germinois ne prononcerait PLM).

Dès que le rideau de tôle ondulée se lève, certains se précipitent sur le café, les croissants et la gnôle. Ils ont travaillé toute la nuit. Lorsque j'apparais discrètement vers huit heures, il en reste encore quelques-uns. Sans doute ceux que personne n'attend. Certains sont coiffés de casquettes à visière de cuir bouilli. Nous disons « les communistes », l'un d'entre nous ayant vu une photo de Lénine avec le même couvre-chef. D'autres arborent de grosses lunettes sur le front et portent des combinaisons maculées de suie et de cambouis. Ce sont « les hannetons ». S'ils veulent s'asseoir, ceux-là n'ont pas accès aux banquettes. L'habitude est prise et il y a peu de contrevenants. La sanction : une tournée. En cas de récidive, tante Lisou les enguirlande si gentiment qu'ils ne recommencent pas. Mais pourquoi ce rire vite étouffé de Jozèf le jour où l'un d'entre eux, qui avait connu mon grand-père, a déclaré que j'étais son portrait « craché » ? Il est vrai que la marque héréditaire de fabrique n'avait rien de flagrant.

A midi, on « fait manger » quelques habitués, bien que l'on ne fasse pas restaurant. Ils prennent place derrière les tables dont le marbre tient lieu de nappe et font le même repas que nous. Tante Lisou fixe, pour chacun d'eux, un prix qui lui est propre en fonction de ses revenus supposés. Ce n'est jamais très cher. Pour chaque repas, elle ajoute une barre sur une ardoise d'écolier et le débiteur paye quand il veut ou quand il peut.

Le jeudi, jour du marché qui se tient sur cette place de la mairie dont la bâtisse grise est séparée par la grand-rue, c'est le branle-bas général. La salle et la terrasse ne désemplissent pas et, à midi, on sert plus de repas que les autres jours. Les clients supplémentaires sont des forains. De leurs sièges, ils peuvent surveiller leur étal et trouvent cela bien commode. Et puis, l'*Hôtel-Restaurant de la Gare* serait trop cher pour eux.

J'évolue timidement parmi les tables en tenant un plateau à pleines mains, redoutant de me faire bousculer et récoltant, par-ci par-là, avec fierté, une pièce trouée de dix ou de vingt-cinq centimes.

Les uns et les autres, nous n'arrêtons pas de courir au bassin où les bouteilles de bière et de limonade sont « mises à rafraîchir ». Ce n'est pas l'eau du Rhône mais celle de la montagne Sainte-Colombe qui nous domine et où l'on va quelquefois pique-niquer. Et dans la cour, l'eau, elle est meilleure que partout ailleurs. Si, si ! En visite à la mairie, M. Herriot lui-même a traversé la place pour s'en assurer. Il ne voulait pas le croire, M. Herriot. Eh bien, il n'en est pas revenu qu'elle soit si fraîche et qu'elle ait si bon goût, l'eau du bassin de la cour de la tante Lisou. Ces particules à cause de l'ennoblissement pour le *Café de la Mairie*, c'est-à-dire pour nous tous. Les clients sont plus contents de boire de la bière rafraîchie à l'eau reconnue de qualité supérieure par M. Herriot.

On ne voit que rarement entrer une femme dans le café. Si cela se produit et qu'elle est seule, on entend dire : « C'est une soûlarde » ou « C'est une souillon ». De toute façon, une « sous quelque chose ». L'une d'elles, qui a les lèvres peinturlurées, ne se gêne pas pour fumer et parler à haute voix comme un homme. Grand-mère dit : « C'est une femme de mauvaise vie. » La sienne, de vie, doit être bonne.

Il arrive cependant que des dames « rangées » viennent exhiber à la terrasse un nouveau chapeau ou une nouvelle ombrelle, mais toujours accompagnées de messieurs. Surtout le dimanche à la sortie de la messe. Deux ou trois fois, j'ai cependant entendu parler d'une jeune femme ni soûlarde, ni souillon, ayant un bébé dans les bras, accompagnée par le « petit père ». A ce que j'ai cru comprendre, elle voyageait sans billet et, comme elle n'avait pas d'argent, on l'avait obligée à descendre du train. Une étrangère que tante Lisou a hébergée un certain temps. Cela remonte loin puisque le « petit père » était en vie.

Ce n'est pas un mais deux commerces que tient tante Lisou. Du temps de mon arrière-grand-père, c'était un relais de diligences. On y faisait aussi le négoce de vin et de grains. La venue du chemin de fer a bousculé l'ordre ancestral. Maintenant, une gare de transit et de triage tient tout le bas de Saint-Germain. Tante Lisou a pris la relève de son père en association avec son frère Anthelme et sa belle-sœur Joséphine.

Grand-mère dit que, « trop bonne fille », tante Lisou faisait toutes les corvées. Ah, s'ils avaient eu affaire à elle ! (Ça, c'est moi qui l'ajoute.) Après que la grippe espagnole les eut prématurément expédiés, à peu de jours d'intervalle, dans l'autre monde, tante Lisou avait continué à mener les deux affaires de front, aidée de Jozèf, le Polonais, du « père Brugnard », maître d'école retraité, et, pour le travail des terres, d'un nommé Aubry, dit l'Avocat.

Les deux magasins communiquent. Il faut passer par le café pour se rendre dans la boutique assez exiguë où l'on vend des légumes, des fruits, des fleurs, que Jozèf ramène quand il va livrer le vin avec le tacot. (Quand ce n'est pas loin, il le livre avec un charreton pour ne pas avoir à actionner la manivelle pendant un quart d'heure au risque d'« attraper un tour de reins ».)

Sans être marchande de vin, tante Lisou ne refuse pas d'en vendre à ceux, assez nombreux, qui le demandent, trouvant le sien meilleur que celui de l'*Économique*, magasin voisin du nôtre. Le gérant en blouse grise ne semble pas lui en tenir rigueur, venant en consommer lui-même au café où il a ses habitudes.

Une partie des légumes a pour provenance les propres cultures maraîchères de tante Lisou sur l'Isle, que l'Avocat assume à tous les stades. C'est en effet lui-même qui, le jeudi, prend place entre l'éventaire et la charrette des quatre saisons installée au bord du trottoir. Il s'y est fait une solide réputation de bonimenteur, d'où le sobriquet. Les autres jours, on ne le voit pas.

Ce n'est pas seulement une boutique de marchand-primeurs. C'est aussi une graineterie. Dans des sacs de jute à col roulé, on y trouve du maïs, de l'avoine, du riz, des haricots secs, des lentilles, un mélange pour les petits oiseaux... On choisit une pelle à main à la dimension adéquate — il en existe toute une panoplie comme pour les poids en laiton — et l'on garnit le sac en papier kraft posé sur l'un des plateaux de cuivre. C'est une opération délicate où, méticuleux comme pas deux, j'excelle, debout sur un tabouret mis là tout exprès.

Les clientes me félicitent. (Contrairement à l'autre côté de la cloison, on ne voit pas beaucoup d'hommes ici.) En attendant leur tour, elles évaluent la marchandise, l'œil méfiant. Se connaissant pratiquement toutes, elles se renvoient des grâces, s'extasiant mutuellement sur les mérites de leurs enfants et petits-enfants, ne complimentant que pour être complimentées. Surtout les vieilles dames. « Mon petit-fils, c'est vrai qu'il est en avance. Vous me croirez pas : il a déjà deux dents ! » Elles fouinent en papotant, tâtent du pouce les poires, les pêches, ouvrent les salades pour en voir le cœur, soupèsent les melons, les reniflent, leur titillent le *pécouis*. Si d'aventure l'une d'elles se fait piquer par une guêpe en trifouillant le raisin, le « père Brugnard » extirpe le dard avec son canif et frotte aussitôt l'emplacement avec une queue d'oignon.

Certaines m'observent avec une expression de curiosité attendrie en échangeant quelques mots à voix basse. Me trouvent-elles chétif ? laid ? difforme ? mal habillé ?... Je donnerais cher pour le savoir.

J'entends de petites phrases assassines. « Elles sont blettes, ces poires de curé. Et ces radis, regardez-moi ça. Ils sont tout flétris. » Georges me susurre : « Elle ne s'est pas regardée, elle. » Je n'ose pas rire et en ai mal à la poitrine. « Où les voyez-vous, les poires de curé ? rétorque gaiement tante Lisou. Au presbytère ? Ce sont des williams. Pas blettes, bien mûres. Elles fondent dans la bouche. M'en direz des nouvelles. »

C'est le père Brugnard qui encaisse. Il passe la pointe de son crayon sur la langue, aligne des chiffres dans la marge d'un journal à envelopper les salades, déchire le bout de papier qu'il tend à la cliente entre l'index et le majeur sans desserrer les dents ni lui accorder un regard.

Ma grand-tante s'active, navigue, franchissant cent fois la porte de communication. Elle a une parole aimable et un sourire pour chacun et chacune. Grand-mère fait le ménage et la cuisine. Jozèf, on ne sait pas toujours bien ce qu'il fait ni où il est. « Il donne la main », dit tante Lisou. Le père Brugnard n'est jamais loin, courtaud, replet, comme posé au sol.

Il n'est pas très vieux mais sa barbe blanche et sa courte taille lui donnent une allure de Charlemagne comprimé. Il se ficelle la taille d'un tablier bleu de jardinier avec une large poche au centre, sorte de succursale de la boutique, tirant le tablier vers les pieds. On aurait envie de le lui remonter jusqu'aux épaules pour le faire arriver aux genoux.

Sa grande spécialité : le taillage des crayons. « Va demander à m'sieur Brugnard », dit tante Lisou dès qu'il s'agit de livres, de cahiers ou de crayons. Mais nous, on ne le sollicite que pour les crayons, tournant un peu autour de lui avant d'oser l'aborder, puis prenant un air crâne et affermissant la voix. Il farfouille dans la grande poche, exhibe le canif qu'il ouvre avec l'ongle et procède à un appointage minutieux en prenant appui sur son abdomen brioché. Comme avec les clientes, il reste muet. On dirait même qu'il ne voit que le crayon et le canif. Cela nous semble un peu étrange pour un ancien instituteur, mais, ne constatant ni hostilité ni mépris, nous nous en accommodons, vite revenus à nos albums à colorier et autres œuvres immortelles.

Il a une chambre « au second » et un fils à Oyonnax « dans la corne », dit tante Lisou. C'est à peu près tout ce que nous savons de lui. Comment a-t-il échoué là ? C'est demeuré flou. Mais il y est tellement à son aise qu'on le croirait propriétaire des lieux.

Non, les cahiers et les livres de classe ne jouent pas un grand rôle dans mes souvenirs germinois. Il y a mieux à faire que des devoirs de vacances.

Jozèf n'est guère plus loquace, sauf quand « il a bu un verre de trop » comme dit pudiquement tante Lisou qui l'impute au mal du pays. Elle lui fait la leçon et il promet de ne pas recommencer.

Lui non plus, on ne sait pas trop d'où il sort ni qui il est. Avec quatre ou cinq pièces à chacun des trois étages, tante Lisou ne fait pas hôtel mais elle est loueuse de garnis. Un jour Jozèf en a demandé un pas trop cher. Et comme il n'avait pas de quoi la payer, elle lui a « versé » un petit salaire. En conséquence de quoi, il « donne la main ».

Dans la famille il n'est pas très apprécié. L'oncle Tiburce dit : « On ne quitte pas sa patrie sans raison. Quand on le fait, c'est qu'on a quelque chose à se reprocher. Celui-là, c'est un malin. »

Tout le monde l'appelle Jozèf mais, hors de sa présence et de celle de tante Lisou, les adultes, entre eux, disent « le Polonais ».

Grand-mère accepte mal l'omniprésence du père Brugnard et de Jozèf dans son auguste famille. « Ils ne sont pas à ton service, dit-elle à tante Lisou. C'est toi qui es au leur. Tu ne vois donc pas qu'ils vivent à tes crochets ? » — « Pas du tout, réplique tante Lisou en riant. Ils m'aident parce qu'ils le veulent bien. » La vérité, c'est que grand-mère enrage de ne pas savoir quelle espèce de liens existe entre sa sœur et les deux hommes qu'elle traite comme s'ils étaient de la famille.

La gare est à cinq minutes à pied et la « villa rose du petit père » à mi-chemin. Ce sont les annexes familiales chères à mon cœur.

Quand je m'engage sous les platanes de l'avenue de la Gare, je ne me retourne pas, car la bâtisse grise a pour frontispice, entre les fenêtres du premier et du second, un cadran solaire avec cette inscription captieuse : *Passant, quand tu me regardes, tu perds ton temps.* Je ne suis pas dupe : c'est pour attirer l'attention. Aussi me suis-je promis de ne lui en accorder aucune, opposant le mépris à la vanité. Par contre, je ne me prive pas de subtiliser un morceau d'écorce à chaque platane, dans un craquement de biscuit sec.

La gare n'est pas une gare comme les autres. D'abord parce qu'en traversant les voies, la main broyée par celle de grand-mère, mon cœur bat très fort. D'une nature anxieuse elle me communique son inquiétude, trottinant devant moi, fébrile et obstinée, me tirant et m'obligeant à courir. Toutou en laisse, je n'en regarde pas moins avec étonnement les voyageurs changer de train, me demandant pourquoi ils se précipitent alors que les chapelets de voitures semblent si peu pressés de repartir. Exténuées, suintantes, chuintantes, des locomotives traînent leur ventre sur des voies de garage. Elles m'impressionnent. Je préfère regarder ailleurs.

Si elle est particulière, cette gare, c'est surtout à cause du « petit père ».

Naguère, une toute jeune fille aidait la dame du kiosque à journaux. Un militaire lui en a acheté un, puis deux, puis trois. Elle lui a demandé en rougissant pourquoi toujours le même. Plus occupé d'elle que des journaux, il ne s'en était pas aperçu. Et comme il n'avait pas beaucoup d'argent, elle les lui a rachetés. Ensuite, elle lui a offert un café au lait.

— Et comment l'histoire finit, grand-mère ?

— Tu le sais bien, c'était le petit père. Il a été le meilleur des maris. Hélas, il m'a quittée bien trop tôt. C'est la mort de sa petite Amélie qui l'a miné. Il n'a jamais pu s'en remettre.

Moi, je sais qu'il est mort à cinquante-six ans d'un cancer de la gorge pour avoir trop fumé et trop souvent traversé la place de la gare pour s'accouder au bar du *Café des Voyageurs*. Je le sais par Marco dont la grand-mère a été femme de lessive chez mes grands-parents. Je l'ai dit à tante Lisou que je le sais. Elle n'a pas nié, expliquant qu'il buvait un peu plus qu'il n'aurait dû pour contenir son chagrin, mais qu'il faisait bien son travail et n'avait rien d'un poivrot. Tout compte fait, elle a raison, grand-mère. C'est le chagrin qui a emporté grand-père.

C'était souvent à maman, petite fille, qu'il demandait d'aller lui acheter du tabac. Maman, elle aimait bien parce que la demoiselle du bureau de tabac lui donnait des caramels. Bien sûr, elle ne savait pas, maman, que c'était mauvais pour son papa, le tabac.

La gare est devenue celle du « petit père ». Parfaitement, il en était le grand maître. « Pensez, madame, mon mari, il était facteur-chef. C'est lui qui délivrait les pensions. » Et je vois l'homme placide à la moustache tombante de l'unique photographie de lui se détacher de son cadre mural pour s'installer derrière un bureau de ministre. Il a endossé un veston à boutons d'argent. Il compte les billets, décidant combien il donne à chaque pensionné du *pélème*.

Son rôle est beaucoup plus important que celui de chef de gare. Tout le monde est capable de distribuer des billets, d'agiter un petit drapeau et de postillonner dans un sifflet. « Pensez, madame, leurs pensions, il les leur apportait même à domicile, à ceux qui ne pouvaient plus se déplacer. Comme je vous le dis. »

De plus, il y avait cette histoire de la dame malheureuse avec un bébé sur les bras et du méchant chef de train. Heureusement que le « petit père » était là ! Que seraient-ils devenus sans lui ? Oui, c'était sûrement un homme de valeur, mon grand-père. Nous nous serions bien entendus et, à cause de moi, il se serait retenu de consommer au *Café des Voyageurs*.

Sa pension compte beaucoup pour grand-mère. Elle lui permet de nous faire des cadeaux pour nos fêtes et nos anniversaires. A moi, souvent, un livre de la Bibliothèque Verte.

Maman dit qu'il ne faut pas l'empêcher de nous faire des cadeaux, que cela lui donne l'impression de ne pas être à la charge de ses enfants.

Cette pension, c'est l'œuvre du « petit père ». En qualité de veuve d'un employé du *pélème*, grand-mère voyage gratuitement. Qu'elle soit chez sa fille à Gravigny ou chez son fils à Grenoble, elle va toucher sa pension trimestrielle à Saint-Germain. Mais elle attend chez tante Lisou que l'actuel facteur-chef la lui apporte. On lui doit bien ça ! Et puis c'est un peu comme si le « petit père » lui-même la lui apportait. Elle remercie le brave homme à la succession lourde en lui offrant un verre de vin blanc de Seyssel, celui que le « petit père » préférait. A croire qu'elle n'a pas retenu la leçon.

Quant à la villa rose, elle ne m'a pas délivré ses secrets et je rêve de la fouiller un jour de fond en comble. Personne de la famille ne l'a habitée, mais tout le monde en a envie. Après un héritage rondelet « de son côté », le « petit père » avait convaincu grand-mère de l'acheter pour y passer leurs vieux jours. Comme, de vieux jours ensemble, ils n'en ont pas eu, la maison a été louée au « fameux Nivolet ». Pourquoi fameux ? « Il en prend trop à son aise » dit-elle. En réalité, elle ne s'est jamais faite à l'idée que la « villa du petit père » soit habitée par un étranger, quand bien même c'est elle qui en a décidé ainsi.

Il faut dire qu'elle y était obligée. C'est vrai qu'il était parti trop tôt, mon grand-père. Les deux enfants n'avaient pas terminé leurs études et le montant de la location était le bienvenu. Il complétait utilement les ressources provenant de la gérance de l'*Économique* et l'on s'accommodait bon gré mal gré du « deux pièces cuisine » au-dessus du magasin.

Quand tonton Arsène a obtenu son diplôme de l'École Violet et maman son brevet d'aptitude pédagogique, elle a pu « lâcher l'*Économique* » pour vivre avec tante Lisou. D'abord toute l'année. Ensuite, en été et les autres saisons tantôt chez sa fille, tantôt chez son fils, mariés et ayant des enfants.

Malgré sa couleur, la villa a beaucoup d'allure. Le genre : essuyez-vous les pieds au paillasson et prenez les patins pour traverser le vestibule. Elle est toute en hauteur, avec un toit d'ardoise à plusieurs pentes comme les châteaux, une girouette, un œil-de-bœuf et, aux fenêtres, des balustrades joliment ciselées. On dit qu'elle est construite en pierres de taille, mais les pierres ne sont visibles qu'aux angles. On dirait des morceaux de sucre superposés en alternant un entier et une moitié.

Avec cette apparence un peu grave, le rose pourrait la rendre ridicule. Pas du tout ! Il lui donne un charme de vieille dame coquette refusant de vieillir. Ce n'est pas un rose bonbon. C'est un vieux rose tendre, marbré de reflets argentés quand on la regarde de loin, par beau temps. Et on la regarde toujours de loin. Mais elle est à nous. Elle nous attend. Un jour nous l'habiterons, c'est sûr, et je me régalerai, depuis la fenêtre de la chambre que je me suis choisie au deuxième, à voir les trains de nuit déployer leurs guirlandes luminescentes.

Femme-fourmi, ma grand-mère s'active du matin au soir. Elle va, vient, fait, défait, cuit, range, brique, reprise, rapièce, pelotonne, dépelotonne tandis que l'écheveau s'amincit, aidé par le mouvement alternatif de mes poignets.

Pendant les repas, elle navigue continuellement entre cuisine et salle à manger. Si elle se met à table, c'est pour se relever aussitôt après avoir avalé une bouchée comme si elle la volait.

Courageuse devant l'adversité, dégoulinante de dévouement et de bons sentiments, c'est une personne admirable au point d'être culpabilisante pour les autres. Elle l'est d'autant plus qu'on ne lui témoigne pas, selon elle, une gratitude à la hauteur de ses mérites. Elle semble, en outre, persuadée qu'avoir été élevée au couvent a fait d'elle un modèle de vertu, lui conférant une autorité morale sur ses proches qu'elle persécute de capucinades. Je voudrais bien savoir comment le « petit père » l'a vécu. Très protectrice et volontiers grondeuse, elle nous houspille pour des riens et dispose à cet effet d'un arsenal pittoresque. J'entends encore : « P'tit argousin ! (ou "P'tit arsouille !") Je le dirai à ton père. » Rendons-lui cette justice : elle ne l'a jamais fait. Ou encore : « Vous faites pleurer le Jésus, p'tits galapiats ! » Le comble du blâme, réservé aux plus grands des garçons — les filles étant assez ficelles pour échapper aux foudres —, c'est : « Mauvais sujet ! »

— Pour qui se prend-elle ? Pour la reine mère ? commente Georges en faisant glousser les filles.

Il y a aussi « galvaudeux » qui semble donner à qui est visé un double ne valant pas mieux que lui.

Nous les enfants, nous en faisons des gorges chaudes. Pourtant nous savons bien qu'elle nous adore. D'ailleurs, nous l'aimons bien. La meilleure preuve, c'est que nous ne manquons pas une occasion de lui faire des niches. Bien sûr que c'est une preuve... Tenez ! Clémence, la grosse voisine (d'elle, grand-mère dit : « On dirait une tour »), eh bien, Clémence, une virago confisqueuse de ballons, nous faisons si peu attention à sa présence qu'elle en est réduite à nous attirer avec du chocolat. Du moins, elle essaye, car nous refusons. Poliment, mais nous refusons pour lui signifier le mépris où nous la tenons. Il est vrai que, de chocolat, nous n'en sommes pas privés, préférant celui au lait et les nougats que tante Lisou nous distribue en cachette de grand-mère.

Tante Lisou, c'est la bonne humeur communicative, le cœur sur la main, la patience, et cela se lit sur sa figure, ce qui lui donne beaucoup de charme. Elle exerce sur son entourage un ascendant subtil auquel les enfants n'échappent pas. Jamais, depuis elle, je n'ai rencontré quelqu'un sachant obtenir autant des autres sans être autoritaire ni pesant. Simplement, elle irradie un espace dans lequel chacun se sent bien et agit sous son influence.

Quoique très occupée, elle trouve assez souvent quelques minutes pour jouer et rire avec nous. Et surtout, elle nous initie à de multiples occupations habituellement réservées aux adultes.

A Saint-Germain, nous sommes un peu les enfants de tous, mais avant tout les siens. Chaleureuse et sans détours, elle régit notre petite vie avec l'aisance qu'elle met à tout.

Ce don de rayonnement discret a fait d'elle l'épicentre de la famille autour duquel les autres membres décrivent de petites orbites, avec des moments de ralliement sur lesquels nous reviendrons.

Grand-mère est l'aînée des filles. Tante Lisou l'avant-dernière. Pourquoi ne s'est-elle pas mariée ?

« Il faut être deux », dit grand-mère, oubliant que sa cadette a eu plus de prétendants qu'elle, dont un commissaire-priseur lyonnais. La légende veut qu'il soit tombé amoureux pendant qu'elle lui servait un grog pour soigner un rhume de cerveau. Grand-mère assure que c'est grâce à l'air sucré qu'elle prenait en ajoutant, sans supplément de prix, une grande cuillerée de miel, et en faisant bonne mesure pour le rhum. Je me demande comment elle le sait. Il est vrai qu'elle furète partout, comme dit l'oncle Tiburce en ajustant gracieusement son pince-nez.

Chamailleries entre les deux sœurs, oui, mais ne tirant jamais à conséquence, car elles s'entendent sur l'essentiel. C'est sur les détails qu'elles se chipotent. Et de détails, la vie quotidienne en regorge. A la composition du bouquet garni de la gibelotte et à la couleur du coton à repriser les chaussettes, on pourrait ajouter, pour chaque journée, vingt sources de conflit du même ordre.

Consciemment ou pas, tout leur est prétexte à régler des comptes, mais sur le terrain des futilités qui pourrait bien être celui de l'arbre cachant une inextricable forêt.

Ce qui caractérise aussi tante Lisou, c'est son manque total de rigueur en fait de sorties et de rentrées d'argent.

Il n'y a pas de caisse enregistreuse mais trois tiroirs mille et une fois manipulés.

Le père Brugnard, qu'on peut espérer incorruptible, exerce sur celui de la boutique un pouvoir silencieux mais discrétionnaire. Ce tiroir est le seul bien rangé et fermant à clef. Pour celui du comptoir et celui du confiturier de la cuisine, il en va tout autrement : chacun et chacune de ceux qui aident, grands ou petits, en a l'accès. Hormis qu'on y puise de quoi faire les courses, n'importe qui pourrait se servir sans que l'on s'en aperçoive. Grand-mère a essayé d'y mettre le holà. Devant la marée déferlante des utilisateurs, elle a vite lâché prise. Ici, l'argent est fait pour circuler, pas pour être compté.

La prodigalité de tante Lisou ajoute au désarroi de grand-mère. Il ne se passe guère de jour sans que de pauvres hères, connaissant les bonnes adresses, ne viennent solliciter une obole. Ils ne repartent jamais bredouilles. Mais il existe d'autres misères secourues discrètement — un billet par-ci, deux par-là, puisés dans l'un des tiroirs. Grand-mère enrage comme s'il s'agissait de son propre argent. « Si j'avais fait comme toi quand je tenais l'*Économique* ! » — « Je ne donne pas, s'entend-elle répondre, je prête, je dépanne. » — « Dis plutôt que tu te fais tondre la laine sur le dos ! » — « Et quand cela serait... Ici, on mange à sa faim, non ! »

Chacun l'a compris : la haute bâtisse grise, c'est la maison du bon Dieu. Quoi d'étonnant si, intériorisée, elle resplendit de soleil. Comment ne pas s'y trouver bien !

Tante Lisou a toujours vécu ici. Elle en a vu sortir les cercueils de son père, de sa mère, plus tard de son frère Anthelme et de sa belle-sœur Joséphine. Elle en a vu, de surcroît, partir deux frères pour la guerre. L'un n'est pas rentré. Porté disparu, il le demeure.

L'autre frère, c'est Tiburce. Il est grand, anguleux à en écorcher les joues quand il embrasse, grincheux, soumis à la « tante Massepain » et à un régime strict pour ulcère à l'estomac. Grand-mère établit du reste une causalité entre les deux servitudes. « Massepain » en considération des gâteaux aux amandes portant ce nom que la tante nous envoie par son mari. Notre manière d'exprimer la reconnaissance du ventre.

De la guerre, l'oncle Tiburce est revenu couvert de gloire et de médailles. Son portrait en capitaine d'artillerie trône sur le « bastringue », piano mécanique à sous installé dans la salle à manger, donc, paradoxalement, inaccessible aux clients.

L'oncle Tiburce est beaucoup moins téméraire avec nous qu'avec les *boches* depuis qu'il a reçu la gamelle des canards emplie de poires pourries sur son crâne chauve en poussant la porte de la remise. (C'est là qu'il gare sa voiture quand il vient.) On dirait qu'il nous fuit. Au mieux, il nous ignore.

Depuis l'armistice de 1918, il a passé son temps, dit grand-mère, « à remuer des archives pour en secouer la poussière » à la préfecture de *Bourcambresse*, car telle est la prononciation selon lui.

Simultanément, il a fait l'élevage d'espèces rares de gallinacées, qu'il exhibe dans on ne sait trop quels concours lui permettant d'ajouter des médailles à sa collection. Ces volatiles semblent désormais l'unique ressort de sa vie.

Il s'arrange pour venir seul à Saint-Germain sous prétexte de « surveiller » sa plantation de peupliers, ce qui paraît essentiel à leur développement. En fait, il vient chez tante Lisou pour manger à sa faim. Non qu'il renonce pour autant au régime imposé par la tante Massepain : aux petits plats légers, mitonnés par ses sœurs, il fait, solitairement, honneur, dans la cuisine. Cela ne l'empêche nullement de s'asseoir un peu plus tard avec nous autour de la table ovale de la salle à manger où son couvert est mis, ainsi que sa serviette dans son rond.

Cela justifie de goûter à chaque plat, puis d'y revenir par petites quantités successives soutenues par une bonne lubrification d'œsophage au vin rouge de Chautagne. Il le fait en maugréant contre le mauvais sort qui le prive d'aussi bonnes choses. Il est vrai que tante Lisou et surtout grand-mère sont des cordons-bleus.

Tante Lisou feint de ne rien voir. Grand-mère soupire, lance à son frère des œillades réprobatrices que, très occupé, il ne voit pas, ou fait mine d'ignorer. Lui sachant la tête assez près du bonnet, elle n'ose pas le sermonner malgré d'intolérables démangeaisons de langue. Le risque d'éclats est d'autant plus réel qu'il ne commence pas son double repas sans deux ou trois *apéros* sifflés discrètement derrière le comptoir. Comme il n'en a pas l'habitude, ils font de lui une poudrière. Elle se ferait imparablement ramener au rang de vertébrée aussi peu attrayante que taupe ou guenon précédée de l'adjectif « vieille ». Elle ne pourrait moins faire que protester. Il monterait l'enchère. Un beau charivari qu'il vaut mieux éviter devant les enfants. Il y a eu d'autres algarades, dont nous avons été témoins, qui n'étaient pas à fleurets mouchetés. De vraies, mais de celles qui ne tirent pas à conséquence. Comme chez les enfants. Entre eux, les frères et sœurs ne sont jamais adultes.

L'après-midi, il fait une sieste prolongée dont il se relève avec la migraine. Un audacieux mélange d'aspirine et de carbonate de soude n'arrange pas son humeur ni probablement son ulcère. « C'est la guerre qui lui a abîmé le caractère, disent les sœurs. Quand il en est revenu, il n'était plus le même. » Il n'y a pas gagné beaucoup d'indulgence de notre part.

Le mercredi et le samedi, la tante Célestine — Titine pour les adultes, les enfants étant tenus de l'appeler Tantine — arrive à bicyclette de Béligneu, petit village proche de Saint-Germain. Elle y est institutrice. A son école, elle nous y emmène quelquefois : elle est minuscule avec son unique salle de classe tenant tout le rez-de-chaussée et deux pièces mansardées à l'étage. Les enfants ont de six à douze ans : une vingtaine en hiver, trois ou quatre à l'époque du travail des champs.

Pendant les vacances, Tantine continue d'y habiter,

mais vient passer les fins de semaine chez tante Lisou comme en période scolaire.

Enfant des derniers transports, elle est beaucoup plus jeune que ses frères et sœurs. Chacun sait que ma grand-mère attendait la petite Amélie dans le même temps que sa propre mère attendait Célestine.

Contrairement à ses aînées, plutôt menues, Tantine est grande et bien charpentée, sans embonpoint. D'une exubérance et d'un toupet monstres, elle est renommée pour ses extravagances et son besoin d'éblouir. Théâtrale, elle parle haut et éclate, pour des riens, de rires joyeux qui font sursauter.

Très coquette, elle s'habille de couleurs voyantes et raffole de falbalas et de parures clinquantes. Des fanfreluches et du toc qu'elle porte du reste avec un certain chic. Elle se comporte un peu comme une ancienne actrice impécunieuse, nostalgique des planches. Demeurée célibataire, elle nous rebat les oreilles avec ses *ex* comme s'ils avaient imploré ses faveurs par cohortes éperdues. Que de « grands manitous » et de « grosses légumes » ! Un sous-préfet. Un colonel. Un architecte. Un ingénieur des ponts — « gros ponte » comme il se doit. Et même un brigadier de gendarmerie qui s'était porté à son secours alors que, cycliste débutante, elle s'était retrouvée jambes en l'air dans le fossé. Il en avait profité pour lui conter fleurette. Où est l'authenticité ? « Des élucubrations, ni plus ni moins » dit grand-mère derrière son dos. Mais c'est en l'apostrophant que, peu avertie en fait de grades, elle a été lapidaire à propos du colonel et du brigadier :

— Ces officiers, tous des coureurs. Ils ne pensent qu'aux uniformes et à la bagatelle !

L'oncle Tiburce était présent. Chacun a redouté un esclandre. Eh bien non ! Presque souriant, il devait trouver cela plutôt flatteur et avoir rendossé mentalement son uniforme de capitaine.

Une autre fois, grand-mère a même cruellement décoché à Tantine :

— Arrête avec tes esbrouffes ! Tes *ex*, ils ne devaient pas être bien argentés. Des gitans, peut-être !

C'était un jour de réunion de famille. On en était au dessert. Tante Lisou a retiré prestement les choux à la crème, évitant le pire, mais pas la dispute. On nous a aussitôt envoyés jouer dans la cour. Elle a passé son après-midi à les consoler et les réconcilier.

Source inépuisable d'anecdotes — pas toutes racontables aux enfants — volontiers rapportées par elle-même en forçant le trait, Tantine bénéficie, à l'inverse de l'oncle Tiburce, de la bienveillance des diablotins que nous sommes. Mon épisode préféré est celui de la panne d'oreiller le jour de la visite de l'inspecteur. Elle était tout bonnement descendue de son étage, en robe de chambre, vers les dix heures, habituée à le faire et ayant complètement oublié sa venue. Il faisait la classe en l'attendant.

Grand-mère est partagée entre le plaisir et l'appréhension de son arrivée car, dès qu'elle met pied à terre, elle trouve naturel que ses aînées soient à sa botte — résurgence d'une habitude ancienne, car elles l'avaient élevée plus que leur mère, accaparée par le commerce. Tante Lisou accepte cette attitude de bonne grâce. Grand-mère, beaucoup moins.

Comme elle arrive ruisselante d'avoir pédalé en pleine chaleur, elles lui préparent un *tub* dans sa chambre du premier et nous les aidons à charrier l'eau dans des brocs. Elles lui mettent des bigoudis, lavent son linge, le repassent, faisant droit à toutes ses exigences exprimées d'ailleurs avec bonne humeur et comme des évidences. Grand-mère prend son mal en patience jusqu'au moment où elle se met à maugréer pour en arriver graduellement à plus intelligible. Dès lors, de réflexion en réflexion, l'atmosphère se gâte.

Elles en arriveraient à se crêper le chignon sans la souriante médiation de tante Lisou.

Après les moments de tension, on déguste un « gâteau de la mère Prusse » accompagné de limonade colorée de grenadine. Contrairement à ce que j'ai longtemps cru, la mère Prusse n'est pas une sorte de Marianne prussienne. C'est une boulangère de Saint-Germain qui a laissé son nom à la postérité grâce à une recette de galettes. Je les trouve pour mon compte délicieuses mais un peu sèches. Il est facile d'y remédier. Chez tante Lisou, les pots de confiture sont à portée de main des enfants, à leurs yeux un symbole : celui de l'amour du prochain.

9

Pour les vacances, grand-mère, Henri et moi faisons le trajet par le train. Les parents viennent de loin en loin. Ils arrivent en voiture le samedi, repartent le dimanche après-midi.

En cours d'année, il n'est pas rare que nous allions passer le dimanche à Saint-Germain pour une réunion de famille. D'abord avec la Peugeot 201. Ensuite la Rosalie. Jamais avec le 15 CV traction de sinistre mémoire car, à son époque, nous n'allions plus chez tante Lisou.

Les jours de réunion de famille — et dans ce cas, même la tante Massepain est là —, nous sommes trente à quarante dans la salle à manger au papier mural chargé d'énormes fleurs argentées sur fond rougeâtre et qui a tapissé ma mémoire à jamais. Ces improbables tulipes me faisaient frissonner avec leurs gueules de carnassiers prêts à tout dévorer.

Dans la cour, s'alignent les voitures. La Packard Super 8 du cousin Jean, celui qui a « réussi dans le jambon de Paris et la sardine en boîte », en est le clou. Pas sans beauté non plus la Panhard et Levassor du cousin René. Mais la préférée des enfants, c'est la

Citroën rouge vif de tonton Arsène, haute sur pattes et avec un arrière-train pointu de poussin. On dirait un jouet. Nous nous battrions pour prendre place à deux dans le « croupion » lorsque la caravane se met en branle pour la promenade au lac.

Ces réunions ont leurs rites. Comme d'y venir chacun avec son petit équipement de pêche et de ne jamais pêcher. Comme celui de la photo de famille, tous regroupés à la terrasse du café demeuré fermé aux clients. Le cousin Jo place le trépied au milieu de la rue, tandis que l'oncle Tiburce stoppe avec autorité une circulation pas très dense. Sur le trépied, le Zeiss-Ikonta ressemble à un accordéon. Le cousin Jo et l'oncle Tiburce disposent de peu de temps pour rejoindre le groupe avant « la sortie du petit oiseau », sans oublier de dire « Cerise ! », invitation au sourire avantageux, qu'eux-mêmes n'ont pas le temps de prendre. Résultat : ils sont les seuls à garder un air naturel sur les photos, un air pas très aimable.

Cela, c'est après l'effervescence des fins de repas où resurgit le temps passé dans un imbroglio de railleries bon enfant, de jacasseries, d'altercations, de hâbleries. Tous parlent en même temps, chacun plus attentif à ce qu'il dit qu'à ce qu'on lui dit et élevant la voix pour se faire entendre du plus grand nombre. « Après l'inondation, oui, parfaitement, il y avait cent mille courges qui flottaient », clame l'oncle Tiburce. Et les voilà partis dans une discussion animée. D'abord, est-ce que les courges flottent ? Bien racornies à l'intérieur, peut-être ! Justement, une période de sécheresse, comme jamais vue depuis trois décennies, avait précédé les trombes d'eau. Ensuite, comment avait-il fait, l'oncle Tiburce, pour les compter, ses courges flottantes ? A vue de nez ? Voilà ! A vue de nez !

Coudes sur la table, le Polonais boit. Avachi sur sa chaise et enfoui sous sa barbe, le père Brugnard s'est assoupi, insensible au tohu-bohu. Eux, ils sont loin de ces contingences pseudo-familiales, tellement rivés à leurs sièges que, par comparaison, ceux de la famille feraient presque figure d'étrangers. Mais leur présence fait qu'on évite la politique : l'un serait anarchiste et l'autre communiste que personne ne s'en étonnerait. Donc, la prudence s'impose. Pour autant on ne va pas se priver d'évoquer la guerre.

— Tes obus de 75, parlons-en ! C'est nous qui les recevions sur le citron, pas les *boches*. Tu aurais pu l'ajuster un peu mieux, ton tir !

Ça, c'est tonton Arsène qui s'adresse à l'oncle Tiburce, dont le poing s'abat sur la table comme l'obus sur la tranchée :

— Comment peux-tu... s'étrangle-t-il. Ah, vous étiez trop heureux de les entendre siffler sur vos têtes, les obus de 75, quand les *boches* déboulaient sur vous.

— Ne criez donc pas comme ça, vitupère grand-mère. Il y a un bébé au-dessus de nous. Vous allez lui donner des convulsions.

La maman du bébé n'est guère inquiète : il est au second dans une chambre sur cour.

— Si j'avais su, je t'aurais fait passer en conseil de guerre pour propos séditieux, poursuit l'oncle Tiburce. Avec des Jean-foutre comme toi, on *L*'aurait perdue !

En viendront-ils aux mains ? Pas de danger ! C'est un petit numéro bien réglé entre héros. Les deux hommes se comprennent. Ce qu'ils ont vécu d'affreux, les autres l'ignoreront toujours. Alors, devant eux, autant en parler par le truchement de la dérision. Dans mon dos, j'entends Georges glisser à Henri :

— On pourrait croire qu'ils *L*'ont gagnée à tous les deux !

Arrive toujours le moment où un petit malin — en

général Georges ou Henri, aînés des garçons — glisse sournoisement dans le « bastringue » une pièce de vingt-cinq centimes subtilisée à un tiroir. Une rengaine éclate, doublée d'un tonnerre de protestations. Ils couvrent les pas précipités du coupable qui détale dans le couloir menant à la cour. On ne le reverra pas de sitôt. De puissantes sonorités rendent toute conversation impossible durant trois minutes. Le père Brugnard ouvre un œil, mâchouille une salive épaisse, referme l'œil. Il n'existe aucun moyen de stopper le diabolique instrument ou de le mettre en sourdine. Les conversations en suspens ne mettront pas longtemps à retrouver leur pétulance.

Comme par enchantement, elles perdent cependant très vite en intensité à mesure que les coupes se remplissent de champagne. La minute sacrée d'un autre rite approche. Le Polonais vide ce qui lui reste de vin rouge. Le père Brugnard rouvre l'œil. Bientôt les congratulations fuseront. On se lève. Les coupes se rejoignent bord à bord par-dessus la table dans une sorte de *un pour tous, tous pour un* qui ne sera au moment du partage des biens de tante Lisou qu'un *chacun pour soi et d'abord moi.*

Les voilà donc à sabler le champagne en dégustant un gâteau de la mère Prusse. Ils seront trois à chanter chacun sa chanson.

C'est une époque où, Dieu sait pourquoi, certains ont leur chanson. On dit : « C'est sa chanson » ou « Il va chanter sa chanson ». Moi j'en connais au moins dix, peut-être quinze, de chansons, et aucune ne m'appartient. Comment font donc les adultes pour en avoir une seule et en être propriétaire ?...

Chacun sait que l'oncle Tiburce adore se produire, mais plus encore se faire prier. Comme il met du temps à se décider, c'est Tantine — toujours partante pour tout et n'importe quoi — qui donne le *la.* Les grands affirment qu'elle a la voix « chaude et travaillée ». Pourquoi pas ! Ils ont bien dit auparavant que le bourgogne avait du corps et une belle robe. Moi, je la trouve un peu criarde, sa voix, agrémentée d'intonations roucoulantes, il est vrai : *C'est l'vent qui vole, qui frivole, c'est l'vent, c'est l'vent frivolant.*

Elle ne fait pas que chanter, elle mime le vent.

Mimer le vent, c'est avoir un châle sur les épaules et en agiter gracieusement les pans. On le verrait presque, le vent. A Saint-Germain on dit « la bise ». Auparavant, les voisins de table doivent s'écarter et il est recommandé de pousser les verres. Lorsque le méchant fils du roi tue le joli canard blanc, j'ai du chagrin. Tout le monde devrait en avoir. Eh bien, non ! Les grands, ils rient ou ils pleurent de rire. Les bravos crépitent. Vraiment, ils n'ont pas de cœur.

Le second à chanter, c'est tonton Arsène, celui qui a fait l'Ecole Violet. (Drôle d'idée que d'avoir donné une couleur d'évêque à une école d'électricité et de mécanique.) La voix est puissante, explosive, vrombissante comme on peut s'y attendre d'un ingénieur mécanicien. Sa *tonkiki-tonkiki-tonkinoise*, tout le monde en redemande. Avec elle, c'est l'aventure coloniale et l'amour exotique qui surgissent. Son *anana-anana-annamite* a de quoi faire rêver les hommes et rendre les femmes jalouses. Les enfants sont perplexes.

— Dis, maman, fait Pierre, un Annamite, c'est bien un champignon ?

Éclats de rire des voisins. Il s'enfuit, rouge comme une pivoine, poursuivi par sa mère furieuse contre les rieurs. Elle lui explique que la vie est pleine de traquenards. Une patte pour un mille-pattes, qu'est-ce que c'est !

Aux enfants, tonton Arsène — très blagueur — voudrait faire croire qu'il l'a rencontrée pendant la guerre, sa Tonkinoise. Nous sommes un peu sceptiques.

— Dans un mauvais lieu, sans doute, dit l'oncle Tiburce.

Et, comme l'un d'entre nous demande « Qu'est-ce que c'est qu'un mauvais lieu ? », de répondre un peu gêné :

— Un endroit où les maris n'emmènent pas leurs femmes.

Nous ne sommes pas plus avancés. Grand-mère lui jette un regard furibond.

C'est lui qui se lève maintenant, l'air solennel. A peine calmés, les applaudissements redoublent. Jupitérien, un timbre s'impose. Les intonations sont graves. Où va-t-il les chercher !

Rien ne rappelle sa voix habituelle, saccadée et éraillée : *J'ai deux grands bœufs dans mon étable, deux grands bœufs blancs marqués de roux.* Quand il en arrive à : *J'aime Jeanne ma femme, eh bien j'aimerais mieux la voua-ar mourir que voir mourir mes bœufs*, chacun se tourne vers la tante Massepain. Elle reste imperturbable. On croirait même discerner une esquisse de sourire. Pas du genre à s'effaroucher pour si peu, la tante Massepain. Elle a l'habitude. C'est *sa* chanson. Récrépitement de bravos pendant qu'il vide sa coupe retrouvée miraculeusement pleine. Il est à l'honneur. En cette conjoncture favorable, sa femme pince les lèvres mais se tait. A moi de l'imiter. Je serais intarissable sur ces moments appartenant à une autre vie et exhalant une senteur de bien-être.

Comment expliquer cependant, cette impression, très fugace, que ma présence dans le concert familial apporte une petite note, non pas discordante, mais qui ne se relierait pas vraiment à l'œuvre interprétée ? Certains membres de la famille arrêtent quelquefois leur regard sur moi avec une expression qu'ils n'ont pas pour les autres enfants. Très sensitif, il m'arrive même de me savoir observé à la dérobée, comprenant qu'on parle de moi. Constatant que je m'en aperçois, on s'arrête net. Cela m'intrigue un peu sans m'inquiéter vraiment. J'ai huit à dix ans. Une impression chasse l'autre. Déjà je suis ailleurs.

Pour le cénacle familial, l'apogée annuel, c'est la Toussaint, mais sans chansons et avec un petit air de componction sur les visages jusqu'à l'heure de l'apéritif.

Après la grand-messe, on gagne à pied le cimetière, peu éloigné de l'église.

Le caveau de famille est cossu, bien entretenu. La stèle surchargée de noms. Un tombeau étroit lui est accolé, surmonté d'une colonne brisée. C'est encore bien trop spacieux pour la mince caissette où ont été rangés, un demi-siècle après sa mort, les ossements menus de la petite Amélie comme le sont les crayolors de son plumier en faux laque de Chine — décoré d'enfants jouant à la balle — que maman a précieusement gardé en souvenir de sa jeune aînée.

De la petite Amélie, il existe, comme pour son père, un unique portrait de photographe. On la voit de face. Elle offre un joli minois fragile et triste. On le dirait ciselé dans de l'ivoire. Le regard est celui de l'adulte qu'elle n'a jamais été. Les cheveux sont tirés très haut derrière la tête, tellement haut qu'on voit la boucle qui les retient.

On ne lui destine que des fleurs blanches et je me dis que peut-être elle les préférerait de couleur, elle qui, comme moi, aimait les coloriages.

Les chrysanthèmes des adultes sont plus gais. Leur couleur est dite *mort dorée*, ce qui me semble bien tardif pour ceux qui dorment là.

Ensuite, on va se recueillir sur deux autres tombes. La première est tout à côté. C'est celle des Binot, d'anciens voisins. Le père était chef d'équipe sur les voies. Son titre de gloire avait été de former la moitié des jeunes Germinois à poser des rails sur les traverses. Le reste du temps, il le consacrait à la tournée des cafés pour le raconter. On disait qu'à la retraite la nostalgie des voies et le manque de moyens, ne lui permettant pas de boire tout son saoul, l'avaient rendu neurasthénique au point de se laisser mourir. Sa femme avait pris tout son temps avant de le rejoindre, ayant rajeuni après l'avoir enterré.

Au cimetière, les Binot et mon grand-père — et aujourd'hui ma grand-mère — ont maintenu leurs rapports de bon voisinage. Les tombes des deux familles sont bien alignées côte à côte, comme posées sur des rails à destination du séjour céleste. De là, on peut entendre siffler les trains.

La troisième tombe se trouve à l'écart dans une allée du milieu. C'est un jardinet de plantes vivaces entouré de grilles basses et que tante Lisou vient elle-même biner et arroser régulièrement l'été. Là repose une toute jeune femme. Elle était sans attaches familiales connues et on ignore son nom. Grâce à tante Lisou, elle doit se sentir moins seule. Sur une plaque de marbre fixée à la stèle a été gravé : *Quicumque es, requiescas in pace*[1].

Chaque fois, grand-mère me glisse à l'oreille : « Fais une prière pour la dame qui est là, mon chéri ! » Je m'exécute plus ou moins, un peu étonné de cette exhortation dont ne bénéficient pas les autres défunts.

Je garde des Toussaints à Saint-Germain un souvenir ému. Les cousins et cousines étaient heureux de se

1. Qui que tu sois, repose en paix.

retrouver. Pour leur part, les adultes avaient tôt fait de recréer l'effervescence habituelle des réunions de famille.

Le *vent qui vole, qui frivole*, avait hélas tourné. A mon désappointement et à celui d'Henri, il n'y avait plus eu de vacances à Saint-Germain. Ni vacances, ni réunions de famille. Grand-mère avait rejoint le « petit père » et la « petite Amélie ». Par l'entremise de tante Lisou, Tantine avait épousé un receveur des postes retraité et habitait Chambéry. Son état s'aggravant, l'oncle Tiburce avait été contraint de renoncer à ses volailles aux somptueux plumages. Il l'avait fait la mort dans l'âme. Elle n'avait pas tardé à s'emparer de lui. Ayant fait couper ses peupliers, il s'était assis pour l'attendre. Elle l'avait atteint sur un lit d'hôpital. Ses dernières paroles avaient été :

— Qu'est-ce qu'ils foutent, ces civils, dans les couloirs ?

Grand-mère et tante Lisou avaient eu raison de le dire : la guerre l'avait laissé meurtri comme tant d'autres. Il ne s'en était jamais remis et son humeur s'en ressentait. Mais, pour nous les enfants, la guerre était bien loin. Et c'était qui, les *boches* ? Pardon, oncle Tiburce, pour la gamelle des canards ! Nous t'avons méconnu. Tu étais un très brave homme. Maintenant, je le sais.

Dans mon esprit, tante Lisou n'aurait su vieillir. Cependant l'âge était là. Arrive toujours le moment où les caractères les mieux trempés doivent se soumettre aux renoncements successifs de la vieillesse. Les rhumatismes avaient insidieusement accompli leur œuvre destructrice. Marchant difficilement, incapable de monter et descendre les escaliers, elle s'était résolue, aux alentours des soixante-quinze ans, à mettre le double commerce en gérance et à libérer les lieux, alors que le père Brugnard et Jozèf repartaient, chacun de son côté. Elle s'était installée dans une dépendance de l'ancien prieuré transformée en logements locatifs. Elle y coulait des jours paisibles à peu de distance de l'église, avec, pour voisines, les sœurs gardes-malades qui prenaient grand soin d'elle.

Cela, je le savais par ouï-dire familial. Car, pour aussi inaltérables que m'avaient paru les liens d'affection entre maman et elle, ils s'étaient distendus et je ne connaissais pas sa nouvelle habitation. Non d'ailleurs que maman ait cessé toute relation avec sa tante. Elle et papa lui faisaient une visite commune à la Toussaint après avoir fleuri les tombes, et maman se rendait seule à Saint-Germain deux ou trois fois dans l'année. Mais Henri et moi avions dû nous habituer à l'idée que Saint-Germain appartenait au passé. Même pour la Toussaint nos parents refusaient de nous emmener, prétextant que la présence des fleurs dans la voiture était incompatible avec la nôtre. Les décisions des parents sont souveraines. Ce qu'ils veulent, caprices ou pas, Dieu le veut. Nostalgiques et réprobateurs, nous les regardions s'éloigner vers un horizon indécis, exhalant un parfum de paradis perdu.

Officiellement, une sordide question d'intérêts liée à des terres en indivis était à l'origine du refroidissement. Mais, connaissant la générosité de tante Lisou et l'aversion de papa pour toute forme de mesquinerie, nous demeurions sceptiques. Sur ce point, j'avais l'impression que mon frère n'était pas mieux informé que moi, ce qui m'était une petite consolation.

Quoi qu'il en soit, et malgré une affection dont elle m'avait donné autrefois tant de preuves, je n'avais pas revu ma grand-tante depuis plusieurs années. Timidité, indécision, pudeur, tout aurait donc concouru à me tenir éloigné d'elle à défaut d'une lettre reçue à l'hôpital peu de jours après l'accident. Les termes en étaient à la fois émouvants et sibyllins. S'il y transparaissait un immense chagrin pudiquement contenu, elle évoquait surtout l'avenir : Dieu m'avait protégé. Chaque jour lui restant à vivre, elle L'en remercierait. Il continuerait à me protéger. Selon elle, je serais sur pied rapidement et retrouverais l'usage de ma main. Elle poursuivait :

Il ne m'est plus possible de me déplacer, mais sache bien, mon petit, que si tu as besoin de tante Lisou, tu peux compter sur elle à tout moment, sous quelque forme que ce soit, tant que le Seigneur la laissera en vie.

Je sais bien que la compagnie d'une vieille femme n'a rien de très captivant pour un jeune homme, mais t'accueillir ici pendant ta convalescence, le temps que tu voudras, serait pour moi un grand bonheur.

Nous en profiterions pour aborder certains sujets qui me tiennent à cœur. Je ne voudrais pas quitter ce monde sans l'avoir fait.

Je sais bien que tu n'es pas en état de me répondre. Simplement, garde ma proposition en réserve. Inutile d'en parler immédiatement à ton père. J'ignore comment il réagirait. Le moment venu, nous trouverions bien le moyen de le persuader de te laisser venir, si tu t'y décidais, comme je l'espère de tout cœur.

Tout en me laissant un peu perplexe, cette lettre qui jetait un pont entre ma détresse et un havre de paix me fut un réconfort. De toute évidence, ma grand-tante tenait à s'expliquer sur les dissensions entre elle et mes parents, à me donner sa version des circonstances qui nous avaient, Henri et moi, tenus éloignés d'elle.

J'avais fait répondre à cette tendre invitation par l'affirmative, sans attendre d'être capable de le faire moi-même.

L'arrivée de Roseline accélérait mon départ de très peu. Prévenu depuis quelques semaines déjà de mon intention, mon père ne s'y était pas opposé. Je comprendrais ultérieurement que, loin de le contraier, cette perspective lui était un grand soulagement, et pas seulement en regard de ses intentions de remariage. Il n'était pas mécontent de céder à quelqu'un d'autre une bien délicate mission.

10

Je crois avoir véritablement pris conscience de mon goût pour l'écriture dans le tortillard me conduisant à Saint-Germain.

Il s'arrêtait à toutes les gares, soufflant et sifflant à la manière d'un vieillard asthmatique, et tandis que mes yeux regardait défiler, sans la voir, la campagne vallonnée, un cheminement plus tortueux avait lieu dans ma tête.

J'avais mal dormi, tenaillé à la fois par le nouveau coup du sort et l'effet produit par Roseline sur mon imagination et mes sens. Cependant, mon esprit était lucide, de cette lucidité étrange des petits matins, plus propice aux interprétations intuitives qu'à l'analyse objective. A quoi j'attribue ce qui suit.

Songeant à Saint-Germain, se raviva en moi la notion confuse que, par-delà les événements récents, mon existence contenait un fait que l'on avait pris soin de me dissimuler.

C'était si indécis et peu crédible que je ne m'y attardai pas. Plusieurs fois, cependant, au cours du voyage, cette impression perça dans mes pensées.

Nous en profiterions pour aborder certains sujets qui me

tiennent à cœur, m'avait écrit tante Lisou à l'hôpital de Zurich. Cette phrase recouvrait-elle, dans sa simplicité, plus important pour moi que je ne l'avais imaginé ?

Peut-être les balancements cahotiques secouèrent-ils les interrogations oiseuses et les idées sombres car, paradoxalement, je me sentais plutôt serein. L'attente du plaisir de revoir ma tante y était pour beaucoup. Une sensation de délivrance s'y ajoutait. Non que mon père m'eût accablé d'exigences, mais il est indéniable que je sortais d'une atmosphère étouffante. Me sentir à l'air libre et capable de voyager seul mêlait donc à l'amertume une allégresse furtive.

C'était comme si deux individus rivalisaient en moi, chacun tenant un bout d'une même réalité. Celui-ci morose, replié avec une certaine complaisance sur des tendances morbides, et cet autre, las du premier, avide de faire craquer les chaînes, pénétré d'espérance à l'idée d'un changement de vie, désireux d'imposer aux événements vécus depuis un an moins de douloureuse vigueur.

Tour à tour, l'un prenait le pas sur l'autre, mais j'en étais sûr : quelque chose de mon être profond s'inversait. En arrivant à Saint-Germain, je ne serais pas exactement le même qu'en me hissant, avec l'aide de mon père, dans la voiture de troisième classe du petit train qui, prenant tout son temps, me laissait celui de la réflexion.

La frénésie avec laquelle je m'étais lancé, à l'instigation de Carine, dans la traduction de Shakespeare avait confirmé cette faculté de concentration peu commune évoquée plus haut. Poursuivi durant plusieurs semaines, l'exercice avait constitué mieux qu'un dérivatif, une psychothérapie salutaire. D'autant plus salutaire que, sur les conseils du Dr Dousselin, j'avais ajouré l'exercice de moments de repos, « pour ne pas laisser de traces dans le subconscient ».

Au surplus, non seulement mon bras et ma main n'avaient pas subi de conséquences fâcheuses, mais mon écriture s'était améliorée à mesure que les feuillets s'accumulaient.

Il m'apparut clairement, ce matin-là, que m'obstiner à faire de la traduction une activité dominante serait peu gratifiant. Ce qu'il y avait en moi de narcissique regimbait. Au reste, je dois bien avouer que l'engouement commençait à décroître.

Ignorant quand je renouerais avec le collège et peu disposé à en accélérer le mouvement, j'éprouvais donc le besoin d'adjoindre une ou plusieurs occupations à la première.

Au demeurant, à défaut de violon, de tennis et de bicyclette, rien d'autre que lire et écrire ne me tentait. D'où l'idée de faire une relation écrite — et pour moi seul — de ce que j'avais vécu depuis un an. Ce serait là une réponse au mauvais sort, ayant des vertus exorcisantes qui m'aideraient à mieux supporter le passé. Je dis bien supporter, pas accepter. Le sentiment de révolte s'est estompé avec le temps, mais l'acceptation me reste à tout jamais inaccessible. Résignation n'est qu'un mot. Je le savais déjà.

Corrélativement, je vis dans ce projet le moyen d'une première avancée vers une des professions où l'écriture est primordiale mais sans nécessiter un diplôme et, si possible, dans une perspective de bilinguisme. Traducteur de textes ? Rédacteur dans une entreprise de presse ? Chroniqueur ? Journaliste ? Romancier ? J'avais assez de perspicacité pour savoir qu'il était prématuré d'arrêter mon choix avec précision, que celui-ci dépendrait de mes aptitudes réelles et des circonstances ; mais mon goût pour le français et l'anglais, les deux seules matières où je n'avais pas été lamentable — car elles m'intéressaient —, indiquait la voie à suivre.

Envisager de faire de la plume un métier n'était pas une inclination nouvelle. Déjà, tout enfant, je voulais devenir écrivain et coureur cycliste, ce qui, à première vue, n'est pas incompatible. Jules Verne et Antonin Magne me faisaient rêver. Ayant acquis, en grandissant, la conviction de ne posséder ni la cervelle de l'un ni les jambes de l'autre, j'avais renoncé à mes prétentions avec d'autant plus de docilité que le violon avait pris la toute première place. Jusqu'à l'accident, le vélo était cependant demeuré très présent dans ma vie quotidienne. Il le redeviendrait bientôt sous une forme originale.

Au reste, l'envie d'écrire ne m'avait, pour ainsi dire, jamais quitté. Avoir tenu — très irrégulièrement — un journal dont j'ai cité quelques extraits en est probablement un symptôme. Et considérer froidement la possibilité de gagner ma vie en écrivant ne me semblait plus utopique, sous réserve de m'y préparer et d'être patient.

Dont acte ! Je m'y suis préparé avec patience et opiniâtreté.

Voilà comment est né dans la douleur, durant mon séjour à Saint-Germain, un essai qui longtemps sommeilla dans un tiroir. Il m'est d'une grande utilité pour écrire ce livre.

J'avais espéré que ma grand-tante serait sur le quai pour m'accueillir, mais ne la vis pas parmi les quelques personnes qui s'y tenaient debout, cou tendu, regard scrutateur.

Les martèlements saccadés et sourds qui m'avaient battu les tempes cessèrent dans un grincement d'essieux. Un court silence suivit auquel succéda une galopade. Radieuse, une femme aux cheveux gris ouvrit les bras. Des enfants s'y précipitèrent. Incapable de déplacer ma valise, j'abaissai la vitre pour appeler un porteur.

Un homme d'une soixantaine d'années, bourgeoisement vêtu, s'approcha de la fenêtre :

— Je suis M. Jolivet, un ami et voisin de votre tante, me dit-il. Elle n'est plus très alerte et vous attend dans la voiture. Je vous rejoins. Laissez-moi faire. Je m'occupe de votre valise.

En posant le pied sur le quai, soutenu par ce monsieur, je sentis mon cœur s'emballer. Tante Lisou était là qui m'attendait et, autour d'elle, tout un univers allait se recréer. J'imaginais une nouvelle fois le visage de vieille jeune fille souriante. Sa larme à l'œil. Le geste vif pour la soustraire à ma vue. J'avais toujours été son préféré. Elle ne me l'avait jamais dit, mais ces choses-là se sentent. « Tu es le chouchou », me disaient les autres enfants. Une fois, Georges m'avait même profondément blessé en glosant : « On sait pourquoi : tu es le plus gringalet. » Il y avait peut-être de cela mais je savais bien que mon physique n'était pas l'unique raison de cette prédilection, qu'elle reposait sur plus profond.

Précédant M. Jolivet, je traversai le hall en faisant claquer l'extrémité de ma canne avec une soudaine ardeur, oubliant mon disgracieux boitillement.

Une grosse Packard était rangée contre le trottoir, portière ouverte. A l'intérieur, une frêle silhouette. Je me penchai. Deux bras se refermèrent autour de mon cou. Je sentis des larmes couler sur mes joues. Il me sembla que toutes n'étaient pas de moi. Un instant, je crus redevenir enfant.

Je me ressaisis, un peu confus, alors que M. Jolivet se mettait au volant. Tante Lisou me caressait la main, le bras, le genou, comme pour se rendre compte par elle-même de l'état où me livrait le tortillard. Des mots inaudibles se dessinaient sur ses lèvres. Ou bien elle parlait si faiblement que le bruit du démarreur, puis du moteur, couvrait sa voix. Ou bien celle-ci restait prisonnière de sa gorge. Sous l'émotion se lisait du soulagement.

J'avais mis mon costume de golf. Malgré ma claudication, je n'avais pas dû paraître trop à mon désavantage et en éprouvai un petit contentement.

De prime abord, je ne la trouvai pas trop changée. Des rides plus accentuées. Les cheveux plus argentés. Toujours rassemblés assez haut sur la nuque, ils formaient une couronne bouffante, la même que sur les photos sépia les plus anciennes, lorsque, jeune fille en jupe couvrant les chevilles et chemisier à manches longues boutonné jusqu'au menton, elle posait à côté de grand-mère devant le photographe, pimpantes et fraîches l'une et l'autre. Mais, bien sûr, je les avais toujours connues âgées.

Il ne pleuvait pas, mais le temps était gris. La voiture s'engagea dans l'avenue de la Gare et je me revis la descendre allégrement pour aller acheter *Mickey*, et plus tard *Jumbo*, au kiosque à journaux, celui-là même où le cœur de grand-mère avait, jadis, flambé pour un militaire en permission lui faisant les yeux doux. Mais l'avenue était méconnaissable. Un trafic de camions avait nécessité de couper les basses branches des platanes. Aussi estropiés que moi avec leurs moignons tordus, ils me donnèrent la chair de poule.

En passant devant la « villa du petit père », j'ouvris de grands yeux, recommençant quelques instants plus tard pour la vieille bâtisse grise. Soudain oppressé, je mesurai l'ampleur du désastre. Rapetissées, l'une rébarbative et d'un rose délavé, l'autre comme envahie d'une torpeur maladive, elles n'étaient que médiocres imitations de celles du Saint-Germain magique incrusté dans ma tête.

Ma tante retrouva enfin une petite voix, mais ce n'était pas vraiment la sienne.

De quoi parla-t-elle ? Je ne le sais plus, ma mémoire n'ayant retenu que le timbre se cassant par moments et les intonations chevrotantes où je cherchais désespérément une résonance familière. Peu à peu filtrèrent quelques modulations d'autrefois en beaucoup plus éteint. J'observai mieux ma grand-tante. Le regard demeurait lucide, mais n'était plus rieur. Il était même un peu vitreux. Était-ce l'inaction ? La fin tragique d'êtres chers ? Malgré la joie de me revoir, l'expression dominante était celle de la lassitude résignée. Je dus me rendre à l'évidence. Ces quelques années avaient fait d'elle une très vieille dame. Se fatiguant vite, elle menait une vie végétative et venir à la gare avait dû lui demander un gros effort. Je ne savais pas encore que la maladie de Hodgkin la privait peu à peu de ses forces et qu'elle n'en avait plus pour longtemps à vivre. Après avoir accompli auprès de moi une mission qui serait un événement capital dans sa vie et la mienne, elle irait très vite en déclinant. Ce que je lisais dans ses yeux ? J'étais vivant. Pas trop endommagé. Pour l'heure, cela lui suffisait.

Si la réalité visuelle de Saint-Germain trahissait mon enfance, sa présence, même si différente de mon attente, en rétablissait une certaine vérité. Sans cette vieille dame endimanchée, je me serais senti chien perdu sans collier.

D'une soixantaine d'années, M. Jolivet était un bel homme aux manières respectueuses. Il portait un chapeau à bord relevé et un complet gris clair au revers orné de la rosette de la Légion d'honneur et d'un mince ruban bleu et blanc que je sus par la suite être celui de la médaille coloniale. Une double chaînette d'or, peu visible, ajoutait une note de raffinement. Le visage exprimait la droiture. Très vieille France, il avait une sage moustache presque blanche, bien soignée, et une petite touffe de poils, dite mouche, au-dessous de la lèvre inférieure. Il se montra discret, évitant de se mêler à des retrouvailles que je vivais avec timidité, avec gaucherie, voilant des sentiments profonds, inexprimables.

Le bourg fut traversé lentement pour me donner le temps de promener mon regard sur des lieux auxquels me reliaient tant de souvenirs. Quelques minutes suffirent cependant pour atteindre le haut de Saint-Germain.

Le quartier qu'habitait maintenant ma tante, je le connaissais mal. Lorsque nous allions à la messe en trottinant aux côtés de grand-mère — qui redoutait d'arriver en retard même si nous étions en avance — nous le laissions sur la droite. (Tante Lisou ne nous accompagnait pas. Elle était allée à la première messe, en était revenue les bras chargés de brioches et de croissants, annonçant triomphalement : « J'ai eu mon bout de messe. » Elle était arrivée à l'offertoire, repartie à la communion, satisfaite d'avoir rehaussé d'un peu de spirituel un temporel consacré aux autres.)

La voiture s'engagea dans une ruelle aboutissant à une ouverture entre des colonnes surmontées d'arcatures romanes rongées et ébréchées, se perdant sous les feuillages.

M. Jolivet expliqua :

— Mis à part les dépendances remises en état pour être habitées, ce sont les derniers vestiges de l'ancien prieuré. Là était autrefois érigée une chapelle. C'était l'entrée des fidèles. Tout le reste a été détruit pendant la révolution. De nombreuses maisons de Saint-Germain ont été construites avec ses pierres. On y trouve des linteaux sculptés et même des fenêtres à meneaux intégralement transposées. C'est le cas de la maison dite des échevins, l'actuelle mairie. Ici, c'est un peu à l'abandon, mais vous verrez comme l'intérieur est agréable. L'enceinte est moins vaste qu'à l'époque des moines, mais il y a encore de beaux espaces de verdure.

Cette ouverture, parmi les ruines, resterait pour moi un symbole. En la franchissant, j'entrais de plain-pied dans une vie aussi distincte de la précédente que l'avait été cette parcelle de terre sainte après la révolution, et tout aussi méconnaissable.

La voiture parcourut un chemin de terre battue. L'endroit était accueillant en effet. C'était un grand parc rustique enclavé dans le vieux village. Il en émergeait, dans une symphonie de couleurs d'automne, des arbres aux feuillages clairsemés, des bosquets, des bordures de buis. Dans un endroit reculé, de grands et vieux arbres formaient comme un morceau de forêt donnant envie d'aller musarder sous ses branches.

En approchant des habitations, le chemin contourna un parterre de dahlias commençant à baisser la tête et à perdre leur éclat. Au centre se trouvait une statue de la Vierge de Lourdes ayant à ses genoux deux enfants en prière. Plus loin, le vieux village rassemblait frileusement, autour de l'église, ses toits d'ardoise à double pente et qui semblaient se chevaucher. Des pigeons s'égayaient autour du clocher. Des grappes d'épis de maïs s'alignaient au-dessus des balcons de bois, protégés par des avant-toits à pans coupés.

Par-delà les maisons, on discernait les premières pentes du mont Sainte-Colombe qu'un soleil falot ne parvenait pas à délivrer d'une brume translucide. A travers elle, mes yeux se portèrent sur un triangle blanchâtre que je savais être le cimetière. Je me dis que, par temps clair, on devait distinguer, adossées au mur de clôture, la stèle du caveau et la colonne brisée.

Deux bâtiments voisinaient, disposés en T. Celui qui en constituait la barre était occupé par les religieuses. L'autre, tout en longueur, comprenait quatre logements identiques à un étage, pareils à de modestes villas accolées. Celui de l'extrémité opposée à la demeure des religieuses était habité par tante Lisou et le suivant par M. Jolivet. Des anciens bâtiments, il ne restait que le soubassement de pierre, le reste ayant été monté en matériaux modernes.

Je fis compliment à ma tante de son choix, ajoutant :

— Ici, c'est plus calme que ton ancien quartier et on peut y faire de jolies promenades. C'est agréable.

— Oui, me dit-elle avec un sourire triste, mais je ne peux plus m'aventurer bien loin. Enfin... à ton bras, j'essaierai d'aller jusqu'à la Vierge. Déjà je me sens ragaillardie par ta présence. J'étais sûre que le cadre te plairait.

La voiture s'arrêta devant la porte. M. Jolivet soutint fermement tante Lisou pour l'aider à descendre de voiture, ce qu'elle fit en grimaçant et avec lenteur. Il lui tendit ensuite le coude et elle s'y agrippa. Je constatai qu'en effet elle était très handicapée, ne pouvant avancer qu'à pas menus.

— Tu vois comme il est gentil avec moi, M. Jolivet, me fit-elle observer. J'ai de bons voisins, oh oui, de très bons voisins. Sans compter les sœurs. Vraiment, je suis bien entourée.

L'appartement comprenait une cuisine et quatre pièces, dont une à l'étage, ainsi qu'un petit cabinet de toilette, preuve d'une construction récente. Utilisant une partie des combles, la chambre de l'étage se signalait par une fenêtre mansardée. Je fis le vœu qu'elle me soit attribuée.

— A propos, dit tante Lisou, comme en écho, alors qu'elle tournait la clef dans la serrure, ton lit est fait au premier. Tu y seras chez toi. Je ne peux plus y monter mais Mariette viendra chaque jour te faire un peu de ménage. Oui, j'ai été obligée de prendre quelqu'un.

Déjà que je n'ai jamais été une femme d'intérieur... La pièce est grande. Tu y seras bien. Tu y trouveras même des étagères pour tes livres. Je les ai fait placer à ton intention. C'est que je vivais dans l'espoir de ta venue, comprends-tu ! Tout de même, j'ai été un peu surprise en recevant le télégramme de ton père. Très très heureuse mais surprise. Comment se fait-il que tu te sois décidé si brusquement ?

— Je t'expliquerai, tante Lisou, éludai-je, ne tenant pas à parler de Roseline et moins encore à mêler un voisin à une affaire de famille.

Celui-ci aida ma tante à quitter son manteau, puis à prendre place dans un fauteuil auprès duquel différents objets utilitaires ainsi que des médicaments étaient disposés sur une table roulante. Après quoi, il sortit pour revenir avec la valise qu'il monta à l'étage et prit congé.

— Viens t'asseoir à côté de moi, dit tante Lisou ; viens que je te regarde mieux. Ensuite, tu pourras t'installer pendant que je finirai de préparer le repas. L'escalier n'est pas trop raide et M. Jolivet dit que le monter et le descendre seront pour toi de bons exercices. C'est un ancien médecin colonial qui a pris sa retraite assez jeune. Il s'y connaît.

Après quelques minutes, je montai à l'étage, impatient de découvrir le gîte qui m'était réservé. Je ne fus pas déçu.

La chambre était spacieuse et claire avec une seconde fenêtre donnant sur les jardins. Elle était garnie d'une grande armoire, d'un lit bateau et d'autres meubles usuels d'inspiration Louis-Philippe, comme on en trouvait dans la plupart des maisons habitées par des personnes âgées : une table à pieds chantournés et qui ferait un confortable bureau ; une commode surmontée d'un miroir inclinable ; deux voltaires au velours incarnat un peu fané... Des étagères de fabrication récente complétaient l'ancien mobilier. Elles me seraient bien utiles car une caisse de livres expédiée par mon père me suivait de près. Sur le parquet, un tapis à motifs floraux. Au mur une gravure montrant le prieuré avant sa destruction, des effigies de saints et un grand portrait de Victor Hugo âgé. Un peu partout des bibelots de porcelaine et d'opaline sur des napperons de dentelle. Un charme confortable et apaisant se dégageait de ce décor suranné.

Avant de redescendre, je tirai la table à écrire devant la fenêtre donnant sur le mont Sainte-Colombe. Il me suffirait de lever les yeux pour le voir. L'endroit me convenait à merveille pour de premières armes d'écrivain, mais pas la présence de Victor Hugo, plume d'oie en main, que je trouvais écrasante. Dans l'après-midi, il prit le chemin du galetas. Plus tard, je la récupérerais et lui trouverais un emplacement de choix pour me faire pardonner. Il trône dans ma bibliothèque.

Le repas fut l'occasion de renouer avec le passé si vibrant à mon cœur. On fit le tour des survivants en évitant d'évoquer les morts. A l'exception de Tantine, les frères et sœurs avaient disparu. N'étant plus en mesure de recevoir, ma grand-tante n'avait guère de visites. Elle le regrettait mais le prenait du bon côté.

— Je les apprécie d'autant plus qu'elles sont rares, me dit-elle. Alors, quel plaisir de t'avoir avec moi. Tu peux rester ici autant que tu veux. Revenir quand tu le souhaites. Tant que je vivrai, tu es chez toi.

Je demandai des nouvelles de mes anciennes connaissances. Ce qu'était devenu Jean-Charli ? On l'ignorait, sa famille ayant quitté Saint-Germain. Marco ? Sa grand-mère étant décédée, il ne revenait plus en vacances. Le père Brugnard lui aussi s'était définitivement endormi. Jozèf n'avait jamais donné signe de vie. L'*Économique* avait changé deux fois de gérant. Clémence était toujours là, plus grincheuse que jamais.

En début d'après-midi, l'arrivée de Mariette mit de l'animation. Elle embrassa tante Lisou ; d'autorité, en fit autant avec moi. Assez belle femme volubile d'une trentaine d'années, elle m'examina ensuite de la tête aux pieds avec une curiosité dont elle ne fit pas mystère. Elle me dit qu'autrefois sa mère avait servi au café les jours de marché. En fin de matinée, elle la rejoignait et on la nourrissait. Elle gardait un souvenir ému de ce repas, le seul de la semaine avec de la viande. Elle m'avait vu plusieurs fois lorsque j'étais bébé et que maman séjournait à Saint-Germain. Elle m'avait même tenu dans ses bras.

Quand elle passa à la cuisine, elle laissa la porte entrouverte pour faire la causette avec tante Lisou de nouveau installée dans son fauteuil. J'en profitai pour me retirer, non sans me rendre compte que Mariette me regardait monter les escaliers par l'entrebâillement de la porte.

Lorsque je redescendis, un feu de bois dansait dans la cheminée. Mariette venait de partir. J'entendis frapper à un carreau de la fenêtre du jardin. C'était M. Jolivet qui me faisait signe de sortir. Il m'entraîna vers son garage où, dit-il, une surprise m'attendait. Avant d'y pénétrer, il me fit cependant asseoir sur un banc, s'accroupit, releva la jambe droite de mon pantalon et me fit manœuvrer plusieurs fois le genou en le palpant. Il examina ensuite les articulations du coude et du poignet, celles des phalanges, me faisant faire des mouvements de torsion et d'extension.

— Du bon travail, conclut-il. Ceux qui vous ont rafistolé ne sont pas des apprentis. Votre tante m'a dit que vous aimiez la bicyclette. Vous y remettre vous fera le plus grand bien. Sans forcer, bien entendu. Peut-être une dizaine de mètres la première fois, et en mettant les pieds au sol dès que vous sentirez une douleur. D'ici une semaine, vous devriez faire le tour des bâtiments.

Dans le garage, une bicyclette à guidon plat et dérailleur était rangée contre le mur, prête à être enfourchée.

— La selle est réglée de telle sorte que vous puissiez poser les pieds par terre en restant assis, précisa-t-il. Et j'ai relevé le guidon afin que les bras ne prennent pas trop appui sur les poignées. Allez, faites un essai ! Si vous avez mal, surtout n'insistez pas !

Il me tint le guidon pendant que je me mettais laborieusement en selle. Au premier tour de roue, je compris que je n'y arriverais pas.

— C'était à prévoir, dit-il en souriant. Provisoirement on va remplacer la bielle de la pédale de droite par une autre plus courte. J'ai déjà pris contact avec le mécanicien. Demain, ce sera fait. Pour votre bras, j'ai tout ce qu'il faut aussi : extenseurs, haltères... Le reste est affaire de persévérance. Pas besoin d'aller à Aix-les-Bains. A nous deux, nous ferons aussi bien, sinon mieux. Maintenant, essayez donc de marcher sans canne !

L'essai ne fut pas non plus très concluant, mais, en insistant. je m'aperçus que ce n'était pas impossible. Je promis d'éviter progressivement de m'appuyer pour les petits déplacements.

En rentrant, je fis un rapport détaillé à ma tante. Elle ne parut pas surprise :

— Il a le cœur sur la main, cet homme-là, observa-t-elle, et pas grand-chose à faire. Je suis sûre que vous deviendrez bons amis. Mais tu devrais lui proposer de te tutoyer. Je suis persuadée que tu lui ferais plaisir.

Je m'étais couché tard, ayant tenu à mettre par écrit mes premières impressions germinoises.

On frappa. C'était Mariette, un plateau sur les bras.

— Allons, allons, monsieur Jean-Cy, dit-elle joyeusement, savez-vous qu'il est bientôt dix heures ? Votre tante s'inquiète et le voisin vous fait dire que le vélo est prêt.

Ayant posé le plateau sur la table, elle ouvrit les volets :

— Regardez comme il fait beau. Une vraie journée de printemps. Je vous laisse la fenêtre ouverte ?

— Si vous voulez, madame... madame comment ?

— Brochet, oui, comme le poisson. Mais je préfère Mariette... Oh, et puis j'ai trop entendu causer de Jean-Cy pour lui donner du « monsieur ». Tous les jours que le bon Dieu fait, vot'tante me parle de vous. Surtout n'oubliez pas d'aérer vot'lit. Je reviendrai le faire avant de partir. Que préférez-vous ? Y prendre votre petit déjeuner ou vous lever ? Allez, je vous mets le gros oreiller !

— Non, je me lève, Mariette, dis-je en m'étirant. Que peut-elle bien vous raconter sur moi, ma tante ? ajoutai-je sur un ton badin sans autre intention que me concilier les bonnes grâces de la femme de ménage.

— Je ne sais pas, moi ! Que vous êtes courageux... qu'elle vous aime beaucoup. Qu'autrefois, vous veniez chez elle en vacances. Plein de choses. Que vot' bras va beaucoup mieux. Que vous allez bientôt retourner en pension... que vous voulez faire professeur d'anglais... C'est vrai que vous causez british ? Et ça doit être beau ce que vous traduisez. Je me souviens plus du nom de l'auteur, mais *Roméo et Juliette*, ça m'dit quèque chose. Vous me raconterez, dites ?

J'étais assis au bord du lit à essayer de faire pénétrer mes doigts de pieds dans des mules sans me baisser. Je relevai la tête :

— Mais... de qui le tient-elle, ma tante ? Je ne lui en ai pas dit un mot. D'autant moins que j'ai changé d'idée.

Mariette devint écarlate, appliquant — mais trop tard — la main sur sa bouche dans un geste désespéré :

— Oh, je crois bien avoir gaffé !

— Tiens-tiens ! hasardai-je, l'air décontracté. Je lis dans vos yeux que vous savez de qui elle le tient.

— Oh, je vous en supplie, ne me le demandez pas ! Elle m'avait tellement recommandé de ne pas vendre la mèche.

Je m'efforçai de garder une expression détendue :

— C'est bien simple, Mariette : ou bien vous me dites comment elle l'a su, ou bien je le lui demande et vous n'y couperez pas d'une semonce.

— Oh, vous savez, c'est pas tellement me faire attraper que je redoute. Nous sommes de bonnes amies, elle et moi. C'est perdre sa confiance que je ne voudrais pas. Vous me promettez de ne pas le répéter si je vous le dis ?

— Absolument, Mariette. Pour moi, une confidence, c'est sacré.

— Bien vrai ?

— Juré !

— Bon ! Elle le tient de m'sieur vot'papa. Il est venu ici avec un docteur.

— Le Dr Dousselin ?

— Voilà... Dousselin.

— Et... et connaissez-vous la raison de cette visite ?

— Non ! Vous savez, je suis là pour faire le ménage, pas pour espionner. Tout ce que je peux vous dire, c'est qu'ils ont longtemps parlé avec le voisin.

— Merci, Mariette, et ne vous inquiétez pas. Je sais tenir ma langue.

— Sûrement mieux que moi. Je parle... je parle... Une pie borgne. C'est que maintenant vous allez brûler d'en savoir plus ?

— Oui, mais je saurai bien trouver un biais pour ne pas vous nuire. Vous n'avez rien à craindre.

Papa s'était en effet absenté une journée « pour affaires », lui qui semblait avoir cessé de s'en occuper. Dans quel but était-il venu et pourquoi me l'avait-il caché ? Mariette avait raison : je ne me voyais pas demeurer longtemps sans réponse à ces questions.

Une première séance de bicyclette en fin de matinée avait donné des résultats prometteurs. Je recommençai l'après-midi sous le regard attentif de M. Jolivet.

— Tu as le rose aux joues, constata ma tante lorsque j'en revins. C'est bon signe.

Après quelques propos anodins, je me décidai :

— Au fait, tante Lisou, qu'est-ce que tu complotes avec papa ? Il est venu ici, n'est-ce pas ?

— Ça par exemple ! Et comment le sais-tu ? Sûrement pas par lui, il m'avait fait promettre de ne pas t'en parler pour le moment, ne voulant pas t'inquiéter. C'est réussi !

— Je l'ai su par Mathilde qui a cru le comprendre à des propos échangés entre lui et le Dr Dousselin pendant qu'elle leur servait l'apéritif. Elle m'a fait promettre de ne pas interroger papa.

— C'est moi qui lui ai demandé de venir. J'avais besoin de lui parler en dehors de ta présence. J'ai d'ailleurs eu toutes les peines du monde à le décider. Il répondait aux lettres par un petit mot aimable. Oh, il ne refusait pas, mais il en remettait toujours le moment. Il a fallu que je fasse intervenir le Dr Dousselin par l'intermédiaire de sa fille. C'est lui qui a brusqué le mouvement et l'a amené ici dans sa propre voiture.

— Je suppose qu'il y a un rapport avec ce que tu m'as écrit à l'hôpital ?

— Un rapport très direct en effet, mon chéri. Mais je suis très gênée. Notre conversation arrive un peu tôt. J'ai besoin d'une dizaine de jours avant de te parler sans détours.

— Ce n'est pas agréable, tante Lisou, d'apprendre que quelque chose se trame dans son dos.

— Pour l'instant, je ne puis malheureusement pas t'en dire plus. Moi non plus je n'aime pas les cachotteries et tu sauras tout, mais chaque chose en son temps. Tu comprends bien que ni lui ni moi n'agirions contre ton intérêt.

— Je vous croyais brouillés, papa et toi !

— Pas brouillés, seulement en bisbille sur certains points. Plus d'ailleurs avec ta maman qu'avec lui. Cependant, elle et moi, nous nous écrivions et elle venait me voir de temps à autre. Malgré nos désaccords, nous nous aimions bien toutes les deux. Il faut dire qu'à l'époque où ta grand-mère tenait l'*Économique*, elle n'avait guère le temps de s'occuper de sa fille. La petite était toujours fourrée dans mes jupes. Depuis quelques années nos relations étaient assez curieuses : deux sujets de discorde s'étaient mis entre nous qui provoquaient des heurts et, malgré tout, j'étais restée une confidente pour elle.

— Mais alors, comment se fait-il que mon frère et moi ne mettions plus les pieds à Saint-Germain ?

— Tu sais, mon petit, dans les familles les relations ne sont pas toujours simples. Quelquefois, elles sont même diablement compliquées. L'essentiel est que tu sois là. Je te jure qu'on en reparlera mais pas tout de suite. Fais confiance à tante Lisou !

Il m'était difficile d'insister, mais qu'est-ce que cela cachait ? Une vétille, ou un fait que l'on m'aurait tenu dissimulé parce que trop grave, au contraire, pour être révélé à un enfant ?

11

Sans me croire immunisé contre de nouvelles souffrances morales, il me semblait que les épreuves traversées m'avaient préparé à les supporter avec une certaine vaillance. Je le présumais d'autant plus que mon émotivité avait connu une régression et qu'une bonne dose de fatalisme me faisait l'effet d'une cuirasse psychique.

Ce n'était probablement pas illusoire. Cependant la surprise qui m'attendait le surlendemain de mon arrivée démontra la fragilité de mes aptitudes défensives, puisque j'en sortis bouleversé.

L'expectative à laquelle je me trouvais condamné m'avait rendu assez nerveux, ce qui réduisit à néant mon intention de laisser sous silence l'arrivée de Roseline à Gravigny.

Revenant de l'extérieur en fin d'après-midi, je vins m'asseoir près de ma tante pour une petite parlote pendant qu'elle tricotait des chaussettes qu'elle me destinait. Une enveloppe cachetée et timbrée était posée sur la table roulante. En gros caractères, le nom de mon père était visible à distance, d'où cette réflexion désagréable de ma part et le dialogue qui s'ensuivit :

— C'est un premier compte rendu ! Tu penses lui en envoyer beaucoup pendant mon séjour ?

— Ne dis pas de bêtises, mon petit. Il ne s'agit pas de ça ! C'est pour lui demander de ne pas tarder à revenir. Nous allons avoir besoin de lui.

— Tu aurais pu m'en parler, observai-je avec irritation. Je ne tiens pas du tout à le voir, moi !

Elle laissa tomber son ouvrage sur les genoux, m'observant d'un air circonspect par-dessus ses lunettes :

— Allons bon ! Après tout ce qu'il a fait pour toi ? Je croyais que, maintenant, il y avait une bonne entente entre vous.

— En tout cas, il a eu une conduite inqualifiable avec maman, dis-je avec une rage subite. Figure-toi qu'il la trompait depuis longtemps avec une certaine Roseline. Une juive. La veille de mon départ, elle est arrivée sans crier gare à Tournebise pour s'y installer. Et moi qui tombais des nues ! En plus, papa voulait me faire avaler qu'elle était là pour des vacances. Tu vois un peu le micmac ! C'est d'ailleurs pour cela que j'ai avancé mon départ. Le comble, c'est qu'elle a eu un enfant de lui. Une petite fille.

— Oui, je sais, mon chéri, une petite Annaëlle, mignonne à croquer, paraît-il.

— Comment ! Tu es au courant ?

— J'ignorais son arrivée mais, de la liaison, je suis au courant depuis longtemps. Ce qui me navre, c'est qu'il ne t'en ait rien dit. Tu n'es plus un gamin. Il aurait dû t'expliquer la situation et te préparer à l'idée d'un remariage. Oh, je sais bien, chez lui ce n'est pas de l'inconséquence ni de la négligence : il a péché par excès de scrupules et par indécision. Quant à la liaison elle-même, il est difficile de la lui reprocher. (Elle soupira.) Ah, comme mon rôle auprès de toi va être difficile, mon chéri ! Tu en sais encore moins que je l'imaginais. Pourtant, je ne peux pas te laisser dans la tête que ton papa s'est mal conduit envers ta maman. Comme je te le disais, je l'aimais beaucoup, Evelyne, mais c'était une enfant gâtée. Au début, ton père a peut-être trop cédé à ses caprices. Ensuite, le pli était pris... En lui laissant autant de liberté, il a été imprudent.

Je me sentis frémir d'indignation :

— Imprudent ! Qu'est-ce que tu veux dire par là, tante Lisou ? Je n'aime pas entendre parler de maman de cette façon. Ce n'est pas bien. Elle a été la meilleure des mères et n'est plus là pour se défendre.

— Je sais bien qu'elle a été une bonne mère, mais...

Il y eut un silence un peu lourd pendant lequel ma tante parut chercher l'inspiration puis elle planta résolument ses yeux dans les miens :

— Est-ce que tu me promets de garder ton calme ?

— Oui, tante Lisou, je te le jure. Rien ne peut être pire que ce que j'ai vécu.

— Alors, tant pis ! Ce n'est pas le moment de laisser se créer en toi des rancœurs à l'égard de ton père. Il vaut mieux que tu saches tout et que tu te fasses une opinion par toi-même. Eh bien, ta maman et lui n'avaient plus de vie de couple depuis pas mal d'années.

— Comment ?

— Oui, je sais, tu l'as ignoré parce que, devant les enfants, ils jouaient la comédie des parents unis. De ce point de vue, ils ont été parfaits. C'est pour vous qu'ils n'ont pas divorcé. Mais ils avaient une vie sentimentale chacun de son côté et c'est de ta maman que tout est venu. Tu as bien dû voir qu'elle s'absentait souvent en compagnie de Simone. Elles partaient et rentraient ensemble, l'une servant d'alibi à l'autre. Un jour, ton papa a découvert le pot aux roses, je ne sais trop comment. Probablement par une lettre anonyme.

D'abord ils ont eu une explication violente. Il a sommé ta mère de rompre avec son galant. Elle a refusé tout net, répliquant que c'était le grand amour de sa vie et qu'elle préférait se tuer qu'y renoncer. Il en a été très malheureux, mais quoi faire quand l'amour est mort et qu'il y a des enfants ?... Pour eux, il a cédé. Ils ont conclu un pacte.

J'étais atterré :

— Alors, quand papa allait chercher maman au train, il savait qu'elle sortait des bras d'un autre ? C'est inouï !

— Elle menait sa vie. Il menait la sienne. Cela n'empêchait ni une certaine tendresse, ni une solidarité dans la vie de tous les jours et une grande connivence au sujet des enfants. La situation était intenable et pourtant ils ont tenu. Surtout, garde-toi bien de leur jeter la pierre ! Chacun a l'existence qu'il peut et il n'y a rien de plus ingrat que fonder une famille. Ta mère n'était pas une femme volage. Non ! Elle vivait dans un monde à elle. Elle était à la fois rêveuse et passionnée, amorale et éprise d'idéal. Trop accaparé par ses affaires, ton papa n'a pas su répondre à ses espoirs. S'il avait été plus attentif, on peut d'ailleurs se demander si les choses auraient mieux tourné : chacun avait son univers dans lequel l'autre était incapable d'entrer. Ils n'étaient pas faits l'un pour l'autre.

— Et c'est qui, ce bonhomme ? balbutiai-je.

— Je ne sais pas exactement. Un artiste peintre qui habite le Midi. A l'époque il vivait à Lyon. Ils ont fait connaissance à l'occasion d'un vernissage. Il lui a demandé de poser pour lui. Elle a hésité. Ils se sont revus. Elle a fini par accepter. Ce qui devait arriver est arrivé. Avec ces gens-là, il faut s'attendre à tout. Elle trouvait auprès de lui, me disait-elle, une tendresse et une sensibilité qu'elle n'avait pas connues et lui donnaient l'impression d'exister par elle-même, de ne pas être seulement « une compagne docile et utilitaire » pour employer ses propres mots.

— Mais alors, tante Lisou, papa et maman ont eu des enfants sans s'aimer vraiment ?

— Je ne connais pas grand-chose à l'amour mais... Bien sûr que si qu'ils se sont aimés dans les premières années, si l'on entend par là qu'ils étaient attirés l'un vers l'autre. Hélas, le feu dans les veines n'a jamais aidé à voir clair en soi. Comment distinguer ce qui vient du cœur de ce qui vient du corps, quand on a vingt ou vingt-cinq ans !

Ma respiration devenait de plus en plus arythmique. Un instant, je crus défaillir. Je lus de l'inquiétude sur le visage de ma tante qui fit un mouvement pour se lever. Je m'agenouillai auprès d'elle, me couvrant la figure de son châle, incapable de retenir mes larmes. Elle se mit à me caresser doucement les cheveux.

— Pour te ménager, reprit-elle, ton papa a retardé le plus possible le moment de vivre avec Roseline. Il me l'a dit lui-même. Son erreur est de ne pas t'y avoir préparé. Mais ce n'est pas quelqu'un de méprisable. Il mérite ton respect et ton affection. Pardon de t'avoir fait du chagrin, mon chéri, mais rétablir la vérité était nécessaire. Je sais que le malheur vous a rapprochés. Il serait trop bête que vos relations se détériorent à nouveau sur un malentendu. Vous avez besoin l'un de l'autre.

La meilleure femme du monde venait de me porter un coup très dur.

A l'issue d'une fort triste soirée, j'avais eu du mal à trouver le sommeil, établissant une navette douloureuse entre mon père et ma mère, essayant de les enlever l'un à l'autre, de les désunir, de les démarier.

Je dus m'avouer que certains regards de maman, certaines attitudes d'elle, laissaient rétrospectivement penser qu'elle ne se donnait plus tout entière à la vie familiale, soucieuse des enfants, certes, mais de moins en moins attentive aux soins de la maison. Un peu déesse, maman, plus prompte à se pomponner ou à ordonner un bouquet qu'à mettre un gratin au four. Et bien peu empressée auprès de papa. Quant à ses rires inopinés, parfois si violents qu'ils faisaient sursauter et que rien d'apparent ne justifiait, ils pouvaient bien avoir été le moyen de calmer, dans la dérision, une tempête sous un crâne.

Après l'avoir adorée vivante, je la haïrai morte, pensai-je à certains moments de fureur, et pas seulement pour avoir trompé papa. Surtout pour m'avoir trompé, moi, son petit Jean-Cy, qui croyais tout savoir d'elle et lui voyais une vie limpide alors qu'elle en dissimulait une part ignominieuse et essentielle. L'indulgence de tante Lisou me semblait de l'aveuglement. Maman devenait une étrangère impudique portant la marque d'une inaltérable flétrissure. Se laisser enlacer par un autre homme que papa ? Vision ô combien déchirante, obscène, brutale, que j'aurais voulu rejeter avec elle dans l'autre monde ; vision infiniment plus insoutenable que celle de papa dans les bras de Roseline.

Malgré l'existence de cette dernière et malgré les révélations de tante Lisou, dès que la torpeur m'envahissait, mon subconscient se rebellait, refusant l'évidence, et un combat s'engageait entre lui et la triste réalité.

Cent fois, je me retournai dans mon lit. Un certain apaisement me vint enfin à la pensée que, grâce à la mort, cette abjection ne se reproduirait pas. Le sommeil s'empara de moi sur la notion confuse qu'aucun châtiment ne serait assez lourd pour l'impudent qui avait détourné ma mère de ses devoirs, et que le destin ne m'avait épargné que pour lui faire rendre gorge.

Une nouvelle fois, je fus éveillé par Mariette. Ayant posé le plateau, ouvert les volets, elle s'approcha du lit, se pencha sur moi.

— Alors ? Vous avez su ce que vous vouliez sans me faire du tort ?

— Mais oui, Mariette. Et merci pour le coup de main !

— Eh bien, je vais vous dire : j'en suis bien aise parce que... (un silence, le temps de s'agenouiller pour approcher son visage du mien et de poser les mains sur mes épaules) parce que j'ai un faible pour vous. Et vous savez, je ne suis pas regardante... Ce que vous avez fait, ça mérite bien une petite récompense. Puisque vous savez tenir votre langue, on peut se faire un p'tit *favocloc*, si le cœur vous en dit. Rien de tel que laisser parler la nature, pour remettre les idées en place.

Elle me prit la main, la conduisit dans l'échancrure de sa blouse :

— Tâtez comme ils sont fermes, mes lolos ! C'est pas de la gnognote ! Pour avoir nourri trois marmots... Hein ! Qu'est-ce que vous en dites ? J'en connais de plus huppées qui donneraient une partie de leur galette pour les avoir à leur panoplie. Allez ! ne soyez pas timide ! Je lis dans vos yeux que vous devez aimer ça.

Par timidité, je faillis répondre bêtement : « Non, Mariette, les femmes ne m'intéressent pas. » Par timidité, je n'en fis rien. Frôlant une aguichante rondeur un peu moite, je bafouillai :

— Mais Mariette, vous avez une alliance !

— Et alors ! Il ne manque de rien, mon homme ! D'ailleurs, je vous dis pas... S'il n'y avait que lui, j'en serais réduite aux toiles d'araignée. Il travaille sur les voies, alors vous comprenez bien qu'il en revient éreinté et pas toujours très ragoûtant. La sueur en été... Les engelures en hiver... Toute l'année les mains calleuses... C'est pas comme vous. Vos mains, elles sont douces. Une petite fantaisie entre nous ne lui donnera pas de l'urticaire... Ni à l'autre.

— L'autre ?

— Oui, l'autre. Un célibataire chez qui je fais le ménage deux fois la semaine. Il me paye à l'heure et se lave tous les jours. C'est tout de même plus agréable que récurer le derrière des casseroles.

Et, me déposant un rapide baiser sur le front :

— Déjeunez tranquillement ! Je remonte dès que votre tante sera dans le cabinet de toilette... Je vais m'en occuper aussi, moi, de votre petite santé ! Surtout qu'à votre âge on franchit le Rubicon *illico presto rapidos*, pour parler comme mon célibataire quand il raconte sa jeunesse. Maintenant qu'il a de la bouteille, il est obligé de prendre son élan, comprenez-vous. Avec vous, au contraire, ce sera du nanan !

Elle s'esquiva, me laissant tout pantois et émoustillé. Enhardi par sa hardiesse, je n'aurais su lui faire l'affront de me montrer réservé à son retour... ni les matins suivants. J'ose confesser cependant que, bien souvent, je fermais les yeux durant ces étreintes de santé en imaginant tenir Roseline dans mes bras, et qu'une sadique envie de la faire souffrir attisait mon plaisir.

Voilà comment, au bénéfice d'une tendre bonne volonté, mes premières armes chez tante Lisou ne furent pas exclusivement littéraires. Encore aujourd'hui, j'éprouve un sentiment de gratitude émue en songeant à Mariette et à sa désarmante simplification des rapports amoureux.

N'ayant pas de temps à perdre, elle ne se déshabillait qu'à moitié, repartait avec le plateau comme si de rien n'était. Cependant, nul ne peut arriver quelque part plus à point nommé qu'elle ce matin-là. « Rien de tel pour remettre les idées en place », avait-elle affirmé d'une voix rieuse. Elle avait diablement raison. Car si je fus vite ramené aux révélations de la veille, ses bons offices (et les effets équilibrants de la lumière du jour) me les firent évaluer, non sans tristesse et amertume, mais avec plus d'objectivité.

Une voix intérieure, peut-être celle d'écrivain virtuel, me dicta, en effet, de ne pas écouter les impétuosités émotives détournant du bon sens, ni les fantômes de la nuit qui ne sont pas les meilleurs conseillers. Surtout, elle me dit qu'il était temps de renoncer aux jugements sommaires et manichéens.

Si je le pressentais depuis longtemps, je compris mieux, ce jour-là, que l'existence foisonne d'incertitudes, d'incohérences, de contradictions, et que rien n'est simple dès qu'il s'agit de l'âme. Il m'apparut clairement que les êtres ne sont pas faits d'une pièce ; que ce qu'on voit d'eux n'est qu'une infime partie de ce qu'ils sont, et qu'à l'échelle humaine, il faut considérer leurs agissements avec humilité et circonspection, autrement dit avec tolérance.

Cette vérité première et qui ne l'avait pas été jusque-là pour moi, je me devais de l'appliquer à maman, à papa, à Roseline... Résolution plus facile à prendre qu'à mettre en pratique, comme tous les bons principes, mais qui — gouvernail et bouclier à la fois — influencerait beaucoup mon regard ultérieur sur mes semblables. Cela se retrouve dans mes reportages, mes éditoriaux et surtout mes romans. On me l'a souvent dit.

Un assez long moment après le départ de Mariette, je songeai que la bicyclette me ferait le plus grand bien et sortis du lit avec l'intention de rejoindre M. Jolivet le plus vite possible.

Je pris cependant le temps de regarder au-dehors et mes yeux se portèrent sur le cimetière avec la satisfaction de discerner les extrémités de la stèle et de la colonne brisée. Pourquoi une satisfaction alors que j'avais boudé le cimetière de Gravigny ? Je l'ignore. Le fait est là. Je songeai aussi à cette sépulture plus modeste devant laquelle grand-mère m'enjoignait de prier et me promis une visite à ces tombes, mais seul et à bicyclette, dès que j'en aurais l'aptitude.

Ma réticence à l'égard des cimetières mérite peut-être explication.

Chacun en conviendra : la mort de ceux que nous avons aimés n'est pas leur anéantissement. C'est un effacement. Si leur présence vivante fait cruellement défaut, ce qu'ils ont été et ce qu'ils ont fait de leur vie demeure. La preuve qu'ils sont sous terre me gêne. Je préfère de beaucoup les lieux où leurs souvenirs demeurent accrochés comme des nuages qu'aucun vent ne saurait balayer. Et le plus magique de ces lieux, c'est la mémoire, espace restreint et illimité à la fois contenant tous les autres.

Debout dans la cuisine, ma tante préparait une gibelotte avec bouquet garni, selon la recette de grand-mère. Je pris un air dégagé, lui faisant la surprise de me présenter sans canne, ce qui dissipa ses craintes et lui redonna le sourire.

— Oui, cette nuit j'ai mal dormi, avouai-je, mais sur le matin j'ai bien récupéré. Je vais faire ma toilette. Ensuite j'irai essayer le vélo.

Ni ce jour-là, ni les jours suivants, la mésentente entre mes parents ne revint dans nos conversations. Il était flagrant que le secret de famille évoqué était d'une autre nature. Tante Lisou devait me le confirmer plusieurs fois en m'exhortant à la patience.

Je vécus cette période comme un délai de grâce avant une nouvelle épreuve et en me demandant ce qui allait encore m'échoir. Succédant au mensonge pieux, la vérité venait d'être féroce avec moi. Irait-elle *crescendo* dans l'insupportable ?

Renouer avec la bicyclette, recommencer à me déplacer sans accessoire, bâtir une première esquisse de récit autobiographique, rendirent toutefois cette attente moins éprouvante. Ces trois faits prenaient, dans mon humble existence, dimension d'événements. A tout le moins ils constituaient, dans leur concomitance, une sérieuse étape vers une vie plus normale.

La tendresse de ma tante, la présence vivifiante — et active — de Mariette, sa propension naturelle à l'optimisme, me furent d'un grand secours. L'inaltérable et discrète bienveillance de l'homme tranquille que nous avions pour voisin me fut tout aussi précieuse.

Je me sentais maintenant relié à lui par une affinité mystérieuse et ses attentions me touchaient. Probablement ému par mon histoire, il semblait, à l'instar de Mariette, avoir conçu de l'amitié pour moi avant même de me connaître. Ma présence devait agrémenter sa solitude, car il n'avait guère de visites autres que les miennes.

Les séances rééducatives se déroulaient à notre commune satisfaction. Elles ne tardèrent pas à devenir un prétexte à de nombreuses rencontres. Féru de littérature, d'histoire, de géographie, de botanique, s'intéressant à toutes les formes d'art, M. Jolivet avait plaisir à bavarder avec moi. Au reste, même les propos insignifiants prenaient, dans nos relations, une certaine profondeur. Il suivait de près l'actualité. La montée du fascisme et de l'antisémitisme le préoccupait. Il parlait peu de lui, sinon pour évoquer son passé en Indochine.

Donc, ce personnage m'attirait. Avec lui, je me sentais en confiance, ce qui faisait reculer ma timidité. Et pourtant une odeur d'énigme l'entourait, créant chez moi un certain embarras.

Il me recevait dans son jardin ou son garage — auquel la voiture n'avait jamais accès — ne me proposant pas d'entrer chez lui. De furtifs coups d'œil à l'occasion d'une porte ou d'une fenêtre entrebâillée me donnaient à penser que son appartement ne contenait pas beaucoup de meubles. La modestie du logement lui-même avait de quoi surprendre. Cela ne concordait pas avec son rang social ni avec ses moyens d'existence. Posséder une grosse voiture récente, prendre ses repas au restaurant, avoir sur soi des vêtements et des chaussures de prix, ne sont pas donnés à tout un chacun. L'un des deux autres logements était occupé par le chef cantonnier, sa femme et trois enfants, le second par deux vieilles demoiselles dont l'une faisait le ménage de M. Jolivet. Ils étaient donc de condition modeste, plus que ma tante, d'ailleurs. Que faisait M. Jolivet parmi eux ?

Interrogée, tante Lisou répondit :

— Je ne sais pas grand-chose de lui, car il n'est pas d'ici ; mais sa fille y est enterrée.

Hormis nos rencontres programmées, chaque jour il se présentait deux ou trois fois, plein de prévenances pour ma grand-tante et lui rendant d'appréciables services. Quelquefois, je les entendais baisser le ton, devinant qu'ils parlaient de moi, ce qui m'irritait un peu sans m'étonner. Ensuite il montait à l'étage. Si j'étais en train d'écrire, il s'asseyait. Et s'il évitait d'arrêter son regard sur les pages rédigées d'une écriture serrée, je ne pouvais lui faire plus grand plaisir que lui en lire un passage. J'en étais aux conséquences de l'accident et m'arrangeais pour lui en lire les extraits les plus neutres. Ils produisaient néanmoins sur lui une certaine émotion.

Il m'encourageait. Je lui demandais des conseils qu'il s'empressait de me donner mais d'un ton léger, sans m'accabler de sa supériorité. Il m'offrit un dictionnaire en deux volumes grand format, jugeant mon *Petit Larousse illustré* insuffisant.

Si le temps le permettait, l'après-midi nous partions en voiture. A Chambery, il me fit visiter la Sainte-Chapelle, le château des ducs de Savoie, la cathédrale Saint-François-de-Sales, à Belley le palais épiscopal, à Aix-les-Bains la station thermale et les vestiges romains. Je revis avec plaisir l'abbaye d'Hautecombe dont il ne me restait qu'un très vague souvenir, ainsi que la grotte où, selon la légende, Lamartine avait écrit *Le Lac*. Nous allions aussi herboriser sur le mont Sainte-Colombe — très apprécié des botanistes car riche de plantes peu communes.

Loin de Gravigny, je commençais à ressentir une certaine quiétude à vivre plus en harmonie avec le monde extérieur, même si ma pensée s'envolait bien des fois vers notre vie de famille à Tournebise lorsque nous étions cinq. Trop souvent, je fouillais ma mémoire à la recherche d'indices corroborant les assertions de ma grand-tante, et que je n'aurais su mettre en doute. « De quelle naïveté ai-je fait preuve ! » Comment, par exemple, ne pas avoir trouvé louche de voir papa sortir fréquemment d'une chambre à donner !

J'avais tout gobé. Tout malin qu'il était, Henri avait dû en faire autant. Henri jobard... aussi niais que moi.

L'idée en elle-même ne me déplaisait pas et j'aurais aimé pouvoir le lui dire. Mais aurait-il souffert autant en apprenant l'infidélité de maman ? Certainement pas ! Et à ce stade de mes explorations rétroactives, de cela aussi je l'enviais. Il finissait toujours par avoir le dernier mot, ce frère que, ma vie durant, j'aurai aimé et détesté tour à tour et parfois simultanément. Même dans la tombe, il m'aura surclassé.

12

Le deuxième lundi après mon arrivée, tante Lisou, sans réponse à sa lettre, se fit conduire à la poste par M. Jolivet pour téléphoner à mon père. Elle l'adjura de revenir à Saint-Germain sans tarder. Ayant tout d'abord formulé des réserves, il s'était finalement laissé persuader de nous rendre visite le dimanche suivant.

Le mardi, M. Jolivet me prévint qu'il serait absent pendant quarante-huit heures, me laissant la clef de son garage pour mes exercices de rééducation biquotidiens. Il prit le train le soir même et je crus comprendre qu'il se rendait dans le Midi de la France.

Bien qu'il n'existât pas de corrélation avérée entre l'acharnement que mettait tante Lisou à faire revenir mon père à Saint-Germain et le voyage de M. Jolivet, je humais qu'il y en avait une dont j'étais le fil conducteur.

Notre obligeant voisin réintégra son domicile le vendredi soir, mais je ne le revis que le lendemain. Entre-temps, Mariette, dont les yeux et les oreilles aussi m'étaient acquis, m'avait dit qu'en arrivant, elle l'avait surpris en grande conversation avec ma tante, dans la cuisine. Ils avaient des mines de conspirateur, parlaient bas et semblaient contrariés.

Tante Lisou était, en effet, d'humeur morose. Sous prétexte que les bavardages de Mariette lui donnaient la migraine, elle regagna sa chambre quelques instants après m'avoir embrassé. Je ne tardai pas à rejoindre M. Jolivet après avoir échangé quelques chatteries avec Mariette.

Il avait les traits tirés, mais se montra particulièrement empressé. Il me ramenait de voyage une *Anthologie illustrée des œuvres de Rembrandt* — superbe livre qui est un fleuron de ma bibliothèque — ainsi qu'une *Encyclopédie de l'art*, d'un format réduit et qui m'aura été très utile au cours de mes voyages. Une étiquette révélait qu'ils provenaient d'une librairie de Toulon.

Ces cadeaux me firent un vif plaisir. Mais, comme une certaine gêne transparaissait dans mes remerciements, M. Jolivet me prit la main, qu'il retint entre les siennes le temps de me dire :

— Ne sois pas confus ! Ton attitude confiante à mon égard me touche profondément. Tu représentes beaucoup pour moi. Bientôt tu comprendras mieux.

Le sourire était insinuant, la voix pénétrante et légèrement altérée.

Ce fait troublant, se superposant aux autres, me donna pour probable l'imminence d'une explication à ces menées furtives autour de ma personne, fouettant ma curiosité et ma méfiance et me mettant les nerfs à vif. Car une impression plusieurs fois ressentie les jours précédents, mais rejetée jusque-là comme trompeuse, venait de s'affermir pour se faire conviction : il existait un lien entre la présence de M. Jolivet et le secret de famille jalousement gardé jusque-là. Au surplus j'éprouvais la sensation diffuse d'être à deux doigts de comprendre par moi-même ce qui devait m'être incessamment révélé.

Tante Lisou sortit de sa chambre le front soucieux et les lèvres amincies de détermination inquiète.

— Tu dois me trouver un peu bizarre, mon chéri, me dit-elle avec une grande douceur, mais je ressasse tout ce que j'ai à te dire cet après-midi. Le moment est venu de t'ouvrir les yeux sur une réalité qui n'a rien de tragique, mais à laquelle tu auras du mal à t'accoutumer. De ma vie, je n'ai eu mission plus délicate. J'ai essayé de t'y préparer, tellement je crains que tu en sois secoué. Ton papa préfère que je te parle avant sa venue. Comme je suis un peu patraque, je retourne dans ma chambre. Ton repas est prêt. Mange tranquillement. Nous nous retrouverons ici en début d'après-midi. Ensuite, M. Jolivet se joindra à nous. Il a son mot à dire. Te sens-tu prêt à affronter de nouvelles émotions ?

Je répondis que j'en avais assez de mijoter à petit feu et que, de toute façon, il fallait en finir une bonne fois pour toutes. Après quoi je l'aidai à regagner sa chambre.

Il était à peu près onze heures. La journée était assez belle. Malgré la bise qui soufflait depuis quelques heures, je décidai d'aller faire une séance de *vélothérapie* pour lutter contre l'anxiété. L'état de ma jambe s'améliorait de jour en jour. Pour la première fois, je me risquai à l'extérieur de l'enclos.

De la place de l'église, une route étroite, très légèrement montante, conduit au cimetière. Je m'y engageai pour éprouver la solidité de mon genou. Bien aidé par le vent favorable, je poursuivis mon effort.

Voilà comment, ayant laissé ma bicyclette contre le mur du cimetière, je me retrouvai quelques minutes plus tard devant le caveau familial où, peu d'années auparavant, grand-mère avait rejoint le « petit père » et la « petite Amélie ». Les larmes me vinrent aux yeux déjà clignotants de recevoir une poussière fine, l'endroit étant exposé au vent. J'essayai de relever un vase. Il retomba. D'instinct, je fis le signe de croix et une courte prière.

Après un rapide bonjour aux Binot, ces bons voisins morts avant ma naissance, je me dirigeai vers l'allée où je pensais trouver le jardinet entouré d'une grille basse où reposait l'inconnue.

Sans difficulté, je retrouvai l'allée. L'ayant parcourue d'un bout à l'autre sans identifier la tombe, je recommençai en sens inverse, plus attentif aux inscriptions, espérant découvrir l'épitaphe *Quicumque es, requiescas in pace.* Et tout à coup, je m'immobilisai : oui, c'était bien l'emplacement du jardinet mais une dalle en granit l'avait remplacé. Et sur la stèle était gravé :

Hélèna Jolivet
1896-1920

Stupéfait, je m'assis sur la dalle pour réfléchir. Il me semblait qu'en fouillant ma mémoire, je devais y trouver de quoi recomposer un puzzle mettant la vérité en lumière.

J'en étais sûr, c'était à mes souvenirs germinois qu'il fallait faire appel. Je m'employai aussitôt à pourchasser au fond de moi ce qui me mettrait sur la voie.

Il y avait tout d'abord cette sensation éprouvée quelquefois de ne pas être tout à fait comme les autres enfants ; d'être observé avec une certaine curiosité, d'être dans le concert familial un peu comme Jozèf et le père Brugnard, une présence suscitant des interrogations.

Faits établis ? Ce rire vite réprimé du même Jozèf le jour où un homme ayant connu le « petit père » m'avait trouvé une grande ressemblance avec lui. Il y avait aussi ce « Fais une prière pour la dame » que me glissait grand-mère en me poussant tendrement vers le jardinet fleuri, sous les regards des autres membres de la famille subitement silencieux.

Ayant frappé ma sensibilité d'enfant émotif, s'y associait l'« histoire de la dame malheureuse » entendue dans ma petite enfance.

Ame compatissante, le « petit père » s'était présenté chez tante Lisou en compagnie d'une très jeune femme malade. Il portait sa valise et son étui à violon. Elle-même tenait un fardeau plus précieux. Qu'était-elle devenue ? Repartie avec son bébé sur les bras comme on me l'avait laissé entendre ? Aspirée par la vie en oubliant de donner de ses nouvelles ? Voire ! Les dates concordaient... Et si, sous la pierre froide, c'était elle qui reposait ? Son père, c'était M. Jolivet. Il me portait un bien singulier intérêt. Il avait longuement rencontré papa. Et, une demi-heure plus tôt, il m'avait dit : « Tu représentes beaucoup pour moi. »

Tout cela se déroula dans ma tête au rythme du galop effréné de mon cœur tandis que la bise sifflait entre les tombes. Soudain, saisi d'un sanglot convulsif et d'une horrible sensation de froid, je m'affalai sur la dalle, la figure enfouie dans mon coude replié.

Une voiture s'était arrêtée devant le portail. Dans mon désarroi, je ne lui avais guère prêté attention. Des crissements de gravier sous des pas rapides me firent lever la tête. C'était M. Jolivet, chapeau à la main, cheveux en bataille, accourant vers moi aussi vite qu'il le pouvait. Son visage bouleversé me fut la dernière pièce du puzzle.

Refoulant mon émotion, je fis quelques pas à sa rencontre :

— Vous êtes mon grand-père, n'est-ce pas ?

Haletant et les yeux embués, il posa les mains sur mes bras, avalant sa salive et hochant la tête plusieurs fois avant d'articuler péniblement :

— Eh oui, mon garçon, tu as eu deux mamans : celle qui t'a mis au monde et celle qui t'a élevé.

Il me serra contre lui, mais sans effusion excessive. Je lui en sus gré.

De sa fenêtre, il m'avait vu monter à bicyclette puis sortir de l'enclos pour réapparaître sur le chemin conduisant au cimetière, et enfin abandonner ma bicyclette pour y pénétrer. Saisi de pressentiment, il m'avait rejoint aussi vite que possible.

Premier réflexe : se terrer, se trouver un gîte étroit et sombre. S'y laisser choir, inerte et le cœur vide. Envier ceux qui, sous mes pieds, sont là. Pourquoi cette lumière ? Que contempler qui vaille la peine en ce monde !

Second réflexe : maudire le sort injuste qui, non content d'avoir taillé en pièces une partie des miens, d'avoir sali l'image du père et de la mère, pousse la cruauté jusqu'à me faire découvrir qu'ils ne le sont pas, que je suis un enfant recueilli.

Troisième réflexe : ne pas flancher. Tenir bon devant cet homme affable au regard inquiet qui se révèle être mon grand-père. Et, avant tout, réprimer les battements intempestifs de mon cœur.

— Tu ne préfères pas rentrer en voiture ?

— Non, non ! Et surtout, ne restez pas derrière moi. Je rentrerai tout doucement. Allez vite retrouver ma tante. Enfin, quand je dis ma tante...

— Mais oui, Jean-Cy, *ta* tante ! Ta maman, ton papa, ton frère, ta petite sœur, ta grand-mère... tous resteront pour toi ce qu'ils sont. Tu verras, rien n'est fondamentalement changé. Veux-tu que je t'aide à te mettre en selle ?

— Non, merci, plus besoin... Partez tranquille... Je vous rejoins.

Nous avions regagné lentement la sortie. Après une courte hésitation, il remonta dans la voiture et s'éloigna à regret.

Oui, repartir seul, le visage fouetté par l'air vif. Ensuite, écouter les explications. Connaître les raisons de ma présence dans une famille qui demeurerait envers et contre tout *ma famille*.

Alors, le bébé du train, c'était moi... Quelle histoire ! Comment se faire à cette idée ? Pourtant, il faut s'y habituer. On ne fuit pas la fatalité. Où me conduit-elle ? Pourquoi ne me laisse-t-elle pas en paix !

Ne pas flancher, voilà le maître mot. Se cramponner comme le font mes mains au guidon du vélo sur lequel je remonte, un peu étourdi.

Pas besoin de pédaler dans la descente. Pas nécessaire non plus de freiner car la pente est faible. Tenir cependant les mains sur les poignées de freins. Tout prévoir : l'enfant qui sort d'une maison en courant, le gravillon traître, le chat distrait, le chien fou... Tout va vite, très vite, trop vite. Donc inoculer de la lenteur. De la patience. De la prudence. C'est cela : de la prudence. Prendre les virages en douceur.

Le « bébé de la dame malheureuse », c'était donc moi. Ça alors ! Cette dame, on la disait anglaise. Comment peut-on être anglaise, s'appeler Hélèna et être la fille de M. Jolivet ? Non, pas M. Jolivet, « grand-père Jolivet ». Et pourquoi est-elle restée si longtemps oubliée de lui, oubliée de tous, sauf de tante Lisou ? Sans identité ?

Donc, maman, si tendre, si indulgente avec son petit Jean-Cy, ne l'avait pas mis au monde. Incroyable ! Et papa ne l'avait pas engendré. C'est sûrement pour cela que, longtemps, il lui a donné si peu d'affection. Mais alors, mais oui, le seul des trois enfants qu'il ait pu soustraire à une fin horrible, c'était justement celui qui n'était pas le sien... Quelle monstrueuse farce du destin ! Pour m'avoir sauvé la vie et n'avoir pas réussi à le faire pour ses propres enfants, il aurait dû me détester, me rejeter. C'est le moment où il s'est montré, au contraire, le plus affectueux des pères. Comment comprendre ? Et c'est pour ce greffon qu'il a retardé l'arrivée de Roseline... Inouï ! Dire que je le jugeais infâme il n'y a pas si longtemps et que, bien souvent dans le passé, j'aurais aimé pouvoir le tuer de ma main !

Ne pas en oublier la prudence ! Regarder le chemin, pas au fond de soi... Attention au gravillon ! Petit coup de frein avant d'être au-dessus... Ce qu'il a fait pour un garçon qui n'est pas son fils, c'est fabuleux. C'est fou !

Dans la parenté, tous devaient le savoir, que je n'étais pas un Contamine. Voilà pourquoi ils me regardaient bizarrement ! C'est absurde d'avoir attendu si longtemps pour me le dire ! (Attention aux pintades en passant devant la ferme !) Oui, absurde, ils n'auraient pas dû... Quel cri horrible elles ont, ces damnées bestioles !

Sous le jardinet, c'était donc celle qui m'a donné la vie. Incroyable ! Comment vais-je l'appeler ? Sûrement pas « maman ». Maman, c'est réservé à une autre. Je dirai Hélèna, tout simplement... Henri le savait-il qu'il n'était pas mon frère ? Papa me le dira. A mon avis il le savait. Cela expliquerait ses airs protecteurs.

Comme grand-père, j'aurais pu tomber plus mal. C'est vrai qu'il est parfait, ce monsieur. Distinction. Simplicité. Tact. Trop bien éduqué peut-être. Le naturel y perd. Cela maintient une certaine distance entre nous.

Elle s'appelle Hélèna Jolivet. Donc, je suis un enfant... Comment dit-on ? Illégitime ? Naturel ? Un bâtard, quoi ! Oui mais, bâtard ou pas, il a bien fallu quelqu'un pour l'aider à le fabriquer, ce foutu gosse ! Qui était le géniteur et où est-il ? Sur terre ou dessous, lui aussi ? Allez, roule ! La réponse viendra bientôt...

Et sur ce faux plat, pas de coups de pédale saccadés. Bien enrouler en forçant sur le pied gauche... N'empêche qu'il a bien tenu, ton genou. Demain, réessayer le pédalier d'origine... Morte à vingt-quatre ans... Pauvre Hélèna ! Que faisait-elle à Saint-Germain ? Et de quoi est-elle morte ?... C'est un joli nom, Hélèna. Il fait un peu *Iliade*, mais c'est plutôt bien... Réfléchir froidement ! S'ingénier à tout comprendre. Faire répéter s'il le faut. Ensuite tout écrire. Surtout, ne pas se laisser persécuter par un accès de découragement qui réveillerait des instincts phobiques et tournerait à l'obsession. Allez, du cran, mon vieux, qui que tu sois toi aussi !

Ils seront deux à surveiller mon arrivée derrière les brise-bise. Pétris de bonne volonté. A se morfondre. Donc, ne pas avoir l'air tourmenté. Prendre le temps de ranger le vélo dans le garage. Marcher d'un pied ferme en essayant de ne pas boiter. Tiens, M. le curé sort de l'église. Il ne me voit pas. Tant mieux. Si, il m'a vu. La barbe ! Petit geste amical un peu étonné. Il marque le pas. Bravo feutré saluant mes progrès. Lui aussi, il doit connaître mon histoire. Mariette aussi. Et, à Gravigny, que de gens doivent être au courant : un bébé dont la mère n'a pas été enceinte, quel beau sujet de curiosité !

Tu sais, Bénédicte, je voudrais être avec toi, avec maman, avec Henri, avec grand-mère, derrière un nuage. A tout comprendre d'un seul coup comme je suppose que c'est le cas là-haut. En plus, j'y ferais la connaissance d'Hélèna. Tu la connais sûrement, toi ! Sans vous, je me sens bien seul. Papa essaye de refaire sa vie... Comment vais-je refaire la mienne ?

Oui, je sais, il me reste tante Lisou — mais pour combien de temps ? Et ce gentil monsieur grand-père. Cela ne me dit pas ce que je vais devenir. Et ne plus savoir qui on est, je te jure que ça fait une curieuse impression ! Mais tu restes ma petite sœur, tu veux bien, dis ?

Derrière les brise-bise, quelle idée ! Elle est sur le pas de porte. Lui, sur le trottoir. Les rassurer d'un sourire. Voilà ! Un sourire un peu crispé, mais un sourire. Tu me surprends plutôt en bien, Jean-Cy ! A propos, suis-je toujours Jean-Cy ? Sûrement plus Contamine, mais alors quoi ? Jolivet ? C'était pourtant bien, « Jean-Cy Contamine » ! Sur les papiers, qu'on mette ce qu'on veut, mais qu'on ne s'avise surtout pas de m'appeler autrement que Jean-Cy ! Zut, j'ai oublié de m'arrêter au garage. C'est fichu pour mon petit numéro héroïque face à l'adversité.

— Je rangerai le vélo, Jean-Cy.

— Est-ce que je le suis encore, Jean-Cy ?

— Bien sûr, c'est ton prénom de baptême. On ne connaissait pas celui choisi par ta vraie maman.

— Pardon, mais, pour moi, la seule vraie maman s'appelait Evelyne. Pour votre fille, je dirai Hélèna. Quant à l'auteur du bébé, il ne m'intéresse pas. J'ai un père et tiens à le garder. Avec vous, c'est plus facile : je n'ai pas connu mes autres grands-pères et c'est plutôt bien de s'en trouver un comme vous.

J'étais resté sur la notion vague qu'un contrôleur intransigeant avait obligé la voyageuse à descendre du train au beau milieu de la nuit.

Cela s'était dit, en effet, mais sans preuve. Au début, on ne savait pas même duquel des deux convois de voyageurs elle était descendue : celui du quai n° 2 en provenance de Paris, ou celui du quai n° 3 en provenance de Genève : ils arrivaient aux alentours de deux heures trente ; le premier à quai attendait l'autre pour assurer la correspondance.

Le préposé aux bagages accompagnés fut le premier à la remarquer. Ayant procédé aux transbordements, il s'était assis sur son chariot, ne pouvant pas emprunter le « passage » tant que le train de Paris serait en gare. Et c'est là, en roulant une cigarette, qu'il avait entendu pleurer un bébé.

Une femme à la silhouette jeune était assise sur un banc, berçant un nourrisson. Il n'y avait plus qu'eux trois sur le quai mal éclairé, les rares voyageurs arrivés à destination ayant gagné la sortie par le passage souterrain.

On était en octobre. Les nuits étaient fraîches. Jugeant cette présence insolite, il s'approcha. Quand il demanda à la voyageuse si elle avait besoin d'aide, elle leva sur lui un regard hébété, paraissant ne pas comprendre. Elle balbutia enfin quelques mots dont il saisit d'autant moins le sens qu'ils n'étaient pas en français.

D'autorité, il plaça sur le chariot ce qui se trouvait près d'elle : une valise, quelques vêtements, un étui à violon. Dès que le train eut laissé la voie libre, il la précéda en direction de la salle d'attente où elle le suivit docilement. Il l'aida à s'y installer, lui apportant une couverture, puis du café qu'elle but avec avidité. Le regard demeurait égaré. Elle ne prononça plus un mot, ne songeant pas même à remercier.

Devant la singularité de la situation, le brave homme jugea opportun de prévenir le responsable du service de nuit. Celui-ci la trouva à demi étendue, le bébé contre elle, et lui donnant le sein. Il se retira. On aviserait au petit jour. Entre-temps, quelqu'un de l'extérieur se soucierait peut-être d'eux.

Le « petit père » prenait son service à six heures, faisant fonction de chef de gare jusqu'à l'arrivée du titulaire. Comme chaque matin en arrivant, il se munit d'une lanterne pour régler l'arrivée et le départ du rapide Lyon-Paris. Alors que le convoi s'éloignait, il tendit l'oreille. Aucun doute possible : c'était un air de violon. Un employé vint à sa rencontre et l'avertit qu'une jeune femme s'était mise à en jouer sur le premier quai pendant la sortie des voyageurs. Elle paraissait ne pas jouir de toutes ses facultés.

Il s'y dirigea aussitôt, ne tardant d'ailleurs pas à reconnaître l'air de l'*Ave Maria*, de Schubert, interprété avec une déchirante ferveur.

Chargés de bagages et ayant hâte de se retrouver à l'extérieur, les voyageurs, peu nombreux, n'accordaient guère à la malheureuse que des regards étonnés. Deux ou trois piécettes tombèrent toutefois dans l'écrin.

L'inconnue n'était pas une pauvresse. Les vêtements étaient un peu froissés mais de qualité. Dans le jour naissant, le visage formait une tache blême. Les yeux noirs étincelaient et semblaient comme agrandis par l'effroi. Les cheveux étaient décoiffés, presque ébouriffés.

En approchant, le « petit père » constata qu'elle tremblait. Les doigts crispés sur l'archet, elle avait beaucoup de mal à jouer. Progressivement le tempo se déréglait. Des stridulations nasillardes ne tardèrent pas à se faire entendre, l'air devenant de moins en moins reconnaissable. Soudain, comme prise d'une rage désespérée, elle lâcha son archet, saisit l'instrument par le manche avec les deux mains et, y mettant ce qui lui restait de forces, en frappa violemment le mur dans un geste de bûcheron actionnant sa hache. La caisse de résonance éclata. Les éléments assemblés, nombreux, se disloquèrent et se répandirent au sol.

Un instant, elle observa la tête du manche qu'elle tenait dans la main, reliée par les cordes encore vibrantes aux débris jonchant le macadam, puis la laissa tomber à ses pieds en jetant autour d'elle un regard terrifié.

Mon grand-père voulut l'entraîner par le bras. Elle le considéra avec une expression douloureuse. Voulant ramasser les débris, elle sembla prise de vertige. On le fit pour elle en enfermant le tout dans l'étui, ainsi que l'archet demeuré intact.

Interrogée, elle ne sut que bafouiller quelques mots d'anglais. On comprit tant bien que mal qu'elle réclamait l'enfant, paraissant ne plus se rappeler où elle l'avait laissé. On l'accompagna à la salle d'attente en la soutenant, car elle ne tenait plus sur ses jambes.

Déjà le « petit père » avait pris sa décision. Cette femme était malade. Il fallait agir vite.

Le gérant du *Café des Voyageurs* faisait aussi taxi-auto. Il lui fit dire d'arriver au plus vite, prévint les employés qu'on trouverait la mère et l'enfant « chez Mlle Louise » si quelqu'un les demandait. Cinq minutes plus tard, ils arrivaient au *Café de la Mairie*.

L'état de la voyageuse empirait. Il fallut se mettre à deux pour la sortir du taxi en la portant presque, tandis que grand-mère, habitant à deux pas et aussitôt prévenue, arrivait en courant, un manteau enfilé à la hâte sur sa chemise de nuit, et que tout le quartier commençait à s'agiter.

La malade fut allongée sur une banquette pendant qu'on lui préparait un lit à l'étage. Jusque-là, elle avait tenu l'enfant serré contre elle. Quand grand-mère voulut le lui prendre, elle leva la tête et ouvrit la bouche comme pour protester. Il n'en sortit que des sons inintelligibles. Puis les forces lui manquèrent et, la tête roulant sur le côté, elle commença à gémir doucement.

Grand-mère garda le bébé dans ses bras auprès d'elle pendant qu'une des voisines venues à la rescousse allait vite chercher de quoi le nourrir et le changer. (Cette voisine, je l'ai bien connue quelques années plus tard. C'était la mère de mon petit copain Jean-Charli, lui-même nourrisson à l'époque.)

Le docteur ne tarda pas à arriver. Il diagnostiqua une hémorragie cérébrale consécutive à un traumatisme crânien remontant à quelques heures. Il ne laissa aucun espoir. Le coma ne tarda pas à s'installer. On fit appeler le prêtre qui donna l'extrême-onction. Grand-mère et tante Lisou se dépensèrent beaucoup, espérant un miracle qui ne se produisit pas. Celle qui resterait longtemps l'« inconnue au violon brisé » expira dans la nuit du 24 octobre.

Entre-temps, on avait fait cette déroutante constatation : elle n'avait sur elle ni sac à main, ni argent, ni papiers. On fouilla sa valise en espérant y trouver quelque autre indice permettant de l'identifier. Rien ! Pas même des initiales sur un mouchoir. Les deux bijoux qu'elle portait, une bague à trois petits saphirs et une croix en or en pendentif, ne recelaient pas non plus d'indication utile.

Nul ne s'étant présenté à la gare, on signala le cas à la gendarmerie. Elle devait rendre sa conclusion une quinzaine de jours plus tard.

Une jeune femme avec un bébé, et qui répondait au signalement, avait été contrôlée dans un wagon de seconde classe de l'omnibus Genève-Lyon peu après le départ, et le contrôleur croyait se souvenir qu'elle avait présenté un billet pour Paris. Elle l'avait pris dans un sac à main qu'il avait remarqué parce qu'en crocodile et qu'il s'était demandé si c'était du vrai ou du simili. Dans le compartiment, elle était seule avec l'enfant.

Or, pour un motif demeuré alors inexpliqué, le signal d'alarme avait été tiré ultérieurement d'une autre voiture. On tenait donc pour probable qu'elle avait été victime d'une agression et que, son forfait accompli, l'agresseur avait choisi ce moyen pour sauter du convoi à vitesse réduite et s'enfoncer dans la nuit.

Malgré la ténacité des on-dit parvenus jusqu'à moi quelques années plus tard, c'était très probablement de son propre gré qu'Hélèna était descendue du train à Saint-Germain. Si elle regagnait l'Angleterre, elle aurait dû y prendre le rapide Lyon-Paris, celui-là même auquel le « petit père » avait donné le départ. A-t-elle oublié qu'elle devait le faire ? Ne s'est-elle pas décidée à aller plus loin faute d'argent ? Il est infiniment probable que son esprit était déjà soumis à la plus grande confusion. Quel sursaut d'énergie l'avait conduite à jouer du violon ? Irrépressible instinct ou toute dernière idée lumineuse pour attirer l'attention en espérant du secours ? Elle seule aurait pu répondre si elle avait survécu. Et encore, l'aurait-elle pu ?

La police enquêtait et l'on espérait retrouver rapidement la famille. Il y eut des articles dans les journaux. Tante Lisou et grand-mère continuaient de s'occuper du bébé, mais ne pourraient pas le faire indéfiniment. S'attachant à lui, elles remettaient toutefois de jour en jour de le confier à l'Assistance publique, contre l'avis du maire et du lieutenant de gendarmerie.

Selon le médecin, l'enfant devait avoir entre six et huit mois. Comme il était chétif, la mère de Jean-Charli le nourrissait au sein deux fois par jour en allaitant son propre bébé. On complétait par des biberons à base de lait de vache dilué et de fleur de farine. Une huitaine de jours après la mise en terre de sa mère, il était toujours dans la bâtisse grise, couvé par tante Lisou et par grand-mère aidées par d'autres femmes du quartier.

La famille se mit à défiler, qui avec de la layette, qui avec une peluche ou quelque colifichet. Les Chambériens. Les Bressans[1]. Les Albertvillois. Les Greno-

1. Habitants de Bourg-en-Bresse.

blois. Même la tante Massepain, qui prétendra plus tard avoir eu de moi toute une gamme de risettes.

Ceux qui deviendraient *mon papa* et *ma maman* arrivèrent le samedi pour deux jours et, avec eux, Henri qui, jamais en retard, savait déjà écrire son nom et se servir de la balance Roberval.

Ma grand-tante gardait de ce moment un souvenir très visuel.

En souliers à haut talon et amusant bibi orné d'un affiquet, maman, toute légère et affriolée, portait une robe à pois moulante lui arrivant à peine au genou à la réprobation de grand-mère. Mais je laisse la parole à tante Lisou.

— Evelyne était une grande sentimentale, me dit-elle. Quand elle t'a vu si petit, si fragile et déjà seul au monde, les larmes lui sont venues. Elle t'a pris dans les bras et, de toute la journée, ne s'est pour ainsi dire occupée que de toi, devenant de plus en plus songeuse à mesure que le jour avançait. Le soir, elle a tiré ton berceau dans sa chambre malgré les objections de ton père qui est allé dormir dans la chambre voisine où se trouvait le petit lit d'Henri. Pendant la nuit, tu as pleuré. Elle t'a donné un biberon et t'a gardé auprès d'elle dans le grand lit.

» Le lendemain matin, ton papa n'était pas de bonne humeur quand il est descendu. Elle s'était mise en tête de t'emmener le soir même avec eux en attendant une solution meilleure que l'Assistance publique. Tout espoir de retrouver la famille n'était pas éteint bien que s'amincissant. A défaut d'y parvenir, quelle autre meilleure solution que l'Assistance publique ! Mais il avait compris que rien ne la dissuaderait, et que lui opposer un refus serait provoquer un drame affreux. Le maire a délivré une autorisation provisoire. Tu vois jusqu'où le provisoire peut aller !

» Tu as eu de la chance, beaucoup de chance.

Hélèna pouvait dormir en paix. Elle absente, elle n'aurait pu espérer mieux pour toi.

» J'ai voulu pour elle une sépulture décente. On l'a fait passer par l'église puisqu'elle portait cette petite croix que je te donnerai ainsi que sa bague. Peu de personnes l'avaient vue, mais sa fin tragique avait ému tout Saint-Germain : l'église était pleine et le cercueil couvert de fleurs. Tu sais, elle aussi a dû être une bonne mère pendant près de huit mois, puisque, nous le savons maintenant, tu es né le 29 février 1920 à Genève.

Je n'avais pas été adopté. Maman aurait aimé le faire mais c'était légalement impossible. D'une part ma vraie famille était, à tout moment, en droit de me réclamer. D'autre part la législation n'autorisait pas l'adoption en ayant un enfant légitime.

Papa n'en était pas fâché, lui qui subissait une situation qu'il n'avait pas souhaitée. Si je ne lui étais pas indifférent, il est indéniable que ses sentiments n'étaient pas à la hauteur de ceux que me portait maman. Il n'en était pas moins devenu mon « tuteur officieux » par décision du juge de paix.

Estimant préférable de me laisser seul avec ma tante un assez long moment, grand-père Jolivet nous avait rejoints, demeurant silencieux et un peu en retrait.

Quand elle eut fini la narration de cet épisode extraordinaire de ma vie, ma grand-tante, soulagée de me voir faire, somme toute, assez bonne figure, me fit prendre dans le buffet une bouteille de cherry-brandy et trois petits verres, considérant que nous avions besoin d'un « remontant ».

J'étais surtout abasourdi. Quelque chose de fort aiderait-il à me familiariser avec l'étourdissante réalité ? Je bus mon verre d'un trait sans grimacer. On est un homme ou on ne l'est pas. A vrai dire, je ne savais plus très bien ce que j'étais ni qui j'étais.

Faut-il établir un lien entre mes aptitudes pour le violon et mon ascendance ?

C'est en mémoire d'Hélèna que maman, me jugeant avoir de l'oreille, m'avait fait prendre des leçons de musique et orienté vers le violon. Un don héréditaire avait-il fait le reste ? On dira : « Pas de déduction hâtive. Ce n'est pas un terrain très sûr. » D'autres le diront. Pas moi ! Je sais bien que toutes les fibres de mon être qui me relient à Hélèna sont des cordes de violon. Elle serait devenue une virtuose. J'avais rêvé d'être concertiste. Elle a brisé son instrument par dépit de ne pouvoir en jouer bien. J'ai détruit le mien pour une raison semblable. Musicalement, du moins, je me sens bien son fils.

— Donc, je suis un bâtard puisque votre fille n'était pas mariée...

— Le terme n'est pas heureux, Jean-Cy ! Ceux à qui tu dois la vie ne t'ont pas légitimé par le mariage, en effet. Leur liaison n'a d'ailleurs pas duré très longtemps. Nous y reviendrons. Si tu veux bien, je vais d'abord te faire connaître quelques faits, en commençant par les plus anciens :

» A la fin de mes études de médecine, les circonstances m'ont amené à séjourner quelques mois à Londres. Avant de m'établir en Indochine, je voulais approfondir mes connaissances en épidémiologie asiatique et tropicale, tout en perfectionnant mon anglais. J'y ai fait la connaissance d'une étudiante en droit, Margaret Wesley, originaire de Brighton, avec qui des liens se sont noués, qui n'étaient, pour moi, guère plus qu'un agréable passe-temps durant mon séjour. A ma consternation et à la sienne, elle s'est retrouvée enceinte, et comme je n'étais pas dépourvu de scrupules, je l'ai épousée, bien que sans intention de faire ma vie avec elle. Elle connaissait mes projets indochinois et, entre elle et moi, il n'y avait d'ailleurs pas d'équivoque. Nombreux sont les Anglais qui ont laissé leur femme en Angleterre pour tenter l'aventure coloniale. Les apparences, du moins, étaient sauves.

» Mon engagement étant d'ores et déjà signé, j'ai dû m'éloigner, non sans un pincement au cœur, plusieurs mois avant la naissance d'Hélèna.

» Comme tu le sais, j'ai fait carrière à Saïgon, et pour me faire connaître, je sortais beaucoup, un peu grisé en outre par une vie facile et des mondanités qui présentaient pour un jeune homme beaucoup d'attraits.

» Plusieurs liaisons n'ont alors été que passades ; puis je me suis épris d'une jeune fille de bonne famille, Clara Delaunay, comme moi originaire de Lyon, et nous avons bâti des projets.

» Trois années s'étaient écoulées depuis mon expatriation. Retenu par la présence de Clara et mes obligations professionnelles, je n'envisageais pas pour autant un voyage en Europe dans un avenir proche. Margaret me donnait régulièrement de ses nouvelles et de celles de l'enfant, mais en quelques mots, car plus le temps passait, plus elle comprenait que j'étais perdu pour elle. Il est d'ailleurs probable qu'elle n'a jamais éprouvé pour moi de sentiments très forts. Bref, j'ai demandé et obtenu le divorce sous condition, bien sûr, de continuer à envoyer régulièrement des subsides dont le montant fut déterminé par le tribunal.

» Je n'ai vu ma fille qu'une fois. C'était à Paris en 1909. Elle était accompagnée de sa mère. Margaret s'était remariée. Hélèna venait d'avoir treize ans. Elle était très mignonne mais sur ses gardes, et deux heures ne suffirent pas pour conquérir le cœur d'une enfant très sensible, ayant nourri à l'égard du père beaucoup de rancœur. La présence de sa mère ne facilitant rien, j'ai eu toutes les peines du monde à lui faire accepter le cadeau que je lui destinais pour marquer la rencontre et qui était censé combler ses vœux : un violon d'adulte d'une très grande qualité sonore, acheté à Lyon, mais fabriqué à Crémone dans la tradition des Amati, Stradivari et autres luthiers de l'âge d'or du violon.

» Depuis qu'elle savait écrire, j'avais reçu jusque-là d'Hélèna plusieurs lettres chaque année. Elles ne tardèrent pas à s'espacer pour en arriver à une seule à l'occasion du Nouvel An. Et le ton convenu aussi bien que le laconisme de cette lettre reflétaient clairement une volonté de s'en tenir à une froide courtoisie. Ma contribution financière ayant pris fin avec sa majorité civile, autrement dit ses vingt et un ans, je n'ai plus reçu de nouvelles et ce silence n'a donc été qu'une demi-surprise. L'absence de réponse à deux lettres m'a confirmé son intention de couper les ponts. Cela m'a fait de la peine, d'autant plus que Clara et moi n'avions pas pu avoir d'enfant. Mais quoi ! ma vie était en Indochine. Nos chemins ne se croisaient pas. Le regret est devenu du remords en apprenant cette fin prématurée et dramatique. Il en reste une plaie vive. Dieu merci, j'ai un petit-fils à qui je compte bien donner toute l'affection que je n'ai pas apportée à celle qui l'a mis au monde. Dans chacune de ses lettres, Hélèna faisait cependant allusion au violon que je lui avais offert, allant jusqu'à affirmer, dans la dernière — elle vivait alors avec sa mère et son beau-père —, que jouer sur cet instrument avait été déterminant dans l'éclosion de sa vocation musicale. Il m'avait coûté une petite fortune et je n'étais pas mécontent d'apprendre que c'était de l'argent bien placé. Elle se voyait déjà confier une place de soliste dans un orchestre de musique de chambre.

— Oh là là ! C'est fabuleux.

— Pas un orchestre de grande renommée, mais bien connu à Londres.

— Ensuite, elle a quitté sa mère ?

— Disons plutôt que sa mère l'a quittée. Je m'étais promis de chercher à les revoir quand je reviendrais en Europe. C'est ce que j'ai fait quelques années après la guerre. Me rendant en Angleterre avec Clara en 1922, j'ai appris, de la bouche du beau-père d'Hélèna, d'une part la mort de Margaret en 1918, d'autre part que notre fille avait pris son indépendance aussitôt, car elle et lui ne s'entendaient pas. Elle n'avait plus donné signe de vie, mais il savait, par le notaire ayant eu à régler la succession, qu'elle avait obtenu un contrat de second violon à l'orchestre philarmonique de Genève. On pouvait donc supposer qu'elle se trouvait en Suisse. Pris par le temps, je ne m'y suis pas rendu. En réalité, elle était morte depuis deux ans.

— Et dans l'anonymat... C'est ahurissant ! Comment peut-on disparaître et que personne ne s'en aperçoive ?

— Je me suis livré à des investigations minutieuses, en 1935, l'année de notre retour définitif en France. Hélèna était une nature passionnée mais renfermée, paraissant ne vivre que pour la musique. Sa mère n'étant plus, elle n'avait pas de famille proche et on ne lui connaissait pas d'amis. Dans son entourage britannique, l'absence de nouvelles n'avait donc guère de quoi surprendre.

» A Genève où j'ai interrogé le régisseur de l'orchestre et d'autres personnes l'ayant connue, il y avait encore moins de raisons pour s'inquiéter d'elle.

Son contrat était arrivé à expiration. Désirant regagner l'Angleterre, elle avait décidé de ne pas le renouveler. Comme, entre-temps, elle avait eu un bébé et qu'on l'avait vue quelquefois en compagnie d'un homme présumé être le père, tout donnait à penser qu'ils étaient repartis ensemble. Non seulement ce n'était pas le cas, mais on peut se demander si ce n'est pas pour le fuir qu'Hélèna a quitté Genève, car je savais qu'ils avaient rompu peu de temps auparavant.

— Et comment l'aviez-vous su ?

— Revenons deux ans en arrière ! C'est en 1933 qu'une lettre de ta tante m'apprenait à la fois ton existence et la fin tragique d'Hélèna. Mise sur la voie par ton oncle Tiburce, elle avait engagé des recherches dans une direction inexplorée jusque-là et dont cette lettre marquait l'heureux aboutissement. Elle t'expliquera elle-même ce qu'elle a fait. Bouleversé, j'ai répondu par courrier tournant et fait engager simultanément à Genève une recherche de filiation paternelle. Quelques semaines plus tard, je recevais une réponse, non pas de Suisse, mais de la police administrative du Rhône. Sur la base de renseignements fournis par la dernière logeuse d'Hélèna à Genève, on avait pu retrouver l'homme avec qui elle avait vécu maritalement. Il s'agissait de M. Aristide Gauthier, un artiste peintre. A l'époque de ces recherches, il habitait Lyon. Maintenant il vit à Sanary-sur-Mer dans une villa proche de la plage. Interrogé, il avait reconnu que ma fille avait eu un enfant de lui, mais ajouté que, dans les mois qui avaient suivi, une mésentente grandissante les avait conduits à se séparer. Peu après, elle avait quitté Genève, probablement pour l'Angleterre et sans laisser d'adresse.

» On ne pouvait le suspecter de mauvaise foi, car le témoignage de la même logeuse corroborait le sien : le couple avait eu des relations orageuses qu'elle expliquait par une incompatibilité de caractère : du côté d'Hélèna le sérieux et la rectitude, de l'autre l'inconstance et l'improvisation. Hélèna avait finalement chassé Aristide Gauthier de chez elle. En tout état de cause, l'honorabilité de ce M. Gauthier n'était pas sujette à caution, et je lui ai écrit ainsi qu'à M. et Mme Contamine afin qu'ils se mettent en rapport. C'est ce qu'ils ont fait.

— Vous le connaissez, vous, ce peintre ?

— Je lui ai rendu visite deux fois : la première, peu après notre retour en France, et la dernière avant-hier.

— Ah ! Et comment est-il ?

— De taille moyenne. Brun avec quelques fils argentés. On lui donne quarante à quarante-cinq ans. Il porte un collier de barbe se fondant avec la moustache. Les traits sont plutôt fins avec des rides déjà très accusées. C'est un homme assez insaisissable, bourru, dissimulé, et sachant devenir presque jovial au moment où on s'y attend le moins. Paraissant blasé et dénué de sens moral, il se montre tour à tour sarcastique, furieux, narquois, faussement joyeux. Il y a chez lui quelque chose de tourmenté et d'instable qui crée un malaise. Un très curieux personnage. Les deux fois, il m'a donné rendez-vous dans un café proche de son atelier et on ne peut pas dire qu'il m'ait accueilli dans l'enthousiasme. A Genève, il passait pour un traîne-savate vivant aux dépens d'Hélèna. Après avoir longtemps végété, il a acquis une certaine renommée et dispose de moyens.

— A-t-il une femme ? D'autres enfants ?

— En tout cas, il n'est pas marié et s'est forgé à Sanary une réputation de viveur dilapidant ce qu'il gagne, affirmant qu'il se brûlera la cervelle s'il se retrouve un jour sans le sou. Oui, quelqu'un de bien singulier et qui m'a confirmé être ton père. Il se dit d'ailleurs prêt à te reconnaître si tu en exprimes le désir, ajoutant aussitôt, dans un ricanement, que vous n'avez guère besoin l'un de l'autre et que tu aurais plus à perdre qu'à gagner à sa fréquentation.

— En somme, il ne tient pas à me voir ?

— Il préférerait le remettre à plus tard pour des raisons qui m'échappent. Tout aussi extraordinaire, il refuse de rencontrer M. Contamine. Ta tante et moi jugions opportun une entrevue à cinq pour discuter des conséquences de la nouvelle situation. C'est pour le décider que j'ai fait ce voyage à Sanary, ayant compris au téléphone que ce ne serait pas facile. J'ai eu beau le prier, le supplier, il m'a opposé un refus péremptoire. « Faites ce que vous voulez, répète-t-il pour tout argument. D'avance, je suis d'accord. »

— Pourquoi le supplier ? J'ai un père... Depuis peu un nouveau grand-père... Qu'il aille au diable ! Un salaud qui ne s'est jamais préoccupé de ce que devenaient Hélèna et son gosse !

— Lui aussi avait perdu votre trace. Mais c'est vrai qu'il n'a pas dû faire beaucoup d'efforts pour vous retrouver. Pour lui, la page était tournée.

— Alors, qu'elle le reste ! M'accrocher à ses basques ? Me faire reconnaître par lui ? Merci ! Surtout après la description que vous en faites. Il est d'ailleurs surprenant que l'histoire de l'inconnue au violon brisé ne soit pas parvenue jusqu'à lui. Il a dû préférer ne pas se faire connaître de crainte qu'on lui confie l'enfant... Vous ne pensez pas ?

— Je n'en sais rien. S'il ne lisait pas les journaux, il est possible que l'information ne lui soit pas parvenue.

— Et de l'accident, a-t-il été mis au courant ?

— Par moi, oui. Dès que je l'ai appris par ta tante, je lui ai téléphoné. Et bizarrement, il en a paru très affecté. Il était présent aux obsèques et nous nous sommes serré la main, mais j'ai bien vu qu'il ne voulait pas me parler. Il était livide et je n'ai pas compris pourquoi une telle émotion alors qu'il s'était montré relativement indifférent à toi. Moi aussi, j'étais malheureux ; surtout d'être empêché de te voir, de m'occuper de toi... Ce n'était évidemment pas le moment de t'infliger un nouveau choc. Il fallait bien se résigner à demeurer en dehors de ta vie au moins pendant quelque temps.

— Mes parents ont donc rencontré ce... cet Aristide Gauthier dès 1933 ?

— Ta maman mais pas ton papa. C'est elle qui est allée le voir à Lyon en se faisant accompagner de Mme Ducoudray. Elle ne voulait pas que son mari s'en mêle.

— Tiens ! Et pourquoi donc ?

— Parce qu'elle désirait obtenir de M. Gauthier qu'il demeure momentanément à l'écart de ta vie comme elle me l'avait demandé. M. Contamine n'étant pas convaincu du bien-fondé de cette intention, elle jugeait que sa présence serait néfaste. Nous touchons là un point sensible qui explique aussi pourquoi j'ai dû attendre si longtemps pour me manifester auprès de toi. Oui, Mme Contamine s'opposait farouchement à ce qu'on te dise la vérité, prétextant que tu étais trop jeune et trop vulnérable. Selon elle, il aurait fallu attendre ta majorité. Dans son affection, tu avais la même place que ses autres enfants. Tu étais *son* fils, pas celui d'une autre. Son obstination était une réaction de mère poule plus qu'une attitude raisonnée. Avoir retrouvé ta famille d'origine était perçu par elle comme un désastre. Depuis, elle vivait dans la hantise de te perdre. Comme moi, ta tante jugeait, au contraire, que continuer à te cacher la vérité était une erreur. Hormis qu'il me tardait de te serrer dans mes bras, surseoir de te la révéler était prendre le risque d'un choc émotif plus grand si tu l'apprenais fortuitement. Mme Contamine se faisait des idées. Elle ne t'aurait pas perdu. Mais elle n'a rien voulu entendre. Et comme, successivement, M. Contamine, pour ne pas s'opposer à sa femme, et M. Gauthier, parce que ça l'arrangeait, s'étaient ralliés à son point de vue, nous étions ligotés. C'est du reste ce qui a créé des tensions entre M. et Mme Contamine et ta tante. C'est aussi la raison pour laquelle tu étais tenu éloigné de Saint-Germain. Tes parents redoutaient une indiscrétion de sa part ou de quelqu'un de son entourage. Quant à moi, j'étais bien obligé de me plier aux circonstances : j'avais à l'égard de ta maman et de ton papa trop de reconnaissance pour me sentir autorisé à intenter une action en justice. Nous avons passé un accord : comme tu n'avais eu, jusque-là, qu'une identité de façade, notre lien de parenté a été authentifié légalement afin que tu puisses hériter de moi et de ma femme s'il nous arrivait malheur.

— Où habitez-vous en temps normal ? A Lyon, je présume ? Vous en parlez souvent.

— A Lyon, en effet. Mais sachant que je désirais séjourner à Saint-Germain en même temps que toi, ta tante m'a fait prévenir, cet été, que le logement voisin du sien se trouvait libre. C'était une chance inespérée et j'ai bondi sur l'occasion. Notre but était que tu t'habitues à moi avant d'apprendre notre lien de parenté. Nous avons bien fait, n'est-ce pas ?

— Certainement ! Mais comment avez-vous pu vous trouver à l'arrivée du train alors que ma tante a été prévenue de mon arrivée le matin même ?

— Elle m'a fait téléphoner dès réception de la dépêche de M. Contamine et je suis arrivé juste à temps pour l'installer dans la voiture et aller t'attendre. Et, tu sais, j'ai dû faire face à bien des situations émouvantes dans ma vie. Cependant, quand le train est arrivé, mon pouls battait à une vitesse folle et j'éprouvais la même crispation d'estomac que, dans ma jeunesse, avant un examen. Je t'ai reconnu tout de suite, tellement tu ressembles à Margaret.

Tout cela me semble irréel... Au fait, quel est mon nom, maintenant ?

— A Genève tu es inscrit sur le registre de l'état-civil sous le nom de John Thomas Jolivet, mais comme ton prénom de baptême est Jean-Cyprien, rien ne s'oppose à ce que tu le gardes dans la vie quotidienne.

Ce dialogue avait lieu dans le logement loué par le Dr Vincent Jolivet, mon nouveau grand-père : la tension d'esprit, l'émotion et la nécessité de parler longtemps ayant fatigué ma tante, nous avions jugé bon de la laisser se reposer dans le calme.

Ce que je recevais d'un coup en pleine figure me donnait l'impression de vivre dans la fiction. C'était une histoire triste mais émouvante, empruntant dans son dénouement au conte de fées, et les circonstances de la rencontre avec ma famille d'adoption occupaient beaucoup mes pensées.

Dans la chaude atmosphère de la bâtisse grise aux décors si présents à ma mémoire, j'avais assisté à l'arrivée d'Hélèna moribonde, senti une larme couler sur ma joue en la regardant mourir. Je m'étais penché sur le berceau prêté par des voisins. J'avais été admiratif devant la solidarité déployée autour de la mère et de l'enfant. Mais, Dieu, qu'il était malaisé d'accepter l'idée que celui-ci et moi ne faisions qu'un.

Puis, maman était descendue de voiture dans une robe moulante et courte de jeune femme moderne, sûre de sa beauté. Ayant hâtivement embrassé sa mère et sa tante, elle avait volé à l'étage sans prendre le temps de quitter son chapeau. Après avoir regardé dormir le bébé d'Hélèna, elle l'avait pris dans les bras, couvert de baisers, bercé, cajolé... Déjà, il était à elle, et cette vision scénique m'avait aidé à me reconnaître dans le petit enfant. Cependant, ma complète identification à lui mettrait du temps à s'accomplir.

Car une période indécise commençait durant laquelle, Contamine de cœur et Jolivet de fait, je n'étais plus vraiment moi. On ne se fabrique pas du jour au lendemain une nouvelle identité mentale. Venu au tronc d'un arbre et nourri à la sève de l'autre, aujourd'hui encore je me sens une branche commune aux deux. Un caprice de la nature.

J'avais enfin pu voir le décor quelque peu spartiate du logis provisoire de grand-père. Le mobilier comprenait en tout et pour tout un canapé-lit, une table et deux chaises appartenant à ma tante. Un réchaud à alcool, un poste de TSF, un réveil et des livres complétaient l'équipement. Les murs étaient nus, à l'exception d'un calendrier des PTT 1937 abandonné dans la cuisine par l'ancien locataire. Tout était propre, ordonné, impersonnel, ce qui se concevait mais ne faisait guère reculer le sentiment de précarité qui m'habitait. Ce fut donc avec soulagement que je revins chez ma tante en compagnie de grand-père.

Tante Lisou ne tarda pas à sortir de sa chambre, et ce qu'elle tenait par la poignée fit bondir mon cœur. C'était un écrin à violon et, après avoir fait quelques pas à mon bras, elle le déposa sur la table. Un écroulement se produisit alors à l'intérieur, provoqué par le changement de position, comme le feraient les ossements d'un reliquaire.

De belle facture, cet écrin était en cuir brun patiné. Il avait beaucoup servi avant sa relégation dans l'obscurité d'un placard. Les arêtes élimées du couvercle et de multiples éraflures l'attestaient.

Obéissant à un mouvement irréfléchi, je me mis à promener sur lui mes doigts gourds où je sentais depuis peu un frémissement de sensibilité tactile. Tante Lisou, aidée de grand-père, reprenait place dans son fauteuil. Dès qu'ils portèrent à nouveau les yeux sur moi, ma main valide rejoignit l'autre dans un réflexe inexplicable et je poursuivis cet effleurement à deux mains pendant quelques instants. Inconsciemment je retardais ainsi le moment d'une confrontation directe avec le témoin délabré du passé musical d'Hélèna, si intimement associé au mien jusque dans un ultime besoin de destruction.

Quand je me décidai enfin à soulever le couvercle, un silence sépulcral donna à ce geste simple une certaine solennité. Je dus serrer les dents pour ne pas trop laisser lire sur mon visage l'intensité de mon émoi.

Les restes du violon d'Hélèna gisaient sur fond douillet de velours pourpre composant la doublure de l'écrin.

L'instrument était mal en point mais plus disloqué que fracturé, comme l'avait été le mien après l'impulsion m'ayant poussé à l'anéantir. Si de nombreux éclats s'étaient détachés de la caisse de résonance, le manche et le cordier, finement décorés, n'avaient pas trop souffert. Environnées de filets dorés, des incrustations d'ivoire et de nacre formaient sur eux une frise de fleurettes et de pampres. Le vernis orangé de la volute se trouvait terni ainsi que la mentonnière. Les autres pièces, toutes identifiables par un œil aussi averti que le mien, présentaient un fini et un lustre d'une grande délicatesse. Des motifs sertis, comparables à ceux du violon lui-même, faisaient le pendant sur la hausse de l'archet.

Certes, ce n'était pas un violon ordinaire. La décoration et plus encore la qualité de la finition et le soyeux du vernis le prouvaient. Et il était bouleversant de savoir que le ternissement du manche, de la volute et des chevilles, était dû à la main de celle qui m'avait donné le jour ; que celui de la mentonnière était le résultat de milliers de contacts avec son menton ; l'absence de vernis à l'arête inférieure, celui du frottement avec sa clavicule. J'imaginais aussi l'inévitable tache brûnatre dans le cou à l'endroit même où ma tête devait reposer quand Hélèna me tenait dans ses bras.

Cette contemplation établissait une communication triangulaire entre deux êtres et un objet pas comme les autres, car doté d'une personnalité, d'une voix, d'une âme. Hélèna avait eu avec lui des relations amoureuses. Elle l'avait caressé, admiré. Elle en avait pris autant de soin que de moi, et probablement l'avait-elle embrassé comme je le faisais au mien avant de le coucher délicatement dans son écrin comme un enfant dans son berceau. M'avait-elle aimé autant que lui ? Je ressentis un léger accès rétrospectif de jalousie, contrarié par la honte d'une telle stupidité.

De ce moment, Hélèna se rapprocha de moi, même si aujourd'hui encore j'ai un peu de mal à voir en elle ma véritable mère, peut-être retenu par la crainte de déprécier l'image d'une autre si proche de mon cœur. Celle qui m'a enfanté et donné de l'amour jusqu'à l'instant suprême ne saurait être une étrangère. Une émotion d'un ordre supérieur me relie à elle, comme inspirée par une musique céleste.

L'archet était si souple et si léger que je ne sus résister à l'envie de lui faire décrire dans le vide des ondulations simulant différentes positions sur les cordes. Cela ne dura pas, mais suffit à raviver la nostalgie de l'ineffable gestuelle. Car, dans leur duo d'amour, l'instrumentiste fait tellement corps avec l'instrument qu'il en arrive à ne plus savoir lequel des deux fait vibrer l'autre. J'imaginais le toucher, le vibrato, un son s'apparentant à la plus mélodieuse des voix de femme couvrant les registres de soprano et de contralto, sachant exprimer une infinité d'émotions dont beaucoup inconnues de moi et qui le resteraient. Hélèna était une musicienne émérite. Elle avait dû en obtenir les intonations les plus sublimes, qui l'avaient suivie dans l'éternité.

Ah, comme j'aurais aimé prendre la relève, porter l'art d'Hélèna assez haut pour qu'elle en perçoive quelques échos ! Hélas, le peu d'agilité et de sensibilité de mes doigts me rappelait cruellement l'inanité de ce rêve.

Une photo la montre à ses dix-sept ans. Elle a des boucles noires, des joues creuses, les narines renflées d'une ambition légitime. Elle fixe un point lointain, probablement un avenir que domine la passion. Le regard sombre et ardent est celui des artistes insatisfaits, un peu fous, un peu visionnaires, inféodés à leur art.

Non, pour moi ce n'est pas vraiment une mère. Elle serait plutôt une amie proche avec qui je partage l'amour du violon. Et comme je la comprends d'avoir brisé le sien de rage en constatant son incapacité subite à en jouer.

Quand ma tante se mit à raconter comment on avait percé le mystère de mes origines, j'avais déjà compris que le cœur du violon palpitait encore et qu'à mon image, faute de pouvoir s'exprimer par des notes de musique, il avait trouvé un autre langage.

13

Après la mort d'Hélèna, les gendarmes avaient examiné attentivement l'écrin et ce qu'il contenait, espérant y trouver le nom de la défunte ou, à défaut, la signature du fabricant. En vain ! De l'étiquette du luthier, il ne restait que de minuscules points de colle. « Rien à en tirer ! » avaient-ils conclu, et tante Lisou avait respectueusement rangé ce qui devenait une relique qu'elle me donnerait plus tard.

Douze années passèrent durant lesquelles, sans être oublié, l'instrument martyrisé ne revit pas le jour. Je grandissais en demeurant — sans le savoir — un enfant de père inconnu et de mère non identifiée. Puis, ma grand-tante, chez qui la vraie vieillesse était venue en peu de temps, avait décidé de mettre le commerce en gérance et d'aller habiter ailleurs.

Vint donc, pour elle, le moment de déménager, une affaire d'État et une épreuve. Et il faut rendre cette justice à Tantine et à l'oncle Tiburce — rongé par la maladie qui l'emporterait bientôt — qu'ils étaient auprès d'elle en la circonstance, encombrants mais réconfortants.

Il se fit qu'en retirant d'une armoire une pile de

draps, Tantine se trouva en présence de l'écrin et qu'elle appela son frère pour le lui montrer.

Tante Lisou les avait trouvés devant la fenêtre ouverte. Lorgnon au bout du nez, l'oncle Tiburce faisait miroiter dans le soleil de petites pièces de bois disparates, les tournant, les retournant, les comparant, l'air absorbé :

— Nous sommes en admiration, lui dit-il. Regarde donc le fignolage, la finesse des incrustations. Et ce vernis... On dirait du satin. C'est une pièce de musée, ce violon.

Mais écoutons plutôt tante Lisou.

— Il n'a pas tardé à m'accuser de négligence grave, disant que j'aurais dû, à l'époque, lui demander conseil, que lui ne se serait pas contenté d'une enquête de police. Ce n'était pas agréable à entendre, mais il avait raison : autrefois, la gendarmerie avait fait son travail, mais les gendarmes ne sont pas des experts en instruments de musique. J'ai donc reconnu mon erreur. Et comme il n'était pas trop tard pour tenter quelque chose, c'est ce que j'ai fait au cours des jours suivants, en écrivant à Me Dunand, un commissaire-priseur lyonnais dont j'ai connu le père autrefois.

— Celui qui t'a demandé en mariage ? demandai-je malicieusement.

— En effet ! Tu l'avais entendu dire... Ce n'est pas d'hier... Par la suite, il venait me dire bonjour quand il passait par Saint-Germain. Il était mort depuis longtemps. Bref, j'ai pris la plume pour demander au fils si, à son avis, une expertise donnerait une petite chance de remonter au fabricant. J'avais frappé à la bonne porte : une huitaine de jours plus tard, il venait ici accompagné d'un luthier faisant fonction d'expert auprès des salles de vente. Et ce que m'a dit ce monsieur m'a prouvé à quel point ton grand-oncle avait raison.

La suite, je la devinais, car mon professeur, féru de musicologie, m'avait souvent parlé des instruments à corde.

Chaque luthier met beaucoup de lui-même dans ce qu'il fait. Comme le sculpteur, le musicien ou le peintre. Il est, du reste, un peu les trois, même si ce n'est pas flagrant pour les non-initiés.

Pour un violon de qualité, la personnalité de chaque maître-luthier se retrouve donc dans le dessin des contours de l'instrument, celui des ouïes, de la volute, l'épaisseur des voûtes, le galbe de la table et du fond, la forme et le mode de taillage des composants, les procédés d'assemblage, le finissage, la couleur et les reflets de la robe, la nature du vernis, le choix des cordes, la décoration. Autant de signes distinctifs permettant, à défaut de signature et par recoupements, de localiser, en principe, sinon le fabricant, du moins la ville où il a opéré. Car, depuis des temps reculés, la lutherie est géographiquement très concentrée : Paris pour la France. Pour l'Italie, Venise, Naples, Brescia, et surtout Crémone. Et comme les luthiers n'y sont pas légion, la plupart sont capables de mettre un nom sur le travail fait par un confrère local.

— L'expert n'a pas été long à donner une opinion, poursuivit ma tante. Il m'a dit : « Mademoiselle, ce violon est de fabrication récente, mais il fait partie d'une lignée qui a, depuis des siècles, ajouté du talent à ceux qui en ont. C'est une réplique d'un modèle de la grande époque, peut-être même d'un stradivarius. Je ne voudrais pas trop m'avancer sans une étude approfondie, mais il m'a tout l'air d'avoir été fabriqué à Crémone. Confiez-le-moi. Je vous promets de faire l'impossible pour en trouver l'origine et peut-être identifier l'acquéreur. Car aucun luthier ne négligerait de conserver l'identité du destinataire d'un tel instrument. »

Quelques semaines plus tard, Me Dunand apprenait à ma tante que ce violon avait été livré par les Ateliers Bertolucci de Crémone à M. Avenier, négociant en instruments de musique à Lyon. Celui-ci avait confirmé, indiquant l'avoir commandé sur ordre d'un médecin de Saïgon, venu lui-même en prendre livraison quelques mois plus tard, lors d'un séjour en France. Mis au courant de la situation, il en avait cherché et retrouvé le nom dans ses archives.

Quand je demandai à ma tante si elle avait aussitôt prévenu mes parents, elle m'expliqua avoir, sur les conseils de Me Dunand, attendu la confirmation que cette piste conduisait bien à ma famille d'origine. L'acquéreur se trouvait-il encore à cette adresse ? Était-il en vie ? De plus, l'instrument aurait pu changer de mains et le premier acheteur en avoir perdu la trace. Il était donc prudent de ne pas crier victoire avant de connaître le sort de la lettre qu'elle adressa immédiatement en Indochine.

— C'est donc en possession de la réponse de grand-père, demandai-je, que tu as prévenu papa et maman ?

— Oui, et comme Mariette était là quand je l'ai lue avec la joie que tu devines, je l'ai aussitôt envoyée à la poste pour leur télégraphier de venir toutes affaires cessantes à ton sujet, sans en dire plus. Je savais que ce serait une émotion pour eux, et pas nécessairement une bonne nouvelle. Cependant, jamais je n'aurais supposé déclencher un tel drame !

— Si j'ai bien compris ce que m'a dit grand-père, c'est de là qu'est venue la zizanie, n'est-ce pas, tante Lisou ?

— Eh oui, mon petit, tu es dans le vrai. C'est bien le moment où les ennuis ont commencé. Tu vas voir !... Ils arrivent donc le lendemain, un peu anxieux. Je les mets au courant... Malheur ! J'ai cru que ta maman allait m'arracher les yeux. Elle était folle : « Comment ! Et tu l'as fait de ton propre chef ! Dans mon dos ! Qu'est-ce que tu cherches ? Qu'on me l'arrache ?... Autrefois, tu as été bien contente que je me charge de lui, et voilà ta manière de me remercier... Jamais je n'aurais cru ça de toi ! Mais je me défendrai, j'irai devant les tribunaux. Il faudra me réduire par la force pour me l'enlever. » Et patati et patata. J'en ai entendu, j'en ai entendu... Jamais je ne l'avais vue dans un état pareil : une tigresse à laquelle on voudrait retirer son petit. Ton papa a essayé de la raisonner. Il s'est fait agonir : « C'est moi qui l'ai élevé. Toi, tu ne peux pas comprendre. D'ailleurs tu ne t'es jamais occupé de lui. » Quand elle en est arrivée à la crise de larmes, elle a grimpé l'escalier quatre à quatre pour s'enfermer dans la chambre. Nous l'avons entendue frapper du pied, trépigner, puis un gémissement de sommier nous a appris qu'elle se jetait sur le lit. Elle n'est répparue que deux heures plus tard, les yeux encore rouges mais résolue et d'un calme impressionnant. Elle a aussitôt décrété : « A partir de maintenant, c'est moi qui prends les choses en main. J'en ai le droit. Je suis sa mère. J'écrirai à ce monsieur en lui expliquant que Jean-Cy est un enfant fragile, que, dans son intérêt, il ne faut rien lui dire avant sa majorité. C'est un médecin. Je suis sûre qu'il comprendra. »

Je me tournai vers grand-père :

— Vous avez donc reçu une lettre de maman... Que disait cette lettre exactement ?

— Elle prenait la même position en la développant et en s'efforçant de la justifier. Naturellement, j'étais déçu et pas très convaincu. Mais quoi ! Je ne voulais pas me montrer ingrat. Elle t'a élevé et son attitude prouvait combien elle t'aimait. J'ai répondu en disant toute ma reconnaissance pour elle et M. Contamine et en l'assurant que mon intention n'était ni d'aller à l'encontre de ton intérêt, ni de me heurter à ceux qui s'étaient dévoués pour toi. J'ajoutais que le point de vue du père, si on le retrouvait, serait plus déterminant que le mien, mais qu'il n'y avait pas lieu de s'affoler. J'indiquais que ma femme et moi ne tarderions pas à rentrer définitivement en France et que nous aurions donc tout loisir de nous rencontrer pour analyser calmement la situation.

Tu as été parfait, Jean-Cy ! Lucide. Rationnel... La cervelle à l'envers et ne rien en laisser voir, ou si peu, bravo ! Car, avoue-le, tu n'en menais pas large. Ta bouche sans salive, ta langue aussi gorgée de sel qu'un hareng saur, tes tripes qui se nouaient dans ton ventre plat, ton cœur trop gros pour ta poitrine étroite dont on pourrait compter les côtes à dix mètres, ils ne les ont pas vus. Pas plus qu'ils ne se sont doutés de la sensation de vertige qui ne te quittait pas. Comment as-tu fait pour fixer si bien ton attention ? Et de qui tiens-tu le talent de dissimuler ton désarroi comme tu le faisais déjà, tout enfant, quand papa te renvoyait une image détestable de toi ? D'Hélèna ? De Margaret ? De grand-père Jolivet ? De ton père naturel, l'inquiétant Aristide ? Indéniablement, tu as été à la hauteur de l'événement. Tu leur devais bien cette satisfaction, à la vieille tante Lisou et à cet homme plus très jeune qui ne vivent en ce moment que pour toi. Ils se faisaient un sang d'encre et s'attendaient peut-être à te voir effondré. Mais savoir encaisser s'apprend et tu commences à en avoir l'habitude. Amour-propre aidant, tu as su faire face. Mais jusqu'où l'engrenage infernal veut-il t'emporter et dans quel état en sortiras-tu ?

Né entre un chevalet et un violon... Fichtre ! Pour la biographie d'un taquineur de mots ambitieux, quelle aubaine ! Mais, c'est décidé, jamais je ne prendrai Gauthier pour patronyme. Puisque Jolivet il y a, allons-y pour Jolivet. Chemin faisant, je finirai bien par m'y habituer. Et Dieu veuille qu'un jour je sois édité et que, par pseudonymie, je redevienne Contamine.

Comment s'identifier à ce pauvre môme déposé avec les bagages dans une salle d'attente pendant que la mère, prise de panique, fait monter vers le Ciel d'ultimes arpèges ? Le Ciel n'était pas resté sourd à sa prière. En voyant venir à elle l'homme à la moustache tombante et aux bons yeux d'épagneul, Hélèna avait dû le comprendre : c'était bien l'envoyé du Ciel. Je n'avais pas été un enfant recueilli, mais confié par une famille à une autre sur intervention divine. Et quel miracle de tendresse ! Prendre dans les bras un enfant inconnu et dire « C'est mon fils », quelle belle et véritable histoire d'amour ! Maman, je ne médirai plus jamais de toi. Et j'ai la conviction qu'avec papa vous vous aimiez, mais chacun à sa façon que ne pouvait comprendre l'autre. Fouillis inextricable que l'âme humaine ! Comment éclairer toutes les zones d'ombre ? Lever toutes les barrières ? Extirper le chiendent, les épines... Peut-être, mais essaye plutôt de dormir. Demain, Mariette viendra te réveiller. Du moins, avec elle, tout est simple. Ce sont des femmes comme elle qu'il te faut. Pas de celles qui prennent tout au sérieux, se rendant et rendant les autres malheureux.

Grand-père a de l'allure et de la distinction. Il est affable, généreux et plein de bonnes intentions. Cela n'a pas fait de lui un papa pour Hélèna. Quand elle en aurait eu besoin, il n'était pas là. A part le violon, qu'a-t-elle eu de lui, sinon de l'argent ? Avec cet argent, elle pouvait se nourrir, se vêtir, poursuivre ses études, prendre des leçons de musique, mais sûrement pas s'acheter de l'affection. Pour se rabattre sur Aristide, fallait-il qu'elle en manque, d'affection ! Elle a dû être malheureuse, Hélèna. Je retournerai sur sa tombe... J'essaierai de prier. L'appeler maman ? En avoir deux ?... Décidément non ! Une paire de mamans ? Je ne m'y ferai jamais.

Seraient-elles devenues amies toutes les deux ? Pas sûr, bien que dotées, l'une et l'autre, d'une sensibilité d'artiste. Un peu ténébreuse, Hélèna, mais volontaire, passionnée. Cela se voit sur la photo. Tandis que maman, avec son visage d'ange, son air tantôt absent, tantôt primesautier, en arriver là ! S'enticher d'un homme sûrement très loin de valoir papa ! Remettre en cause, pour lui, les liens conjugaux !... Passionnée elle aussi, maman, obstinée, sous une gangue protectrice de versatilité. Et capable de grands élans du cœur.

Ce qu'elles avaient eu en commun ? Certainement un feu intérieur plus apparent chez l'une que chez l'autre et les poussant au refus du quotidien, au rêve, au dépassement de soi... et une propension à briser leur vie. Ce qu'elles ont maintenant en commun ? Une existence brève. Une fin tragique. Un fils qui en fait deux complices et en ferait probablement deux rivales si elles étaient en vie.

Au fond, qu'est-ce que je sais de maman ? Pas plus que d'Hélèna. Seulement ce qu'elle a bien voulu laisser entrevoir d'elle. Curieuse impression d'avoir si mal connu celle qui m'a élevé, couvé, comblé de tendresse, et de cerner presque mieux déjà cette autre que je n'ai jamais vue et dont je ne sais presque rien. Qui se serait douté de toutes les ruses déployées par maman pour être assidue à ses rendez-vous ! Comment concevoir les manœuvres sournoises pour donner le change avec, pour acolyte, cette sainte-nitouche de Simone ? Comment l'imaginer se dressant contre papa, affrontant sa colère ? Et que dire des petites manigances pour sauver les apparences vis-à-vis des enfants ?

Ni l'une ni l'autre très commodes pour leur entourage Hélèna et maman ! Pas des modèles de docilité et de simplicité. Pas non plus des modèles de vertu. Des introverties enfermées dans leurs chimères, leurs griefs, leur solitude ; avec, sporadiquement, des moments de révolte et de débordement. Tout comme moi. Aurais-je emprunté aux deux : à l'une par hérédité, à l'autre par mimétisme ? Une similitude entre elles, plus étonnante celle-ci : la fréquentation des artistes peintres. Chacune son barbouilleur de toile libertin... Curieuse coïncidence, tout de même ! Toutes les deux baignant dans la peinture à l'huile, peut-être posant nues, lascives et impudiques, ne sachant échapper au regard concupiscent du petit-maître licencieux. Monnayer maman, monnayer Hélèna... Les goujats ! Les infâmes ! Et probablement festoyer ensuite avec le produit de la vente. Que peut-on attendre d'un dépravé comme Aristide sinon la recherche du plaisir et du profit ? L'autre doit lui ressembler comme un frère. L'autre ?... A moins... Et si les deux ne faisaient qu'un ? Non, ce n'est pas possible. Qu'est-ce que tu vas chercher là !... Pourtant, maman a rencontré Aristide à ton propos et cet olibrius a refusé de rencontrer papa. Et ce n'est pas tout : il était présent aux obsèques et avait l'air sens dessus dessous. S'il l'était, il fallait bien une raison et ce ne pouvait être en pensant à toi... Non, bien sûr ! De toi, il se souciait comme d'une guigne... En plus, il n'a pas laissé grand-père pénétrer dans son atelier. Logique ! Il avait dû accrocher au mur des portraits et des nus d'Hélèna et de maman comme papa ses trophées de chasse dans la salle de billard. Mon Dieu, ayez pitié de moi ! Arrachez-moi à ce cauchemar ! Faites que ce ne soit pas vrai, que maman n'ait pas été la maîtresse d'Aristide, que celui qui m'a conçu n'ait pas été assez cynique, assez pervers, pour avoir été successivement l'amant de ma mère de naissance et de maman. Faites que ce ne soit pas moi la cause première de la désunion entre mes parents, que m'avoir accueilli si généreusement dans leur foyer, comme si j'étais leur propre enfant, n'ait pas, par un vicieux ricochet, détruit la bonne harmonie du couple !... Hélas, tout concorde. Il ne manque que la preuve formelle. De papa, de tante Lisou, de grand-père, qui peut me renseigner ? Peut-être aucun des trois. Oserais-je leur en parler ? A grand-père et à tante Lisou, probablement, mais pas à papa. Ce serait au-dessus de mes forces.

Allez, n'y pense plus ! Peut-être n'est-ce que divagation. Noie dans le sommeil tes états d'âme et tes déductions hâtives. Et puis, tu n'es pas sans famille, tu en as deux. Alors pourquoi cette impression de n'en avoir aucune, pas plus que de nom et de nationalité ? (Pourquoi la sensation que tout est mouvant, incohérent ?) Demain tu verras les choses autrement. Ton esprit retrouvera la liberté et peut-être cesseras-tu de renifler le sol à la recherche de tes marques comme un caniche abandonné. Tu ne seras plus un étranger pour toi-même. Dis-toi que c'est déjà beau de ne plus souffrir dans son corps, ou presque plus ; d'avoir les os ressoudés, d'être capable de manger la soupe à la cuiller, de tenir un crayon et même un guidon avec une main qui ne peut plus tenir un archet mais aurait pu te quitter.

Tu ne peux pas dormir ? Naturellement, si tu te retiens de pleurer. Pourquoi te gênes-tu ? Personne ne te voit.

Papa viendra demain par le train. Comme il me tarde de le voir, d'essayer de lui dire que je l'aime. Autrefois il affirmait : « Quand la vie tourne mal, il faut se cramponner et prendre un nouveau départ. » Je n'oublie pas. Et lui, parvient-il à mettre en pratique ses bons principes de jadis ?

Telles furent quelques-unes des pensées houleuses qui longtemps me tinrent éveillé au cours de la nuit qui suivit la folle journée des révélations. Je ne fais ici que restituer, en les ordonnant quelque peu, les notes assez décousues, retrouvées dans le journal de mon dernier séjour à Saint-Germain.

14

Papa est venu. Grand-père et moi l'attendions au bout du quai. Je me suis avancé sans canne et presque sans boiter. Il m'a ouvert les bras. Je m'y suis engouffré. Oui, le père, c'est bien lui. Jamais jusque-là, je n'avais ressenti à ce point la profondeur de ce qui nous unit. Je lui ai montré l'endroit où Hélèna a joué du violon pour la dernière fois, et celui où le « petit père » m'a trouvé. Clairsemés les propos échangés sont, au contraire, demeurés à la surface des choses, mais la contradiction n'est qu'apparente : jetant comme un voile pudique sur un attendrissement partagé, ils n'étaient que l'accompagnement sonore du langage des cœurs.

Papa m'inquiétait. Je le trouvais amaigri et vieilli. Tante Lisou avait eu raison : le ressort était cassé. L'arrivée de Roseline n'avait pas eu d'effets miraculeux et mon départ précipité n'avait peut-être rien arrangé. Mais j'ai vite compris qu'il ne souhaitait pas mon retour à Gravigny dans un avenir proche. Il n'a presque pas parlé de Tournebise, mais le peu qu'il en a dit donnait à penser que ce qu'il nommait « association avec Ducoudray » cachait une débâcle financière.

Pendant notre vie à deux, j'avais compris que sa situation de fortune avait subi de sérieux dommages, mais sans imaginer pareil retournement. Une remarque de lui à propos de mon nouveau statut civil m'a ouvert les yeux. Je n'apprendrais cependant les dessous de l'affaire qu'en septembre de l'année suivante, au cours d'un voyage à Gravigny.

Ne pouvant m'adopter, papa et maman avaient pris en ma faveur des dispositions testamentaires me plaçant sur un pied d'égalité non pas avec les héritiers réservataires qu'étaient Henri et Bénédicte, mais avec Annaëlle que papa avait reconnue. Sous la dénomination — fort gracieuse — d'enfant adultérin, elle aurait droit à la moitié de la part d'un enfant légitime. En usant de la « quotité disponible », on en avait fait autant pour moi. Sur adjuration de Roseline, ce privilège venait de m'être retiré dans la perspective du remariage qu'elle souhaitait pour un avenir proche, désirant, avait-elle dit, donner un père à sa fille avant de la mettre à l'école.

Réflexion désabusée de papa : « Tu n'as rien à regretter. Les héritières auront probablement avantage à refuser la succession pour ne pas se partager les dettes. »

Rassurant, grand-père a tenu à dire que, sans être riche, il disposait de quelques moyens et que j'étais son unique héritier.

La bonne entente qui régnait entre les deux hommes m'était un sujet de satisfaction. Plus que jamais, grand-père faisait preuve de tact, s'efforçant de conforter papa dans son rôle de père et l'assurant qu'aucune décision importante à mon sujet ne saurait être prise sans son approbation. Mais, à son attitude, je voyais bien que, d'ores et déjà, papa se reposait sur grand-père de ce qui me concernait. Sachant que nous aurions toute liberté de nous voir, me confier à quelqu'un de sûr et disposant de moyens lui ôtait visiblement un grand poids.

Ayant compris que renouer avec la pension ne me souriait guère, grand-père a proposé que j'aille habiter Lyon pour me préparer à l'avenir littéraire bilingue que je convoitais.

— Après cette interruption, a-t-il dit à mon père, renoncer aux diplômes pour acquérir de solides connaissances lui serait certainement plus profitable que de s'attarder sur des matières pour lesquelles il n'a aucun goût.

— Si vous croyez ! s'est contenté de répondre papa, consacrant par ces mots la passation de pouvoirs.

Cent fois j'avais en effet entendu de lui : « De nos jours, il faut des diplômes si on ne veut pas se retrouver à casser des cailloux sur la route. »

Cette adhésion arrangeait mes plans, mais j'ai ressenti cette absence d'objection comme une capitulation de sa part, une de plus, et en ai éprouvé de la tristesse.

L'idée de suivre des cours « à la carte » était de moi et j'étais reconnaissant à grand-père de l'avoir fait sienne. Abandonner des matières telles que mathématiques, physique, chimie, comblait mes vœux, mais moins que tourner définitivement le dos au collège.

En pension, je m'étais déplu. Si je n'avais pas été un phénix ni même un élève moyen, je n'avais pas non plus été un cancre. J'avais été de ceux, sans étiquette, proches des derniers sans être des leurs, que l'on a tendance à oublier. Comme j'étais menu et ne faisais pas mon âge, on m'avait surnommé ironiquement « bébé graisse », ce que je trouvais humiliant et qui avait le don de m'exaspérer. Assez rétif, je me faisais cependant respecter. Là encore, j'avais été de ces inclassables dont on ne recherche pas la compagnie et qui, en récréation, n'ont jamais le ballon. Je mesurais donc ma chance de trouver chez le père d'Hélèna un tel écho à mes désirs profonds.

Bien que n'osant le dire, j'étais plus réservé sur la proposition qu'il me faisait d'aller habiter chez lui, au centre de Lyon. Il me semblait prudent, avant de me décider, de rencontrer sa femme que je trouvais bien absente de tout ceci. Cohabiter avec un couple d'un certain âge et qui, même animé des meilleures intentions, épierait mes faits et gestes risquerait de devenir très vite insupportable et de générer des tensions. Jugeant le temps venu de secouer mes chaînes, ma préférence allait à une existence d'étudiant indépendant.

De ce que chacun exprimait avec la sobriété qui convient pour ne pas encombrer de gravité ce sujet sensible, j'essayais de ne rien perdre, conscient que mon avenir s'esquissait et donnant mon point de vue s'il le fallait. Tout cela était plutôt rassurant mais, au fond de moi, demeurait une incoercible agitation venue de l'accumulation des chocs traumatiques que je feignais d'avoir bien supportés et dont je subissais le contrecoup. En dernier lieu et plus que tout, ma déduction nocturne, encore à l'état d'hypothèse, me hantait. Mon procréateur avait-il été assez machiavélique pour s'assurer les faveurs de maman en détruisant le foyer qui m'avait accueilli ?

A la réflexion, j'avais jugé inutile de questionner tante Lisou et grand-père. S'ils s'étaient doutés de quelque chose, ils n'auraient certainement pas tenté de mettre papa et Aristide en présence l'un de l'autre.

Sous un masque de circonstance, je tentais donc désespérément de résister à un étau dans ma gorge et dont je redoutais, en outre, les conséquences visibles telles que tremblement de lèvres ou pâleur excessive.

Ce fut dans ce climat assez serein, en contraste avec le conflit intime qui m'habitait, qu'un petit fait se produisit, si fugace que je crois avoir été le seul à le remarquer dans sa brièveté. J'étais, d'ailleurs, plus à même que quiconque de l'interpréter. La coupe étant pleine, ce fut la goutte amère qui la fit déborder.

Ce fait mineur : un tressaillement de papa et un durcissement subit de ses traits en apprenant qu'Aristide aurait pu assister à ce « conseil de famille ». Cette réaction ne laissait plus de place au doute. J'avais été engendré par un être diabolique.

Soudain, je sentis mes idées se brouiller et l'air se raréfier tandis que la flamme de l'âtre se démultipliait en une myriade jaillissante de filaments éblouissants, qui tourbillonnaient autour de moi pour mieux me submerger. Terrorisé, je poussai un cri et me levai, bras en avant comme un aveugle, dans un sursaut incontrôlé. Trois exclamations se confondirent, paraissant venir de très loin. Je ne savais déjà plus où j'étais ni avec qui. Une vague sensation d'être retenu puis soulevé et emporté dans un mouvement giratoire me reste de ces quelques instants, et puis plus rien. Le trou noir comme un asile bienfaisant.

La sensation d'être plongé dans un mauvais rêve me saisit peu après être sorti du néant, quelques minutes plus tard. Des images incohérentes se bousculaient dans une cavalcade échevelée alors que des pans entiers de ma vie semblaient m'avoir quitté, obéissant très certainement à un refus inconscient. Cet affolement invisible s'accompagnait d'un état de faiblesse et de prostration tel que, dans la soirée, grand-père décida, avec l'assentiment de papa, de me faire admettre dans une clinique lyonnaise.

J'avais fait illusion, et d'abord à moi-même, mais j'étais bien cet être fragile que maman avait toujours vu en moi.

Suivit une période de lutte contre la folie et des idées suicidaires. Elle n'a que peu d'intérêt pour ce récit. Le lecteur sait déjà que la vie a repris ses droits. Il fallait peut-être passer par ce chambardement pour recouvrer, sinon la paix totale de l'âme, à tout le moins une certaine aptitude à construire une vie d'homme sur les décombres fumants d'un passé où il ne restait pas deux pierres l'une sur l'autre.

TROISIÈME PARTIE

15

Je fis connaissance avec « Tati Clara » peu de jours après mon admission en clinique psychiatrique.

Plus jeune que grand-père de plusieurs années, altruiste et friande de mondanités, elle ne tenait pas en place, partageant son temps entre bureaux de bienfaisance, réunions, démarches, concerts, vernissages, spectacles... Infatigable, elle allait d'un endroit à un autre et d'un rendez-vous à l'autre, et m'avait inclu dans son périple quotidien.

Si elle s'était abstenue de paraître à Saint-Germain, c'était cependant moins le fait du mouvement perpétuel où elle se complaisait que pour laisser les coudées franches à grand-père dans sa délicate mission.

Ses visites, courtes mais assidues, avaient sur moi des effets revigorants.

S'habillant avec goût et de couleurs claires, elle avait cette beauté d'automne des femmes qui ont été jolies sans être prétentieuses, et que la vie n'a pas trop malmenées. D'un naturel optimiste et débordante de vitalité, elle survenait aux heures les plus inattendues, chapeautée, gantée et froufroutante, m'embrassant à la hâte et comme pressée de me raconter ce qu'elle venait de faire ou allait faire. Je compris vite que ce n'était pas me traiter avec indifférence. D'informations sur ma santé, elle n'était pas privée et elle savait que grand-père ne me laissait manquer de rien. Alors à quoi bon s'attarder à des inutilités ! Elle préférait me faire entrer dans son univers très particulier où se multipliaient situations cocasses, personnages originaux, anecdotes, qu'un humour léger pigmentait agréablement. M'ayant ainsi sorti de ma torpeur, elle me faisait parler, assez habile pour y parvenir sans m'interroger. Il lui fallut cependant de la constance pour me mettre à l'aise et me dérider. Après un petit quart d'heure auprès de moi, soit dans ma chambre, soit à faire quelques pas dans le couloir, elle constatait qu'elle était en retard. Encore trois mots, deux ronds de jambes, un dernier sourire et elle s'envolait, affairée et pressée.

Je demeurais alors sous le charme, humant le subtil parfum de fleurs mêlé à l'air frais dont elle m'avait environné.

Tati Clara était un papillon de luxe venu se poser quelques instants et comme au hasard d'un élégant butinage.

Je découvrirai, grâce à elle, que l'on peut vivre en état d'apesanteur sans être inconsistant. Probe, cultivée, toujours prête à se dévouer pour une juste cause, c'était une personnalité de la vie sociale lyonnaise. Poursuivant une action humanitaire engagée à Saïgon, elle était devenue présidente départementale de la Croix-Rouge française, et militait au sein de plusieurs associations caritatives. Elle avait à la fois l'oreille du cardinal Gerlier et celle de M. Edouard Herriot — censés à eux deux faire la pluie et le beau temps. D'aucuns la jalousaient mais elle ne manquait ni d'amis ni de solliciteurs. Faut-il le préciser, c'était souvent les mêmes. Et comme sa droiture s'accompagnait de franchise, qu'elle savait dire non et remettre à l'heure les pendules, elle ne manquait pas non plus de détracteurs.

Grand-père vivait dans son ombre et s'en accommodait fort bien. Fier d'elle, il aimait arriver à son bras au spectacle ou aux réunions du Rotary.

Elle eut le bon esprit de ne jouer ni les grand-mères ni les mères et de me traiter d'emblée en adulte. Je ne jurerais pas pour autant qu'avoir préféré *tati* à *mami* soit symptomatique de cette attitude. J'y verrais plutôt une petite coquetterie bien naturelle.

Nous ne sommes pas restés longtemps en terrain neutre. Elle sut m'apprivoiser. Des liens se nouèrent auxquels nos privations, pour elle d'amour filial, pour moi de présence maternelle, ne devaient pas être étrangères, mais sans se l'avouer. Elle deviendrait ma confidente et le demeure. L'affection que je portais à grand-père n'a jamais triomphé d'une pudique réserve réciproque. Avec lui, je n'aurais su parler des dissentiments entre mes parents d'adoption ; du déchirement ressenti en comprenant que maman avait succédé à Hélèna dans le lit d'Aristide ; d'un désir grandissant d'en savoir davantage sur celui-ci et ses agissements. Cela fut, au contraire, possible et même presque facile avec tati. Cette faculté qui me fut donnée de m'épancher auprès d'elle, d'être écouté attentivement, de puiser à volonté dans cette source intarissable de réconfort et d'énergie, m'a probablement évité de nouvelles crises.

Pour papa, Lyon était loin. Je savais qu'il prenait de mes nouvelles par téléphone. Il faisait aussi l'effort de m'écrire assez régulièrement, mais je n'aimais pas beaucoup ses lettres où il faisait abus de lieux communs, ce qui les rendait impersonnelles. Je l'imaginais alors devant sa table de travail, sourcils froncés et se disant : « Qu'est-ce que je pourrais bien lui mettre ? » Ne sachant guère manifester ses sentiments par l'attitude, le geste ou la parole, il était plus malhabile encore à le faire par écrit. L'une de ses lettres indiquait, en deux lignes, qu'il pensait régulariser prochainement, devant M. le maire, sa situation avec Roseline.

Il vint me voir, entre deux trains, au cours de la troisième semaine, et repartit plutôt rassuré sur mon compte. Les troubles psychiques étaient en régression, et les médecins se montraient optimistes.

Je le trouvai un peu négligé dans sa tenue vestimentaire, comme si, brusquement, elle n'avait plus d'importance à ses yeux. Il tenta de se montrer confiant dans l'avenir, mais ne parlant que du mien, comme si le sien ne comptait pas ou qu'il n'en avait plus. Pire, je le sentais captif d'une souffrance tenace réalimentée par des ennuis récents ne lui venant pas que de moi. Plus rentré en lui-même que jamais, il demeura très évasif sur sa vie à Tournebise et je dus le questionner pour savoir si le mariage avait eu lieu. Il parut alors embarrassé, évoquant un retard lié à des formalités qui n'en finissaient pas. L'administration, quelle pétaudière !

De sa venue, je garde un souvenir médiocre. C'était, il est vrai, une époque où je supportais mal les visites prolongées sauf celles de grand-père dont la quiétude communicative établissait en moi un courant apaisant. S'il se tenait attentif à l'évolution de mon état et ne négligeait rien pour mon confort, il savait aussi prendre un livre et s'installer auprès de moi en restant silencieux. Les médicaments me provoquaient en effet des moments de somnolence aussi peu compatibles avec une conversation soutenue qu'avec la lecture ou l'écriture. Ma première tentative littéraire connut donc une éclipse qui ne se prolongerait guère après ma sortie de clinique.

Car ma vie d'étudiant allait commencer et, corrélativement, le feu sacré de l'écriture se ranimer.

Je fus autorisé à sortir de clinique un peu avant Noël.

Grand-père et Tati habitaient un bel appartement du quartier bourgeois des Brotteaux, mais ils adoraient passer les fins de semaine dans leur « campagne » des monts du Lyonnais, à une demi-heure de voiture. Comme ils avaient l'habitude d'y fêter Noël et que j'avais repris des forces, rien ne s'opposait à nous y rendre et, sur mon insistance, ils se laissèrent convaincre. Ils envoyèrent donc un télégramme au couple de villageois qui assurait l'entretien afin que la maison soit chauffée et prête à tous égards à nous recevoir.

Aux abords du village d'Ambert-le-Vieux, cette « campagne » est en réalité un petit manoir perdu dans la verdure avec un parc rustique que prolonge un éperon rocheux surplombant la vallée.

Le bâtisseur, dit le Pharaon, était un ex-apprenti tonnelier qui, promu colonel de la Grande Armée et sur le point d'être anobli, avait acquis ce rocher, un morceau de forêt et quelques arpents de friche, qu'il avait baptisés Castelroc, justifiant, par cette possession terrienne, le nom aristocratique qu'il désirait porter. Devenu général Foudre de Castelroc, il fit ériger une gentilhommière sur sa baronnie.

Dans le pays, on ne parlait que du Pharaon, parce que le valeureux officier avait fait la campagne d'Égypte et qu'à sa mort les habitants du village, désireux d'ajouter un sceptre à leur gloire locale, lui avaient construit, dans le parc, un tombeau en forme de pyramide.

Cette sépulture respectable par l'intention, mais d'un goût discutable, y est demeurée — ornée d'une frise où alternent chameaux et chameliers. Les restes du Pharaon ont, par contre, été pieusement transférés au cimetière d'Ambert-le-Vieux lorsque Castelroc a changé de propriétaire.

La façade du manoir donne sur le parc romantique à souhait avec ses boules de buis séculaires et ses bancs de granit érodés par les intempéries. Il y a peu d'allées mais plusieurs sentiers s'y entrelacent entre les haies de lauriers-cerises et les buissons de houx surmontés de grands arbres. On y découvre de multiples coins et recoins comme je les affectionne, propices à la flânerie et à la méditation.

J'ai tout de suite aimé cette demeure et ses environs, le village lui-même, la rude bienveillance de ses habitants, le panorama sur la basse vallée de la Saône. Il me semblait que dans ce lieu reculé, où les rumeurs montant de la plaine deviennent musique douce apportée par le vent, le malheur ne pourrait plus m'atteindre.

Le bâtiment lui-même est assez sobre dans sa conception et non dénué de caractère. Il souffre toutefois de certains ornements faisant quelque peu « ancien nouveau riche », mais laissés en l'état par égard pour le général-pharaon. J'en veux pour exemple le dragon en staff vernissé formant un bas-relief héraldique sur la hotte de la grande cheminée de granit. Cet emblème a cependant quelque chose qui émeut dans sa composition naïve : peut-être la face nouillarde de l'animal mythique, son air inoffensif malgré une langue en fer de lance menaçant ; ou bien les griffes plus agressives encore sur des pattes de crapaud. Des griffes d'aigle. Tout ce qui devait rester de l'oiseau impérial dans la tête du Pharaon, que la légende disait désenchanté et misanthrope sur ses vieux jours.

Castelroc, bien de famille des Delaunay depuis plusieurs générations et dont j'hériterai, demeure pour moi la retraite qui, loin de toute agitation, me délivre de ce qui m'oppresse et quelquefois m'opprime.

De ce premier Noël à Ambert-le-Vieux — depuis, il y en eut bien d'autres —, je garde un souvenir attendri.

La crainte de rechuter et, disons-le clairement, de sombrer dans la folie avait, durant mon séjour en clinique, pris le pas sur toute autre préoccupation — sans me terroriser toutefois grâce aux médicaments ralentissant les fonctions cérébrales. Dorénavant, je n'étais plus sous traitement lourd, et recouvrer à la fois la liberté et des idées plus claires me redonnait confiance et me grisait un peu. D'où la délicieuse impression, accentuée par la symbolique de Noël, de naître à une autre vie.

Deux moments demeurent particulièrement présents dans ma mémoire de par les impressions qui les accompagnaient.

D'abord, le contraste saisissant entre l'envie de pleurer et l'étonnante paix intérieure successivement ressenties pendant la messe de minuit, tandis que, derrière Tati à l'harmonium, la modeste chorale paroissiale égrenait le *Minuit chrétien* et que, incapable de prier, je songeais aux Noëls de mon enfance.

Ensuite, un geste spontané dont je ne me savais pas capable.

Nous venions de sortir de l'église. Il neigeait. Souffrant encore d'enflures, j'avais un pied dans un brodequin, l'autre dans une charentaise. Par précaution, je marchais entre grand-père et Tati, mes bras passés sous les leurs. Une impulsion subite fit qu'avant de remonter en voiture j'eus envie de les embrasser, et que, plus surprenant encore, mon visage étant tout près des leurs, je le fis, déposant à l'un et à l'autre un rapide baiser sur la joue par-dessus le col relevé de ma canadienne neuve. Après quoi je me retrouvai tout nigaud.

Ce simple geste, me dirent-ils plus tard, fut un des plus beaux cadeaux de Noël qu'ils aient reçu de leur vie.

M'avoir accompagné, comme ils l'avaient fait, dans mon combat intime où alternaient espoir et désespérance avait créé entre nous de forts liens émotionnels.

Aux côtés de grand-père et de Tati, j'ai vécu ensuite des moments très doux. Mon penchant pour l'écriture et la découverte des philosophes ont moins fait pour mon complet rétablissement que leur chère présence. Avec eux, j'ai appris à ne pas trop me retourner sur le passé ; à en avoir une vision plus exacte, moins passionnelle. Je n'avais rien oublié mais la tendresse qu'ils me prodiguaient, sous un voile de pudeur, me donnait la sensation indicible d'être arrivé enfin à un point fixe, apaisant, où je pouvais poser mon sac. Comme avait dû le faire le Pharaon en d'autres temps, bien qu'à un âge plus avancé. A la vérité, je ne me sentais pas non plus très jeune, tant j'aspirais au repos de l'esprit et du cœur.

Me jugeant protégé sans être sous étroite surveillance, il ne me vint plus à l'esprit d'aller habiter hors de chez eux. A Lyon, je disposais pour moi seul de deux pièces donnant sur la véranda. Une femme du quartier, discrète et dévouée, prénommée Valérie, faisait le ménage et la cuisine. Et comme chacun de nous avait au-dehors des occupations qui lui étaient propres, nous ne nous retrouvions guère à trois que le soir et pour les fins de semaine à Castelroc si l'emploi du temps de Tati le permettait.

16

Nous étions fin avril. Il était un peu plus de midi et je rentrais d'un cours lorsque grand-père m'annonça que tante Lisou venait d'être hospitalisée à l'Antiquaille[1].

Cette nouvelle n'était qu'une demi-surprise. Lorsque j'avais vu ma tante à Saint-Germain, moins d'une semaine plus tôt, elle ne tenait plus sur ses jambes. J'étais reparti assailli de pressentiments funestes.

Durant le mois de séjour chez elle, je l'avais trouvée étonnamment lucide en dépit de son âge et d'une santé chancelante. Elle le resterait presque jusqu'à la fin.

Négligeant mes cours, j'ai passé à l'Antiquaille de longs moments auprès d'elle, bénissant le ciel d'être en mesure de l'assister. La mort ne l'effrayait pas. Elle y voyait, au contraire, une délivrance et une résurrection. Après avoir reçu l'extrême-onction, elle l'attendit avec confiance.

Au cours des dernières heures, je ne l'ai presque pas

1. Hôpital lyonnais sur la colline de Fourvière.

quittée, lui prenant souvent la main et lui disant quelques mots afin qu'elle sache que c'était moi. Quand elle était trop faible pour parler, une légère pression des doigts me répondait. Elle mit une petite semaine à s'éteindre et partit soulagée d'avoir accompli auprès de moi la tâche qu'elle s'était assignée, et rassurée sur mon compte.

De fait, en dépit de cet épisode douloureux, des soucis me venant de mon père et des *événements*, 1939 serait pour moi l'année du renouveau.

A l'exception de Tantine, la famille la plus proche était formée désormais de neveux et nièces. Prévenus par télégramme de l'hospitalisation de leur tante, ces derniers ne surent se rendre libres assez tôt pour la revoir en vie. Au contraire, Tantine arriva dans les quarante-huit heures. A sa manière imprévisible, elle était en grand deuil. Ayant téléphoné à l'hôpital, on lui avait laissé entrevoir la fin pour imminente et, à tout hasard, elle s'était prémunie. Jamais prise au dépourvu, elle se tira d'affaire en racontant que son mari et elle revenaient de l'enterrement d'un cousin à lui qu'il avait aimé comme un frère, le cousin Régis. Le dit mari l'accompagnait. Derrière ses besicles, il ouvrit des yeux ronds. Le cousin Régis, qui les hébergeait, les attendait dans la cour au volant de sa voiture. Revoir sa cadette ne fut pas moins, pour tante Lisou, une de ses toutes dernières satisfactions ici-bas.

Je me résignai à assister aux obsèques et vécus là des moments poignants.

Après mise en bière, le corps avait été acheminé à Saint-Germain où, dans l'habitation que j'avais connue tardivement, les Germinois défilèrent en nombre ; et je vis couler bien des larmes sincères sur des visages inconnus ou de souvenir vague.

Selon une volonté exprimée de longue date, il n'y eut ni fleurs, ni couronnes, ni lauriers officiels, ni fanfare. « Je veux un enterrement, pas des funérailles », avait décrété tante Lisou. Mais quand le corbillard, encadré de quatre vieilles femmes « tenant les coins », franchit la grille du cimetière, on ne voyait pas encore la fin du cortège serpentant à travers les jardins et les vignes en émergeant du vieux village.

Le conseil municipal était là autour de son maire, ainsi que le chef de gare et le facteur-chef. Et Tantine, initiée au langage d'autrefois et qui ne perdait rien du spectacle derrière son voile de tulle noir, me glissa à l'oreille qu'elle reconnaissait des « communistes » et des « hannetons ».

Accompagné du Dr Dousselin, papa était présent et j'entendis murmurer derrière moi qu'il filait un mauvais coton. Hélas, cette opinion, je la partageais.

L'histoire de l'enfant du train et de sa famille retrouvée longtemps après, grâce à un violon brisé, était connue de tous et on me dévisagea beaucoup avec curiosité et sympathie. Les yeux se portèrent aussi avec intérêt sur grand-père et Tati ainsi que sur papa ; et les conciliabules se multiplièrent pendant qu'au loin, lassé du glas mais infatigable, le sonneur faisait virevolter les cloches à plaisir. Tout redevint calme pour la dernière bénédiction et un silence absolu se fit quand les croque-morts plièrent le drap noir et argent.

Selon un désir exprimé à grand-père quand ils étaient voisins, tante Lisou fut inhumée non pas dans le caveau de famille mais sous la même pierre tombale qu'Hélèna. Je l'avais appris la veille, et ce choix qui symbolisait mon appartenance à deux familles me toucha profondément.

J'avais pris la résolution de ne pas pleurer, désirant me prouver que j'en étais capable et sachant que de nombreux regards seraient braqués sur moi. Je réussis à tenir même quand le cercueil fut descendu dans la fosse. Mais, pendant que les poignées de terre du dernier adieu commençaient à s'abattre à bonne cadence, brusquement il me vint l'envie de crier : « Arrêtez ! Arrêtez ! »

Ces *flocs*, je ne pouvais les supporter. Ils me prenaient à la gorge. Ils étaient l'écho de ceux dont avaient dû bénéficier maman, Henri et Bénédicte, ma douceur, ma tendresse, elle aussi jouet de la fatalité ; tous emportés en quelques secondes parce que la passion du violon m'avait valu un dérisoire succès musical. J'avais présumé de mes forces. Mes yeux se brouillèrent de larmes et, incapable de les refouler, je tentai de me cacher derrière papa.

Tati s'était rapprochée de moi. Quand elle me vit secoué de sanglots, elle me fit sortir du cimetière, à son bras, par une porte latérale. Il eût d'ailleurs été difficile de se frayer un passage à travers la foule piétinante massée dans l'allée principale ou bloquée entre les vantaux du portail. A mon chagrin se mêlait une confuse sensation de honte. Mes pleurs cessèrent très vite dans les bras de Tati, mais durant quelques minutes je demeurai étourdi.

Au cours de ces quelques heures de recueillement autour de la bonne tante Lisou, l'âme humaine me parut cependant presque belle. Oui, mais la journée n'était pas achevée.

Au retour du cimetière, le ban et l'arrière-ban familial devaient se regrouper à la maison mortuaire pour un *lunch*. Notre surprise fut grande en constatant des absences. Qu'était devenu le reste de la famille ?

L'explication ne tarda pas en la personne d'un huissier qui vint poser les scellés pendant notre collation, nous laissant un quart d'heure pour vider les lieux en sa présence.

La femme d'un petit-neveu de tante Lisou, ayant constaté qu'un drap brodé et un vase de cristal avaient disparu, s'était empressée de le faire savoir à d'autres, d'où une levée de boucliers et une sécession de ceux qui l'avait provoquée. (Je sus par la suite que tante Lisou, se sachant perdue, avait fait ce petit cadeau à Mariette, en souvenir d'elle, avant son acheminement sur Lyon en ambulance.)

Tristement, je vis papa et le Dr Dousselin repartir en voiture en direction de Gravigny après m'avoir dit une dernière fois combien il leur était agréable de me voir bien remis et marcher pratiquement sans boiter. Passant en voiture devant l'hôtel-restaurant, je reconnus des véhicules en stationnement comme appartenant à certains membres de la famille.

Le départ de tante Lisou consacrait la fin d'une époque et une division familiale qui se transmettrait d'une génération à l'autre. Bien plus, les clans eux-mêmes s'émietteraient aidés en cela par la *drôle de guerre* et ses conséquences.

Car l'occupation de toute la Bohême-Moravie, en violation des accords de Munich, venait d'avoir lieu. Le monde aussi allait changer.

Le 1er septembre, les troupes de la Wehrmacht pénétraient en Pologne.

Le 3, la Grande-Bretagne et la France déclaraient officiellement la guerre à l'Allemagne hitlérienne à six heures d'intervalle. La Seconde Guerre mondiale commençait.

Je reçus une lettre de mon père. Il m'annonçait son récent déménagement et demandait à me voir, m'indiquant sa nouvelle adresse à Gravigny. Ne sachant encore rien de précis quant à ses « arrangements » avec Ducoudray, je tombai des nues. Il donnait le numéro de téléphone des Dousselin où je pourrais faire connaître le jour et l'heure de mon arrivée. Et comme,

« un peu souffrant », il n'était pas sûr de pouvoir m'attendre à la gare, un croquis précisait l'endroit où il habitait. A pied, je n'aurais que cinq minutes de trajet.

Inquiet, je partis dès le lendemain. Je n'avais pas revu Gravigny depuis mon départ précipité près d'un an auparavant.

De fait, je n'étais pas attendu sur le quai ; mais, à peine sorti de la gare, je vis arriver en trombe une grosse Talbot que je connaissais bien et qui stoppa devant moi. Sa figure charnue aussi rouge que s'il avait couru, le Dr Dousselin en sortit et m'embrassa avec effusion, puis mit mon petit bagage dans sa voiture et m'entraîna vers le buffet. Devant une tasse de chocolat — le café et le thé m'étant interdits — et, pour lui, un « petit blanc sec » suivi d'un second, voici ce qu'il me dit :

— Éloi s'en sort pour cette fois, mais il revient de loin. Il m'a fait une belle crise d'angine de poitrine. S'il veut tenir, il doit impérativement mener une vie calme et ne pas trop forcer sur la bouteille. Tu le savais que...

Je fis un signe affirmatif en portant mon regard sur le verre du docteur.

— Oui, mais moi, objecta-t-il, je mène une vie moins sédentaire et sais m'en tenir à la dose qu'il faut pour garder la forme. Remarque, il a des excuses !

Il se lança alors dans une diatribe contre son gendre, n'ayant pas de mots assez durs pour exprimer la perfidie de celui-ci, regrettant amèrement d'avoir, jadis, autorisé sa fille à l'épouser.

Quand les imprécations retombèrent et qu'il en arriva aux faits, je compris que cet emportement ne reposait pas sur une mésentente passagère.

Ce qu'il me révéla tout d'abord sans ambages ne me surprit qu'à moitié. La SIF et Tournebise dans son ensemble n'appartenaient plus à mon père. Le sieur Ducoudray s'en était rendu maître légalement, mais après avoir circonvenu son confrère par des manœuvres malhonnêtes.

D'autres avatars que celui-là étaient, hélas, venus s'ajouter, pour papa, à une liste déjà longue.

Faisant droit à sa proposition, Ducoudray avait engagé Roseline à la SIF peu de jours après mon départ. Elle s'y était montrée à la hauteur, prenant très vite le pas sur Jules Duclos et un certain ascendant sur Maxime Ducoudray lui-même. Très vite aussi, elle avait constaté que mon père ne possédait plus rien et n'avait plus voix au chapitre dans l'entreprise, ce qu'il n'avait pas eu le courage de lui dire. D'où une réaction furieuse et la remise en cause du mariage. Toutefois, il n'y avait pas eu rupture. Elle avait continué à vivre avec lui, imposant seulement un délai de réflexion avant de s'engager plus avant.

Après quelques semaines, Roseline devenait l'assistante de Ducoudray, ce qui légitimait les nombreux moments qu'ils passaient en commun. Il semble que l'industriel ait alors obtenu quelques encouragements de par une attitude équivoque, avec, pour résultat, de faire monter l'enchère. Roseline devint « directeur administratif », d'abord de la SIF, puis des deux sociétés, chaque promotion étant accompagnée de sérieux avantages pécuniaires.

Mais le jeu subtil auquel se prêtait la belle Israélite comportait des risques qu'elle n'évalua probablement pas avec assez de réalisme : le moment vint, en effet, où Ducoudray, désireux de toucher les dividendes de son investissement, se montra plus pressant. Et comme, l'ayant fait tomber dans ses filets sans intention de tomber dans les siens, elle ne voyait plus comment se défaire de lui, elle se replia sur une courtoise indifférence.

Un jour, il l'invita au restaurant sous prétexte de parler affaires. Décliner aurait été lui faire offense. Elle accepta par nécessité.

Ils n'étaient pas encore au milieu du repas qu'après une déclaration enflammée, il se dit prêt à quitter sa femme pour venir habiter Tournebise et filer enfin le parfait amour avec sa collaboratrice, mon père ayant été sommé de vider les lieux.

Roseline était d'un tempérament explosif. Elle ne sut se contenir et quitta aussitôt la table après avoir jeté sa serviette à la figure de son patron. Elle vint tout raconter à mon père, ajoutant :

— Si tu tiens à moi, partons d'ici, et vite. Cet individu me fait horreur et je ne veux pas le revoir.

— De quoi vivrions nous ! se désola mon père.

— Je n'en sais rien, rétorqua Roseline. Je ferai des ménages s'il le faut. Si tu hésites, je m'en vais avec la petite et je te préviens, je ne reviendrai pas sur ma décision.

Mon père tergiversa, et je le comprends. Il n'était plus à l'âge des décisions hâtives, ni en état de tout recommencer. Dans la semaine qui suivit, Roseline remballait ses affaires. Mon père l'aida à charger la Rosengart. Il embrassa sa fille en pleurant. Il embrassa Roseline qui promit de donner régulièrement des nouvelles. La voiture prit la direction de Lyon où habitaient depuis peu les parents Hoffmann. Peu de jours après, papa était prié de libérer l'habitation. Il devait à la présence de Roseline d'en avoir eu la jouissance jusque-là. Néanmoins, Ducoudray ne l'évinça pas de la SIF où sa compétence technique était fort appréciée.

L'algarade du restaurant était venue aux oreilles des Dousselin et de leur fille, d'où une demande d'explication et des scènes de ménage répétées. Le docteur ayant pris son gendre à partie, les choses s'étaient envenimées. Sur ses conseils, Simone avait demandé le divorce.

Maintenant, papa vivait seul, dans un logement modeste, à moins de cent mètres de l'habitation des Dousselin où se trouvait aussi le cabinet médical. Mathilde venait une fois par semaine faire le ménage. Simone, qui avait regagné le domicile paternel après vingt ans de mariage, lui faisait les courses et lui apportait ses repas. Le docteur lui rendait visite matin et soir.

Voilà ce que j'appris en un petit quart d'heure d'une fin de matinée grise, ce qui me donna l'impression de nager en pleine folie. Cette fois-ci, celle des autres. Je comprenais mieux toutefois certaines allusions, certains silences de papa, son attitude de plus en plus rentrée. Quant au départ de Roseline, il ne me mit pas au désespoir, même si j'éprouvais de la peine pour celui qui restait et resterait mon père et que le sort accablait maintenant plus que moi.

Tout change et passe. Le souvenir de la captivante jeune femme ne m'inspirait guère plus qu'une réminiscence esthétique presque dépourvue de sensualité. Inversement, l'intrigante qui était en elle devenait plus estimable puisque partie moins pour fuir papa démuni que Ducoudray prêt à lui ôter tout souci matériel. Ma pensée allait davantage à celle que, pendant quelques jours, j'avais considérée comme une petite sœur, une idée qui, détachée du contexte, ne m'avait pas déplu. Qu'allait-elle devenir ?

Le docteur laissa la Talbot devant son cabinet. Je le suivis dans une impasse jusqu'à une maison étroite au ton jaunâtre, comprimée entre deux autres plus hautes. Une grille séparait le trottoir d'une courette au sol de petits galets de rivière méthodiquement assemblés. Dans un angle, un toit bas formait abri. Outre une poubelle et un escabeau se trouvaient là divers objets que je reconnus. Comme je les avais toujours vus dans un autre décor et qu'ils étaient porteurs de souvenirs, leur présence en ce lieu me parut incongrue.

— L'appartement n'est pas très grand, dit le docteur en poussant la grille et en traversant, devant moi, la petite cour, mais il est de plain-pied, ce qui est préférable pour Éloi. C'est Simone qui l'a déniché.

Il frappa et entra aussitôt. Enveloppé dans une robe de chambre de cachemire bordeaux — dernier cadeau d'anniversaire de maman —, papa était allongé sur un canapé tout près d'un poêle à bois. Sans se lever, il me tendit les bras :

— N'aie pas peur, va ! Je suis plus solide que Dousselin ne l'imagine.

Quand je me penchai pour l'embrasser, il m'entoura le cou de ses deux bras et me retint plus longuement et avec plus de chaleur qu'à l'accoutumée, pendant que le docteur annonçait :

— J'ai fait ce que tu m'as demandé. Il sait tout ou presque. Il te reste à lui expliquer comment cette canaille de Maxime s'y est pris pour te truander jusqu'à l'os.

Et après une pause :

— Il va bien, ton gamin. Regarde comme il est beau ! Allez, il faut que je retourne à mes visites. Ne parle pas trop tout de même. Et surtout, n'oublie pas de prendre ta trinitine. Je reviendrai dans l'après-midi et Simone ne va pas tarder.

Décidément, Simone était très présente dans la vie de papa, que je trouvais bien peu rancunier. A moins qu'ayant besoin d'elle il fît taire ses ressentiments. Quant à elle, son dévouement était-il synonyme de rachat ? A la voir un peu plus tard évoluer dans la maison avec aisance, veillant à tout, et à les écouter se parler avec beaucoup de naturel et de douceur, je compris qu'une tendresse latente connaissait une résurgence dans le malheur. Cette constatation me rendit moins morose. Roseline était partie, mais papa n'était pas abandonné de tous.

Je demeurai une petite semaine à Gravigny. Il m'arriva de rencontrer dans la rue certaines connaissances de la génération de mes parents. Ou bien on faisait mine de ne pas me voir, ou bien on me disait quelques mots sur un ton compassé en évitant de parler de papa. Interrogée, Simone m'expliqua que l'arrivée de Roseline avait fait scandale et que les anciennes relations de mon père lui avaient tourné le dos avec unanimité. Elle-même subissait un sort comparable depuis qu'elle avait quitté son mari.

Je ne revis aucun de mes anciens camarades, garçons ou filles, tous étudiants ou encore collégiens, donc à l'extérieur de Gravigny en période scolaire. Quant aux garçons de la classe d'âge d'Henri, ils avaient été atteints par la mobilisation générale.

Mathilde accourut dès le premier jour et me tomba dans les bras en pleurant. A Tournebise, tout était bien triste. Son fils se trouvait quelque part sur la ligne Maginot. Siméon n'avait qu'une idée en tête : repartir dans sa Touraine natale.

Papa me raconta le subterfuge par lequel Ducoudray s'était rendu, à bon compte, propriétaire de Tournebise puis il me mit entre les mains un coffret que je n'eus aucun mal à reconnaître :

— Tiens ! dit-il. C'est à toi. Il y a là tous les bijoux de maman, sauf un collier et une bague dont j'ai fait cadeau à Simone, en souvenir d'elle. Je ne me suis pas senti autorisé à en offrir un seul à Roseline, même pour Annaëlle. Ne sachant pas de quoi l'avenir est fait, je préfère te les donner dès maintenant. Tu diras à ton grand-père de les mettre en lieu sûr.

Et il ajouta ces mots, peut-être les plus doux qu'il m'ait été donné d'entendre de ma vie :

— Plus tard, tu les offriras à ta femme. Grâce à toi, ils resteront dans la famille.

J'avais acquis la conviction — on sait comment et avec quelles conséquences — que l'artiste peintre dont maman s'était toquée était bien l'ex-amant d'Hélèna, cet individu douteux que j'étais bien obligé de tenir pour mon père naturel.

Souvent je m'étais dit que nul n'était mieux placé que Simone pour m'éclairer sur les circonstances de ce qui demeurait à mes yeux une abomination. Je n'aurais su espérer occasion plus favorable pour le lui demander. Désirant me retrouver seul avec elle, je décidai donc, dès le deuxième jour, de l'accompagner dans les courses qu'elle faisait pour mon père et pour elle.

Étonnée que j'en sache autant, elle marqua le pas lorsque je l'interrogeai, eut un instant d'hésitation ; sur quoi, peu soucieuse d'aborder ce sujet délicat au milieu de la rue principale, elle me précéda en direction d'une pâtisserie. Là, dans un coin tranquille du salon de thé, elle me fit le récit reproduit ici *in extenso* — du moins quant au fond.

— Apprendre, au cours de l'été 1933, qu'on avait retrouvé ton origine familiale a été vécu par ta maman comme un cauchemar. Une lettre de ton grand-père l'a un peu rassurée. Une autre de lui annonçant que ton père par le sang était en vie et habitait Lyon a été un nouveau drame.

» Peu après le passage du facteur, elle est arrivée chez moi lettre en main, me la mettant sous le nez puis se laissant choir dans un fauteuil. Elle était livide mais déjà déterminée à agir. Sans me donner le temps de lire plus de trois lignes, elle a décrété : "Il faut que je rencontre ce type, et vite, pour obtenir qu'il ne s'immisce pas dans la vie du petit. Et tu sais bien que je ne peux pas compter sur Éloi. S'il participait à la rencontre, il serait capable de tout faire capoter. Je ne peux pas non plus faire cette démarche seule. Il n'y a que toi qui puisses m'accompagner." Elle était mon amie. Naturellement, j'ai accepté. Nous voilà donc parties toutes les deux pour Lyon le surlendemain après avoir pris rendez-vous.

» Autant ta maman était arrivée chez moi deux jours plus tôt fagotée et coiffée à la diable, autant elle s'était mise ce jour-là en frais de toilette.

» M. Gauthier logeait au dernier étage d'un petit immeuble cossu construit sur les premières pentes de Fourvière avec vue sur la ville ; et je vois encore Evelyne dans l'ascenseur, avec son tailleur bleu roi et, planté sur le front, un petit chapeau coquin comme elle les aimait, celui-ci avec voilette pour mieux ménager ses effets. Elle était pâlichonne mais très en beauté et fleurait la lavande, consciente d'un charme de fausse ingénue et n'ayant rien négligé pour le rehausser. Torturée par l'angoisse, elle avait le regard fixe et une main crispée sur la poitrine. Je savais qu'elle ressassait pour la énième fois les arguments dont elle comptait user.

» La porte s'est ouverte sur un homme barbu d'assez belle allure, au visage soucieux. Comme il nous attendait, il était en costume de ville et faisait penser plus à un ingénieur ou à un médecin qu'à un peintre. Le fait est qu'il n'avait ni la tête, ni les manières d'un artiste tel qu'on se l'imagine.

» Après un accueil courtois mais où transparaissait une certaine gêne, il nous a précédées dans une immense pièce ressemblant à une boutique d'antiquaire, tant elle était surchargée de meubles, tableaux, bibelots et objets anciens. On y voyait aussi beaucoup de livres et de revues, soit sur des rayonnages, soit posés n'importe où et même sur les tapis. Un vrai capharnaüm mais sans laideur, plutôt harmonieux même, bien que mal dépoussiéré. Tout au fond, on voyait une belle armoire bressane et un lit à baldaquin en bois sombre, sculpté assez bizarrement de motifs d'inspiration gothique. Du côté opposé, on devinait un coin cuisine derrière une tenture. L'atelier était tout près mais nous ne l'avons pas vu.

» M. Gauthier nous a avancé des fauteuils de bridge. Visiblement, il n'était pas à l'aise et ne savait trop que dire. Et comme Evelyne, paraissant avoir perdu tous ses moyens, demeurait figée, je me suis efforcée, avec peu de succès, de rompre la glace.

» La première véritable phrase de M. Gauthier a été pour dire : "Je me suis permis de retenir une table dans une auberge du bord de Saône. Si vous voulez bien, nous allons nous y rendre. Ma voiture est en bas."

» C'est seulement en roulant que nous avons commencé à parler de toi. Quand il s'est installé au volant, ta maman à sa droite, il a paru se détendre un peu. Au bout d'un moment, il lui a dit quelques mots, assez heureux d'ailleurs, pour exprimer sa gratitude. Mais quand il a prononcé celui d'*abnégation*, elle a tenu à préciser, comme piquée au vif, qu'il n'y avait eu de sa part aucune idée de sacrifice, qu'elle t'avait aimé tout de suite parce que c'était "comme ça". Et quand il s'est étonné de l'absence de ton papa, elle a noyé le poisson en évoquant l'arrivée inopinée d'un client étranger.

» C'est en longeant la Saône qu'il nous a mis au courant de faits assez surprenants. Après la rupture avec Hélèna, il s'était embarqué comme matelot pour un voyage autour du monde dont il n'était rentré que trois ans plus tard. Enfant de l'Assistance publique, aucune autre attache familiale n'aurait su le retenir, disait-il, d'aller vers de nouveaux horizons à une époque où il ne savait que faire de sa vie. Et ce n'était qu'après son retour, et par un effet du hasard, qu'il avait entendu évoquer l'"affaire de l'inconnue au violon brisé". Il s'était alors renseigné discrètement. Constatant qu'il s'agissait bien d'Hélèna mais que le bébé avait été recueilli par une famille aisée et honorable, il ne s'était pas manifesté, ne se voyant pas "un gamin sur les bras". Il serait volontiers demeuré dans l'ombre si on ne l'en avait pas fait sortir. Il reconnaissait sans vergogne que, s'il avait agi ainsi, c'était moins pour le bien de l'enfant que par égoïsme, car la peinture — qu'il n'avait cessé de pratiquer au cours de ses voyages — était devenue une passion dévorante, étouffant toute autre considération.

» En entendant cela, ta maman, a frémi de bonheur, comprenant que la partie était gagnée d'avance. Elle a aussitôt abattu son jeu. Les vœux de l'un épousaient admirablement ceux de l'autre. Ne pas interférer dans ta vie, il ne demandait pas mieux.

» De ce moment, le climat s'est trouvé transformé. Confondus réciproquement de reconnaissance, ils ont noué un dialogue dépourvu d'arrière-pensées avec, cependant, plus de retenue chez M. Gauthier que chez ta maman qui, libérée d'un grand poids, devenait volubile. Un dialogue dont, bien sûr, tu étais le centre. Et je me souviendrai toujours du radieux sourire qu'Evelyne m'a dédié en descendant de voiture. Elle était aux anges.

» Pendant le déjeuner, elle a été éblouissante de verve et de charme. M. Gauthier lui donnait une discrète repartie. Je l'ai vu peu à peu se dérider, sourire par moments dans sa barbe. Avant la fin du repas, une petite lueur de vie dansait dans ses yeux gris lorsqu'il les posait sur elle, et je voyais bien qu'il s'intéressait à sa personne plus qu'à ce qu'elle disait. Lorsque le moment est venu de regagner la gare, il a exprimé le souhait d'une autre rencontre pour "mettre au clair les détails matériels" de leur accord. Elle a manifesté celui de voir sa peinture. Ils se sont quittés à regret en grillant de se revoir. Et je dois bien avouer que, depuis un long moment, j'éprouvais la sensation d'être de trop. A la manière dont ils se sont séparés, je puis même dire qu'il m'est venu comme une vague prémonition d'idylle. Il faut reconnaître que la situation était propice à une connivence entre eux.

» La suite, tu la connais... Ils se sont revus. Il lui a demandé de poser pour lui. Elle a accepté. Et il est vrai que je n'ai pas joué un rôle très flatteur. M. Gauthier l'attendait à la gare Perrache... Nous nous quittions à la descente du train pour nous retrouver en fin d'après-midi au même endroit. Je passais ces quelques heures avec d'anciennes camarades de pension. Pour détourner les soupçons, les rendez-vous ont ensuite été irrégulièrement répartis entre Lyon, Chambéry et Annecy.

» Ce qu'il faut que tu saches, c'est qu'entre eux, ce n'était pas une médiocre aventure. C'était un amour vrai, avec sa part de sensualité, bien entendu. J'étais dans les confidences d'Evelyne et puis t'assurer que ses moments de plus grand bonheur, elle les a vécus avec Aristide Gauthier, un homme tourmenté mais délicat et sensible qui la comblait.

Plus tard, beaucoup plus tard, Simone, avec qui je suis resté très libre, m'a avoué que, si elle avait servi de paravent à l'infidélité de maman, ce n'était pas seulement par amitié pour elle. C'était aussi pour se venger de papa, qui s'était jadis détourné d'elle au profit de sa meilleure amie.

Pour l'heure, ce que je venais d'entendre me laissait perplexe. Entre l'Aristide Gauthier de grand-père et celui de Simone, quelle dissemblance ! A se demander s'ils n'avaient pas rencontré des hommes différents avec seulement quelques similitudes entre eux. Seul n'avait pas varié, malgré la disparition de maman, le désir de me tenir à distance. Devant mon étonnement, Simone ne put que confirmer son témoignage : pour elle, Aristide était, comme moi, un écorché vif intériorisé, mais il ne ressemblait pas au stéréotype du peintre maudit présenté par grand-père, empruntant à la légende d'un Modigliani ou d'un Van Gogh.

17

J'étais donc rentré à Lyon avec une nouvelle énigme. Jusque-là, j'avais su faire taire une curiosité diffuse à l'égard d'Aristide Gauthier. Mais nul ne peut, d'un revers de main, faire litière du pouvoir attractif exercé par le père naturel, celui-ci fût-il coupable de toutes les perfidies et trahisons, ou même de crimes.

A nuancer cependant ! Cela n'avait jamais été une idée fixe. Mon cœur et ma raison me commandaient à l'unisson de tenir pour inexistant celui qui, après tout, n'était rien d'autre qu'un géniteur involontaire. Mais il est non moins vrai qu'en dépit de mes allégations contraires, je ne sais quel instinct sournois avait toujours refusé ce refus. « Curiosité » est cependant un mot trop étroit : il s'agissait bien d'un besoin de combler ce que je me refusais à percevoir comme une frustration, et qui en était une, entretenue par l'entêtement que l'homme aux deux visages mettait lui-même à m'ignorer.

Je ne jugeai pas utile de faire état, auprès de grand-père, de la contradiction flagrante sur certains points entre les deux portraits. En revanche, celle-ci ayant stimulé mon désir secret de rencontre, il s'imposa bientôt à moi comme une évidence qu'il m'appartenait d'en prendre l'initiative. J'avais cessé d'être un enfant, que diable ! Il faut savoir faire preuve de détermination.

Je me décidai donc à poster une lettre brève et rédigée d'un ton neutre, mais qui formulait explicitement une demande d'entrevue.

Cette lettre est restée sans réponse et j'ignore encore aujourd'hui si elle est parvenue au destinataire à qui la concierge de son immeuble l'a fait suivre, car il était sous les drapeaux. Je m'en étais un peu douté et en eus confirmation quelques semaines plus tard, par la mairie de Sanary. Bon gré mal gré, je fus contraint de différer l'exécution de ce projet conçu à un moment mal choisi.

En quittant Gravigny, papa m'avait donné l'adresse des parents de Roseline, me confiant une mission dont je lui avais promis de m'acquitter avec diligence. Il m'avait dit :

— Une lettre me donne à penser que Roseline a des ennuis dont elle ne veut pas parler, me sachant souffrant. J'aimerais que tu ailles voir ce qui se passe et comment elles vivent.

L'après-midi du surlendemain de mon retour, je me retrouvai devant une boutique de la montée des Carmélites sur la colline de la Croix-Rousse.

L'immeuble comprenait, outre le commerce, un entresol et deux étages aux fenêtres exiguës. A l'exemple de la plupart des maisons du quartier — un des plus vieux de Lyon —, il était vétuste et d'une tristesse de tombe. La devanture elle-même à panneaux étroits, juxtaposés, à peine plus large qu'un placard, ne reflétait guère la prospérité. Les boiseries, qui avaient dû être brun-rouge, tiraient sur un ton mat hésitant entre lie-de-vin et ocre. En de nombreux endroits, la peinture en était fendillée et même écaillée avec des plages de bois nu. Sur le vitrage de la porte figurait en lettres sombres l'inscription : *Tailleur pour hommes*. L'étalage se réduisait à trois ou quatre coupons de tissu en partie déroulés et drapés en éventail. Je ressentis comme un léger frisson au cœur en pensant qu'Annaëlle vivait ici et demeurai un instant cloué sur le trottoir, nez en l'air, avant de me décider à entrer. A l'entresol, une femme à cheveux blancs et visage flétri tirait l'aiguille, derrière une fenêtre au rideau relevé. En la voyant jeter sur moi un regard terne, je poussai résolument la porte.

Une puissante sonnerie me fit sursauter. Je descendis trois marches et me retrouvai dans un impressionnant demi-jour où planait une vague odeur de fumée. Il me fallut quelques instants pour accoutumer ma vue à ce qui m'entourait.

Étroite et basse de plafond, la boutique était occupée en grande partie de casiers maigrement garnis de pièces de tissu, et d'une large table pour les mesurer et les débiter. Sur cette table, d'autres pièces d'étoffe voisinaient avec une longue règle graduée et des catalogues de mode.

L'arrière-boutique était plus obscure encore, à l'exception d'un rai de lumière artificielle provenant d'une porte entrouverte, inaccessible à ma vue. Sans aucun doute celle de l'atelier. Dans la pénombre, on devinait la rampe vrillée d'un escalier en colimaçon reliant rez-de-chaussée en contrebas et entresol. Au bout d'un moment, un timide bruit de ciseaux m'annonça une présence humaine. Le rai lumineux s'élargit. Un homme à barbe grise et longue figure maigre s'y profila, puis vint vers moi à petits pas pressés, une calotte sur la tête et un mètre ruban, passé derrière la nuque, pendouillant sur de larges bretelles. Il avait l'air peu amène de quelqu'un qu'on dérange dans une tâche importante et qui ne songe qu'à y retourner. Je lui dis qui j'étais. Il ne fut pas surpris, papa ayant annoncé ma visite, et il esquissa un sourire gêné en me montrant un siège. Dans un mélange de yiddish et de mauvais français, il me dit que sa fille était allée chercher Annaëlle à l'école et qu'elles ne tarderaient pas. S'excusant de ne pouvoir me tenir compagnie en raison de retouches à finir pour un essayage, il s'esquiva du même pas alerte.

Quelques minutes s'écoulèrent dans le silence, à l'exception de quelques bruits sourds venant de la rue. Puis j'entendis courir devant la porte et une voix claire s'écria « Laisse-moi faire, maman ! » La sonnerie retentit. Une fillette apparut, suivie d'une femme que j'aurais eu du mal à reconnaître si j'avais eu à l'identifier tant elle était pâle et amaigrie.

Ne me prêtant aucune attention, Annaëlle s'élança aussitôt vers l'atelier en annonçant triomphalement :

— Papy Zacob, z'ai eu un bon point, tralala, tralalaire !

— Que venez-vous faire ici ? me demanda Roseline d'un ton agacé. Oui, je sais, votre père vous envoie. Il ferait mieux de m'envoyer un peu plus d'argent.

Avec des gestes las, elle prit place sur une chaise séparée de moi par une autre, reprit avec moins de nervosité :

— J'avais commencé à travailler chez un notaire, mais tous ces ennuis m'ont minée. Une grande fatigue m'a obligée à interrompre un travail à peine commencé. Pour tout arranger, le notaire m'a signifié mon congé. Ce que je reçois de votre père ne permet pas même de subvenir aux besoins les plus immédiats. Résultat : me voilà dans la dèche.

— Vous avez vos parents, fis-je observer.

— Oui, mais regardez comme c'est reluisant, ici. Papa gagne petitement sa vie et maman n'est plus guère en mesure de l'aider. C'est une femme usée. Encore heureux qu'ils soient en vie ! Ils se sont installés ici l'an dernier après avoir réussi à fuir Vienne[1] où ils ont été rançonnés et pillés par les SS. Ils étaient de riches négociants mais n'ont pu sauver que de quoi louer cette misérable échoppe et le petit appartement de l'entresol avec lequel communique l'escalier. Ils vivent au jour le jour... Bon ! je ne sais pas pourquoi je vous raconte tout cela. Votre père n'est guère mieux loti. C'est une mauvaise passe. Bientôt je me remettrai à chercher du travail. Avec tous ces hommes sous les drapeaux, il ne devrait pas être trop difficile d'en trouver.

Où était la splendide créature qui avait fait sur moi une si vive impression ! Peut-être qu'à l'époque mon imagination avait outrepassé la réalité, mais je voyais bien que la maladie avait fait une œuvre destructrice. La femme aux joues hâves que j'avais sous les yeux était mal coiffée, les cheveux tout serrés dans un mince chignon, et mise sans élégance ; mais elle n'avait pas perdu son air altier. Une petite toux sèche avait interrompu plusieurs fois ces explications.

— Vous n'avez pas bonne mine, observai-je. Avez-vous vu un médecin ?

— Non, mais mon père a des talents d'apothicaire. Je prends du sirop contre la toux et on me fait des sinapismes. Il me semble être en bonne voie de guérison. J'ai surtout peur que la guerre ne nous rattrape. A l'idée que les nazis recommenceraient ici ce qu'ils ont fait à Vienne, je suis terrorisée.

1. En 1938, l'Autriche compte trois cent mille Juifs pour six millions d'habitants, cinq fois plus qu'en Allemagne, dont deux cent mille à Vienne. Après l'annexion, le régime nazi s'acharne sur eux sous la conduite d'Adolf Eichmann. Beaucoup se retrouveront dans les camps de la mort.

— Même s'ils entraient en France, dis-je sans conviction, ils ne pourraient pas franchir la ligne Maginot.

Annaëlle ne tarda pas à revenir vers nous, un morceau de pain gris et une demi-barre de chocolat dans les mains.

— Regarde ce jeune homme, dit Roseline dont le ton s'était progressivement adouci. Il est comme un grand frère. Pour ton papa, c'est un fils.

La brunette se tourna vers moi et, après un bref examen sans concession, mais qui parut la rassurer, elle me dit :

— Alors, tu es Zan-Cy. Papa m'a raconté des histoires de toi quand tu étais petit. Dis, tu veux venir zouer au ballon avec moi ?

— Où veux-tu que...

— Il y a un jardin public pas loin d'ici, dit Roseline. Au bas de la rue. Si vous êtes libre, faites-lui ce plaisir, le temps de faire connaissance.

Lorsque je me retrouvai sur le trottoir, la main d'une petite fille guillerette dans la mienne, une sensation étrange s'empara de moi. La douce tiédeur de cette main confiante, ce babillage, ce sautillement gracieux sur une jambe, puis sur l'autre, me rappelaient irrésistiblement une autre petite fille, une autre petite sœur que j'aurais tant voulu voir grandir, dont j'aurais aimé être l'ami, le confident, le protecteur, à durée de vie. Ma gorge se serra. Annaëlle dut ressentir imperceptiblement mon trouble, car elle leva sur moi de grands yeux un instant inquiets. Et je ne sais pourquoi, ce regard sérieux, vaguement interrogatif, posé sur moi, me remplit de bonheur. Fugitivement, il me sembla que cette eau claire incorrompue laverait les plaies de mon âme.

Annaëlle fit alors un faux mouvement et le ballon rouge qu'elle tenait sous son bras replié s'échappa. Un rebond... Deux rebonds... Il allait nous prendre de vitesse dans la pente et je me précipitai, le saisissant après quelques enjambées. Pour tout autre, cela n'eût rien été. Pour moi, il en allait différemment. Jamais je n'avais pris le risque de recourir et venais de le faire machinalement. Sans doute avec maladresse car Annaëlle riait comme une petite folle.

— Pourquoi ris-tu, ma chérie ?

— Parce que c'est rigolo.

Je remarquai à ce moment précis qu'elle était pâle, mais que cette pâleur irradiait une lumière précieuse et pure.

— Alors on va recommencer, tu veux !

Plusieurs fois de suite nous avons laissé le ballon partir en bondissant pour le plaisir partagé de lui courir après et de l'intercepter. Je fus surpris de m'entendre rire. Et ce fut un enchantement que d'écouter se mêler nos deux rires.

En gravissant un peu plus tard la montée des Carmélites pour rendre Annaëlle à sa mère, je sentais mon cœur bondir dans ma poitrine. J'étais convaincu qu'un événement important — et heureux, cette fois-ci — venait de se produire. Pour cette autre fillette, je serais le pilier sur lequel on s'appuie, le chêne sous lequel on s'abrite... Dans mon hiver, elle serait la musique de tous les étés. Déjà je me sentais comme investi auprès d'elle d'une mission sacrée. Si je m'étais, jadis, senti éperdu de tendresse pour une petite fille au nom d'ange et désormais parmi les anges, je ressentais un sentiment comparable pour cette autre petite fille bien vivante et que tout concourait à rapprocher de moi.

Nous sommes entrés dans une boulangerie. Je lui ai acheté des sucres d'orge et un rouleau de réglisse. Elle a cassé en deux un sucre d'orge afin que nous croquions le même.

C'était un jour de soleil léger. Le temps était calme et tiède. J'avais oublié la guerre ou peu s'en faut.

— Si tu veux, nous irons voir ensemble cette Roseline, proposa Tati lorsque, le soir à table, j'eus achevé le récit de ma visite. A la Croix-Rouge, nous manquons d'ambulancières. Comme elle sait conduire, elle pourrait se joindre à nous quand elle sera bien rétablie.

J'émis des doutes sur l'aptitude de Roseline à une telle besogne dans un avenir proche, et suggérai que Tati soit accompagnée pour cette visite non par moi, mais par grand-père. Bien qu'il n'exerçât plus, il serait d'excellent conseil et se ferait une opinion sur la nature du mal dont souffrait la mère d'Annaëlle. On se rangea à mon avis. A tout hasard, grand-père se munirait d'une trousse médicale.

Quand ils rentrèrent le lendemain dans la soirée, je compris à leur expression soucieuse qu'ils étaient porteurs de mauvaises nouvelles.

— C'est grave ? demandai-je.

— Assez, dit grand-père. La nuit, elle a des accès de fièvre et de transpiration. Outre la toux dont tu as parlé, elle crache le sang depuis quelques jours et, à l'auscultation, on distingue de sérieux troubles respiratoires. J'y vois, hélas, une forte présomption de tuberculose pulmonaire. Avec toi, elle a préféré rester en dessous de la vérité, ne voulant pas ajouter de nouveaux soucis à M. Contamine. Il n'y a d'ailleurs pas lieu de s'affoler : prise à temps, la maladie n'est pas inguérissable. J'ai fait des prélèvements de sang et de crachats. Ils sont déjà en culture à l'institut Mérieux. Dans trois ou quatre jours, on saura s'il y a présence ou non de bacilles de Koch. A mon avis, les chances de ne pas en trouver sont infimes.

— Tu le lui as dit ?

— Pas aussi brutalement, mais il a bien fallu, en

raison des précautions à prendre. Je lui ai surtout recommandé de ne pas embrasser sa fille et de ne pas trop s'approcher d'elle.

— C'est affreux ! Et comment l'a-t-elle pris ?

— Courageusement, dit Tati. Mais quand ton grand-père a évoqué la nécessité probable d'un séjour en sanatorium, elle a objecté qu'elle ne pouvait pas compter sur ses parents pour s'occuper d'Annaëlle. Sa propre mère est en mauvaise santé et diminuée mentalement. Nous l'avons vue. C'est une loque. Pour se donner le temps d'y réfléchir avec ton grand-père et avec toi, je n'ai rien dit, mais il y a là un moyen de manifester à M. Contamine notre gratitude. Ce n'est pas non plus lui qui peut se charger de la petite. Si tu veux bien, nous pourrions la prendre avec nous, le temps pour la mère de se refaire une santé. Ton grand-père est d'accord. Ici nous nous organiserions. On ferait venir Valérie quelques heures de plus... Je me libérerais de certaines tâches... Qu'en penses-tu ?

Ce que j'en pensais ? La réponse devait se lire sur ma figure. Saisissant la main de Tati, je la portai à mes lèvres, me retrouvant aussitôt enveloppé de deux bras vigoureux. Je ne pus retenir quelques larmes. Il me semblait que, d'un seul coup, tout le passé me prenait à la gorge, mais qu'au-delà des vicissitudes et nonobstant les imbroglios sentimentaux, ce qui restait de mes deux familles se fondait en une seule, à l'exemple de tante Lisou partageant la tombe d'Hélèna. Il me fallut quelques minutes pour dissiper cette violente réaction émotive.

Le diagnostic de grand-père étant confirmé, Roseline dut se résigner à quitter Lyon pour le sanatorium du plateau d'Assy. Elle le fit avec la volonté de guérir, rassurée de savoir sa fille en de bonnes mains.

Dès lors, je consacre beaucoup de temps à

Annaëlle. C'est une enfant spontanée et plutôt gaie avec des moments de mélancolie. Grand-père l'emmène à l'école. Je vais la rechercher et contribue à lui apprendre à lire, à écrire, à compter. Elle a l'esprit vif et beaucoup d'imagination. Nous inventons ensemble toutes sortes de jeux. Je lui fais la lecture, lui raconte des histoires le soir pour l'endormir. Quand je suis plongé dans mes livres, elle passe de longs moments à dessiner et colorier sagement auprès de moi sur une petite table à sa taille. Plus que tout autre, je sais la consoler quand elle a du chagrin, la rasséréner quand elle est triste, l'entourer de soins maternels. Elle me prodigue de nombreuses marques d'affection.

Je sors peu. Mes heures de cours ne sont pas nombreuses et je m'instruis surtout par moi-même. Comme la plupart des Français, nous suivons de près l'actualité. N'ayant confiance ni dans la presse ni dans la Radiodiffusion française, nous écoutons beaucoup Radio-Lausanne et la BBC.

A cette époque, mes amours sont au point mort et le resteront longtemps. Une escapade de temps à autre dans l'atmosphère dégradante du quartier chaud de Lyon ne me satisfait guère ; mais les amourettes banales n'ont pas d'attrait pour moi. Je me refuse à faire le joli cœur pour obtenir d'improbables faveurs de personnes pour lesquelles je n'éprouve pas de sentiments profonds. Des relations fugaces, sans hypocrisie, s'accordent plus à mon tempérament que des fréquentations durables dans le mensonge.

Mon genou endommagé fonctionne enfin normalement et je me déplace beaucoup à bicyclette. Souvent j'y adapte un siège d'osier pour Annaëlle, ravie des petites promenades que nous faisons ensemble soit pour rendre visite à ses grands-parents, soit pour nous diriger vers le parc de la Tête-d'Or où il ne manque pas d'autres enfants pour de joyeux ébats.

Ce que je suis alors pour cette gamine de six ans ? Il est indéniable que l'absence de la mère et du père suscite chez elle un besoin affectif ne demandant qu'à se reporter sur d'autres. Tati, très occupée à l'extérieur — en dépit de louables intentions —, étant beaucoup moins présente que nous auprès d'elle, grand-père et moi en sommes les grands bénéficiaires ; et probablement s'attache-t-elle à nous moins pour ce que nous sommes que pour ce que nous représentons à ses yeux. Qu'importe ! Elle ne semble pas malheureuse et nous veillons sur elle.

Il est tout aussi évident qu'Annaëlle est pour moi, du moins dans les débuts, un substitut de Bénédicte. Qu'importe encore, ou plutôt tant mieux !

Oui, tant mieux, car ces comportements compensatoires nous ont aidé à vivre.

Telle est notre existence à Lyon au printemps 1940 alors que de lourds nuages s'accumulent sur la France et que le tonnerre commence à gronder.

Qu'en est-il à Gravigny et au plateau d'Assy ?

Papa s'est remis à travailler mais assez mollement. Désormais, Ducoudray le fuit, le laissant agir à sa guise dans une fonction aux contours élastiques de conseiller technique. Une fois par mois, Annaëlle et moi prenons le train pour lui rendre visite. S'il est heureux de nous accueillir, je vois bien qu'il supporte de plus en plus mal les terribles froissements que lui ont réservés les dernières années, et qu'il lutte contre la désespérance ; mais bien mal, ayant perdu le goût de la lutte. D'où un certain détachement qu'il s'efforce de masquer par de multiples attentions. Seule Simone paraît maintenant en mesure de lui apporter un certain apaisement. Et je jurerais que, s'il a plaisir à nous voir arriver, il en a plus encore à nous voir repartir le surlendemain.

Le plateau d'Assy n'est pas très éloigné de Gravigny et nous y faisons un aller et retour par le car, le dimanche après-midi.

L'univers clos où vit maintenant Roseline n'entame en rien sa détermination à recouvrer la santé. Lentement, elle s'achemine vers la guérison. Après quelques mois, elle est même en mesure d'accomplir certaines tâches autour de malades plus gravement atteints. Cependant, son retour n'est pas envisagé pour un avenir proche.

La rencontre de la mère et de la fille est trop pénible pour être renouvelée fréquemment. Lors de la séparation, Roseline demeure très digne, sachant refouler ses larmes, mais il faut user de stratagèmes pour détourner l'attention d'Annaëlle de sa mère après l'avoir quittée. Pendant deux ou trois jours, elle demeure agitée. Roseline elle-même nous recommande d'espacer les visites.

Pendant les premiers mois de 1940, la guerre n'a donc, somme toute, que des effets mineurs sur notre vie. Des uniformes, mais des uniformes français. Quelques mouvements de troupe. Certes, la chanson *On ira pendre notre linge sur la ligne Siegfried*, interprétée par Ray Ventura et ses Collégiens, ne fait plus recette. Nous vivons une expectative inquiète. Cependant le pessimisme n'envahit pas tout. Une certaine torpeur s'est abattue sur la France.

Tout à coup, les mauvaises nouvelles tombent à un rythme effrayant.

Les yeux rivés à la carte de France, on ne sait plus où planter les petits drapeaux tricolores encore neufs tant l'avance des *Panzer* est foudroyante, soutenue par une irrésistible supériorité aérienne.

On apprend successivement, en un mois, la capitulation des Pays-Bas, de la Belgique, la percée allemande à Sedan, le repli des troupes françaises et du corps expéditionnaire britannique sur Dunkerque, l'embarquement de celui-ci et de bon nombre de Français[1] sous les attaques en piqué des terrifiants *Stuka* — leurs compagnons étant, pour la plupart, voués à la captivité. Le 14 juin, à cinq heures du matin, l'armée allemande pénètre dans Paris déclarée « ville ouverte ». Le même jour, elle engage l'offensive contre la ligne Maginot.

Abasourdis, les civils se regardent :

— Alors quoi ! notre armée ?...

Réponse :

— Il n'y a pas de véritable armée.

— On nous avait pourtant dit...

— Taratata ! C'était une parodie d'armée.

Les faits sont têtus. Force est bien de voir la réalité en face, si terrible soit-elle. Elle a nom débâcle, exode, joug hitlérien, colonnes de prisonniers français en route pour les stalags. Et chacun de rentrer chez soi tête basse. Il faut se préparer au pire.

Le 17 juin, les Français pleurent mais sont soulagés en écoutant une voix cassée et rassurante déclarer : « *C'est le cœur serré que je vous dis aujourd'hui qu'il faut cesser le combat.* »

Le lendemain, une autre voix plus jeune, plus grave et mieux assurée y fait écho depuis Londres, peu entendue en France.

Tati ne sait plus où donner de la tête devant le déferlement de réfugiés venus de l'Est et qui fuient vers le Sud. Il faut leur trouver un toit, les nourrir, soigner leurs blessés et leurs malades.

---

1. 235 000 Anglais et 115 000 Français réussissent à embarquer. L'armée française qui couvre l'évacuation commune abandonne 150 000 prisonniers aux Allemands et tout le matériel lourd.

Au volant d'une camionnette de la Croix-Rouge, elle va d'un centre d'accueil à un autre, dispensant des secours, organisant, encourageant, battant le rappel des bonnes volontés. Confiant Annaëlle à Valérie, grand-père et moi l'aidons du mieux que nous pouvons et ma bicyclette m'est d'une grande utilité pour transmettre des messages aux uns et aux autres. Le reste de mon temps, je le consacre à la répartition des vivres. Comme les médecins manquent, grand-père est lui-même sur la brèche du matin au soir.

Par bonheur, nous sommes dans la zone non occupée. Les Juifs y seront-ils pour autant en lieu sûr ? Nombreux sont ceux qui franchissent la ligne de démarcation pour se mettre à l'abri.

Car les mesures antisémites ne tardent pas. En août, interdiction d'exercer certaines professions. *Numerus clausus* pour d'autres. Verrouillage de l'accès aux grands corps de l'État. Nombre de fonctionnaires juifs sont révoqués. Les préfets sont autorisés à interner dans des camps spéciaux ou assigner à résidence forcée les « ressortissants étrangers de race juive »[1]. La terrible machination est en branle. Nul n'imagine cependant, en France, les sommets qu'elle atteindra dans la cruauté et l'ignominie.

Entre autres mesures discriminatoires, on prive de nationalité française les naturalisés. C'est précisément le cas de Roseline. Arrivée à Paris à dix-huit ans pour y poursuivre ses études, elle avait contracté un premier mariage, à vingt et un ans, avec un citoyen français. Peu favorable à cette union, la famille du prétendant l'avait finalement admise, sous condition que la jeune fille soit naturalisée au préalable. Bien que sans conséquences immédiates graves pour la mère d'Annaëlle, cette dénaturalisation ne laisse pas

1. On dénombre quelque quarante mille internés à la fin 1941.

d'être inquiétante. Au sanatorium, Roseline est toutefois inscrite sous sa fausse identité que des papiers attestent. Sauf enquête approfondie on peut donc l'espérer hors d'atteinte.

Selon le statut des Juifs promulgué dès octobre 1940, Annaëlle n'est pas considérée comme telle, deux de ses grands-parents ne l'étant pas. Et puis, qui irait alors imaginer que l'on massacrerait des enfants au nom de l'*aryanisation* ?

Les plus exposés sont indéniablement les parents Hoffmann. Ils vivent sous leur véritable identité. Leur nationalité autrichienne les place même dans la catégorie la plus menacée. Plusieurs fois Tati et grand-père les ont adjurés de ne pas demeurer à Lyon, mettant Castelroc à leur disposition pour y vivre clandestinement en attendant des temps meilleurs. Le grand-père d'Annaëlle s'y est refusé malgré de fréquentes inscriptions haineuses sur les volets de sa boutique ainsi que des « papillons » de propagande hostiles aux Israélites.

De loin en loin, je continue de prendre le train pour Gravigny la main d'Annaëlle précieusement serrée dans la mienne. La pensée qu'elle reverra successivement son papa et sa maman la rend heureuse mais nerveuse plusieurs jours à l'avance. Bien que Roseline ne soit pas très maternelle, sa fille l'adore et, en dépit des efforts déployés pour lui éviter de trop penser à elle, souffre de son absence. Papa est à ses yeux beaucoup plus lointain. Pour l'heure, c'est moi qui joue le rôle du père et elle ne semble pas s'en étonner.

De Gravigny, c'est maintenant le Dr Dousselin qui se charge de nous conduire au sanatorium. Papa ne se joint pas à nous. Simone lui tient compagnie.

Le Dr Dousselin n'est pas à court d'essence. Ayant, comme papa, une confiance aveugle en Pétain, il est redevenu maire et milite dans la Légion[1], ce qui lui confère certains avantages. Cependant, ce n'est pas par intérêt qu'il est entré à la Légion. Par cet engagement, il croit fermement faire preuve de patriotisme et participer à une œuvre de redressement national. Papa en fait aussi partie mais plus prosaïquement, son état de santé ne lui permettant guère de s'y montrer actif. Ils n'en sont pas moins ulcérés d'avoir « fait la dernière » pour rien, et violemment hostiles à l'occupant. Le *boche*, c'est l'exécration, à égalité avec le bolchevisme. Mais ils estiment que Vichy « limite la casse », spécialement dans la politique antijuive. Pétain le protecteur ! Pétain l'intercesseur ! Pour eux, le paysage politique se résume à un seul homme paré de toutes les qualités. De Gaulle n'est, au contraire, qu'un velléitaire que l'ambition égare, confortablement assis dans son fauteuil londonien. Je me garde bien de dire que grand-père et Tati sont d'un avis différent. Je les soupçonne même de ne pas utiliser la camionnette au seul ravitaillement quand ils partent de nuit, ce qui est de plus en plus fréquent. Entre les uns et les autres, je ne sais que penser.

Par ailleurs, notre vie quotidienne est celle de la plupart des Français, pour qui se nourrir est devenu la préoccupation majeure.

La Packard étant immobilisée pour cause de pénurie d'essence, Tati et grand-père se sont remis au vélo. Nous avons fait construire une remorque légère mais solide avec son armature de tubes soudés revêtue de contre-plaqué, et qui s'arrime à celui de grand-père. Pour nous rendre à Castelroc, nous y installons Annaëlle. Après vingt à vingt-cinq kilomètres de bonne route, nous laissons les vélos dans une ferme

---

1. Légion française des Combattants. Les légionnaires et amis de la Légion sont 25 000 en Haute-Savoie.

pour continuer à pied en tirant la remorque et Annaëlle à l'intérieur, sauf quand elle a envie de gambader. Ces randonnées sont pour nous un plaisir. Le lendemain, nous rentrons par des chemins détournés avec, dans la remorque aux côtés d'Annaëlle, du beurre, du fromage, des œufs, obtenus dans des fermes où Tati est connue ; quelquefois un poulet, un lapin, un morceau de viande provenant d'un abattage clandestin. Quelle aubaine à un moment où les corbeaux se vendent dix francs pièce sur le marché de Lyon ! Et puis des légumes, des fruits, une bonbonne de vin... le tout négligemment recouvert de vêtements.

Le 14 mai 1941, nous apprenons que la police française arrête les Juifs étrangers et les livre aux Allemands qui les déportent.

Cette fois, le père de Roseline se laisse convaincre. La nuit suivante, nous l'aidons à entasser dans la camionnette ce que sa femme et lui possèdent de plus précieux. La vieille dame est comme hébétée et dépourvue de forces. Nous la faisons voyager sur une pile de couvertures, la tête calée sur les genoux de son mari.

A Castelroc, deux pièces du rez-de-chaussée avec accès à la cuisine sont mises à leur disposition. En notre absence, les volets restent clos, sauf ceux donnant sur le parc à l'intérieur duquel on peut évoluer sans crainte d'être vu. Ils sont ravitaillés régulièrement grâce à des âmes charitables et qui acceptent un certain risque : le couple chargé de l'entretien, le maire et sa femme, le curé et sa servante. Mais, si les gens vous promettent le secret, leur langue ne les autorise pas forcément à le garder. Nous apprendrons assez vite que le cercle d'initiés s'est élargi et qu'à peu près la moitié du village — une dizaine de foyers — se fait un devoir de venir en aide à nos *locataires* ; l'autre moitié sachant parfaitement à quoi s'en tenir sur les raisons de leur présence à Castelroc. Apparemment, rien ne filtra à l'extérieur du village et c'est tout à son honneur.

Pour la grand-mère d'Annaëlle, l'heure de rendre son âme à Yahvé ne tarda pas. Un samedi de juillet, nous devions trouver Jacob Hoffmann seul au manoir. La dépouille de Sarah Hoffmann occupait provisoirement le tombeau du Pharaon. L'inhumation avait eu lieu en présence d'une vingtaine de personnes. Le rêtre s'était contenté de prier, n'étant pas admis à officier. Les villageois étaient venus avec des fleurs et des mines de circonstance, comme s'il s'agissait d'un des leurs.

18

Le risque de censure nous interdisant toute correspondance avec Roseline à propos de ses parents, grand-père et Tati se dévouèrent pour aller lui annoncer la mort de sa mère et rechercher avec elle une solution pour son père. Il ne pouvait pas indéfiniment demeurer seul à Castelroc.

Ils revinrent avec une nouvelle déchirante pour moi, que j'accueillis cependant avec faveur.

Au sanatorium, la mère d'Annaëlle avait fait la connaissance d'un coreligionnaire alsacien, le Dr Benjamin Schwartz. Traqué et connaissant le médecin-chef, il y avait trouvé asile avant de gagner la Suisse, terre bénie des fugitifs. Assez bien rétablie, Roseline comptait le rejoindre après avoir récupéré Annaëlle et « refaire sa vie » avec lui. Homme prévoyant, le Dr Schwartz avait, en temps utile, déposé des fonds dans une banque genevoise, ce qui faciliterait grandement l'entreprise. Avec de vrais faux papiers, franchir la frontière à un poste de douane ne semblait pas une gageure, même si la partie n'était pas jouée d'avance. Avec la complicité de la Croix-Rouge, le vieux Jacob Hoffmann les rejoindrait au cours des jours suivants.

On utiliserait une filière expérimentée avec succès par le nouveau futur mari de Roseline.

Il m'appartint d'accompagner Annaëlle pour ce voyage de l'adieu. De part et d'autre, il y eut des larmes en se quittant et la promesse de se revoir dès que possible. Nous étions passés par Gravigny. Papa avait pu l'embrasser et la cajoler, moment pathétique qui prendrait toute sa dimension ultérieurement.

A tous, il nous tardait d'avoir confirmation que mère et enfant avaient franchi la douane sans encombre. Moins d'une semaine plus tard nous recevions une carte avec ces mots d'une écriture appliquée qui m'était familière : « Je mange bien. Je dors bien. Caroline aussi. Je vous aime. Gros bisous. Annaëlle. » Nous étions libérés d'un grand poids.

Car les intentions du IIIe Reich, bien relayé par Vichy, se précisaient. Les mesures antijuives devenaient de mois en mois plus répressives, s'appuyant sur une propagande qui réveillait un endémique courant antisémite ralenti pendant la guerre.

En juin de cette année 1941, un nouveau statut avait été substitué à celui d'octobre 1940. Il obligeait notamment les Juifs de la « zone libre » à se déclarer dans les préfectures et on verrait ultérieurement les conséquences de ce recensement. Or, il suffisait selon ce même statut d'avoir deux grands-parents israélites (au lieu de trois précédemment) pour être considéré de race juive. C'était le cas d'Annaëlle. Nous ne l'avions pas déclarée, mais une dénonciation n'était pas à exclure. Nous avions donc l'esprit plus en repos tout en souffrant de son absence ; surtout moi qui lui avais consacré beaucoup de temps pendant près d'un an.

Au cours de la période qui suivit son départ, elle me trotta beaucoup par la tête. Je la revoyais dans différentes attitudes et expressions, l'entendais babiller, chanter, pleurer, pousser de petits cris aigus — car elle avait ses caprices et ses moments d'exubérance. Je mesurais le mal que j'aurais à me détacher d'elle si la vie nous y obligeait. Bien que géographiquement assez proche, elle me semblait, dans l'époque tourmentée que nous vivions, presque aussi loin que Bénédicte.

Quelques jours avant de rejoindre sa mère, elle avait soufflé un gâteau de huit bougies. Ma « seconde petite sœur » y avait gagné la poupée dont elle nous donnait des nouvelles.

Pour le grand-père d'Annaëlle, passer en Suisse était plus périlleux.

Une ambulance de la Croix-Rouge le déposait, dans la soirée du 15 novembre, à peu de distance de la frontière. C'était le point de ralliement d'un petit groupe de fugitifs qu'un passeur devait prendre en charge. Après deux ou trois kilomètres parcourus sous la lune, ils seraient en sécurité.

A l'heure dite, le passeur ne se présenta pas. Terrés dans les buissons, les malheureux l'attendirent deux bonnes heures. Sur quoi, transis et morts de frayeur, ils décidèrent de tenter l'aventure par eux-mêmes. Ne connaissant pas la région, ils se retrouvèrent dans une zone infranchissable, revinrent sur leurs pas, tournèrent en rond, finissant par se faire repérer. Pris en chasse, ils furent aisément appréhendés, sauf un garçon de dix-sept ans qui put se camoufler en grimpant dans un arbre.

Après la guerre, Roseline et le Dr Schwartz — devenu son mari — entrèrent en contact avec le passeur, un ancien douanier habitant un village frontalier de Haute-Savoie. Ayant constaté, en se rendant au lieu de rendez-vous, qu'il était pris en filature, il s'était détourné pour *promener* ses poursuivants à travers la campagne dans une toute autre direction, leur faisant croire qu'il braconnait. Le cas était prévu, des pièges et des collets tendus en permanence servant de pièces à conviction. Quand il avait pu enfin se rendre à l'endroit convenu et n'y trouvant personne, il s'était efforcé de rejoindre le groupe en péril. Si celui-ci l'avait attendu une petite demi-heure supplémentaire, il serait probablement arrivé à bon port. Il n'avait pu qu'assister de loin à l'arrestation.

Jacob Hoffmann et ses compagnons d'infortune ne verraient pas la terre promise. Pire, ils connaîtraient l'enfer. Ils furent tout d'abord dirigés sur un camp d'internement de la « zone occupée », antichambre de déportation. Ils feraient partie, en mars 1942, d'un convoi à destination d'Auschwitz, d'où aucun ne revint.

Certains sont entrés dans la Résistance par esprit patriotique ou sentiment du devoir. D'autres, beaucoup plus nombreux, par nécessité de prendre le maquis. D'autres encore par révolte contre les exactions de l'occupant. Pour mon compte, je n'y suis pas entré. Je m'y suis retrouvé assez tôt sans le vouloir vraiment. Et si j'y suis resté, ce fut essentiellement par besoin de me prouver, et de prouver à d'autres, que je n'étais pas une chiffe molle ni un pleutre ; de refouler l'enfance ; d'accéder à plus de virilité ; de me forger une identité bien à moi.

La conviction d'agir en patriote n'était pas moins présente. Être d'ascendance partiellement britannique ne me déplaisait pas, mais je me sentais profondément français.

A l'époque, *servir son pays* a toutefois deux acceptions. Pour la majorité des jeunes gens, le milieu social et familial — spécialement l'opinion du père — détermine le choix de l'un ou l'autre camp. Et je le dis en toute objectivité : si j'étais demeuré à Gravigny et sans handicap, je serais très certainement devenu SOL[1]. La chance d'avoir été du bon côté de la barrière, je la dois à ma nouvelle famille.

Grand-père était médecin. C'était un homme serviable. Tati était une femme altruiste disposant de moyens d'action exceptionnels de par ses relations et son rôle à la Croix-Rouge. Les conditions étaient donc réunies pour faire d'eux la providence des clandestins. Sensibilisés plus que d'autres au sort des Juifs — auquel beaucoup de Français se montrèrent assez indifférents —, ils devinrent le cœur d'un réseau d'entraide qui sauva de nombreuses vies humaines. Quand il fut décidé que les enfants israélites de la zone non occupée seraient déportés avec leur famille, ils se démenèrent et prirent de gros risques en coopération avec des congrégations religieuses. Non seulement des enfants mais des familles entières échappèrent à la coercition grâce à ce réseau.

Ils me tinrent au courant assez vite, ne voulant pas me faire partager les périls, insistant pour que je m'éloigne momentanément. J'avais assez de fierté et d'humanité pour refuser tout net et exiger, au contraire, de participer. Je devins alors une estafette, parcourant Lyon et sa banlieue à bicyclette avec une certaine crânerie. J'entends par là cette fausse hardiesse venue d'une peur au ventre maîtrisée, parfois même oubliée dans l'action. Elle s'accompagnait d'une obscure délectation sensorielle à combattre cette peur.

Certes, nous étions en « zone libre », mais la police de Vichy, ses indicateurs et ses agents secrets ne restaient pas inactifs. Je subis de nombreux contrôles

1. SOL. Service d'ordre de la Légion, créé en 1941 par le régime de Vichy.

d'identité et plusieurs fouilles, dont une au commissariat de police d'Oullins où je fus quelque peu molesté. Ce jour-là et à plusieurs reprises, une petite rouerie me sauva. Quand il m'était dévolu d'acheminer de faux papiers, je me faisais mettre un pansement au bras endommagé. Systématiquement, ce pansement était jugé suspect et on en déroulait la bande de contention. On découvrait alors des compresses imprégnées de sang — animal —, d'où dépassaient de vilaines coutures, lesquelles étaient bien à moi. Quand on me demandait comment je m'étais fait cette plaie, je répondais : « En faisant de la varappe. » Après avoir réenroulé la bande, on me laissait repartir sans imaginer que des documents étaient cachés... dans la pompe à vélo. Mais il s'agissait, le plus souvent, d'une transmission verbale de renseignements pratiques, tels que lieux et heures de rendez-vous ou adresses. Le principal danger était de se faire repérer et prendre en filature pour être intercepté en arrivant à destination, au risque d'entraîner la perte de ceux que l'on voulait sauver.

Au fil des rencontres, les missions s'étendirent, sans que j'y fasse obstacle, à d'autres clandestins que les Israélites, tels que prisonniers de guerre évadés et plus tard jeunes gens réfractaires au STO[1] et qu'il fallait aider à gagner le maquis. Un jour, on me révéla que j'étais membre de l'AS[2]. Comme M. Jourdain pour la prose, je m'étais mis à faire de la Résistance sans le savoir.

En novembre 1942, la zone dite libre avait été envahie. Je n'en avais pas moins continué mon rôle d'agent de liaison en redoublant de prudence. La

1. STO : Service du travail obligatoire. Travail forcé en Allemagne institué en février 1943 pour les jeunes gens nés en 1920-21-22.

2. AS : Armée secrète.

France vivait dans une douloureuse léthargie, mais une activité fébrile se développait dans l'ombre.

Castelroc était d'une grande utilité, devenu un point névralgique de l'AS avec poste émetteur-récepteur, soins aux blessés, hébergement des « sans domicile fixe », transit d'armes et de munitions. Grand-père s'y trouvait fréquemment. Il finirait par y être à demeure alors que Tati devenait un maillon essentiel de la résistance lyonnaise.

On me fit gagner à mon tour le maquis au cours de l'hiver 1943-44, estimant que j'étais « grillé » et rendrais plus de services dans la clandestinité en étant moins exposé. En réalité, c'était quitter un guêpier pour un autre. L'Italie ayant capitulé en septembre, les troupes de la Wehrmacht occupaient à leur tour la Haute-Savoie sur laquelle je fus dirigé. Et la répression à laquelle participeront activement la Waffen SS et la milice de Vichy y serait impitoyable.

Les FFI[1] se structuraient. Mes légers handicaps me tenaient à l'écart des actes de sabotage ou même des « coups de main » de ravitaillement ou d'équipement. Je ne fus donc qu'un modeste auxiliaire simultanément traducteur, opérateur radio, décrypteur et concepteur de messages codés, rédacteur de tracts. Je prenais aussi mon tour de garde et savais devenir aide-cantinier ou aide-cuistot à l'occasion. L'une de mes occupations favorites parmi celles qui m'incombaient était de capter les émissions de la BBC en langue anglaise — sur une radio alimentée par une batterie d'auto — et de résumer en français pour mes chefs les informations entendues. Peu de maquisards possédaient assez d'anglais pour se livrer à cet exercice, ce qui me valut beaucoup de considération, ainsi que la joie d'annoncer le Débarquement et quelques

1. FFI : Forces françaises de l'intérieur.

autres bonnes nouvelles. Quant aux mauvaises, il m'arrivait de les édulcorer, ou même de les taire si elles étaient de nature à saper le moral de mes compagnons sans avoir de conséquences directes pour eux.

Lorsque vint le temps des parachutages, on m'attribua les galons de sergent et je fus un scrupuleux comptable du matériel tombé du ciel dans des containers, et de sa répartition.

Peu avant la Libération, je fus promu officier de liaison au grade de sous-lieutenant, avec mission de faciliter les contacts entre Américains et Français. J'étais donc aux côtés des chefs FFI qui accueillirent les troupes américaines quand elles entrèrent à Annecy fin août, et fis rire plus d'un GI par mon accent, alors que j'avais tant de mal à m'habituer au leur.

Deux jours après la libération d'Annecy, j'arrivai à Gravigny, assez tard dans la soirée, sur une Harley-Davidson pilotée par mon homologue américain, le lieutenant Bob Wood, dit Bobby, originaire du Kansas, dont je m'étais fait un ami. J'avais hâte de rassurer mon père. Il me savait au maquis et je ne doutais pas qu'il ait vécu dans les transes, surtout depuis le sanglant affrontement des Glières. En outre, je n'étais pas mécontent de me présenter à lui en uniforme d'officier.

La petite ville était en fête. On avait exhumé oriflammes et drapeaux tricolores demeurés longtemps enroulés sur eux-mêmes dans d'obscurs coins de greniers. On en avait dégourdi l'étoffe défraîchie mais qui reprenait subitement couleur. Sous les guirlandes lumineuses suspendues à la hâte, on y voyait comme en plein jour. Gravigny était libéré depuis la veille et, sur la grand-place, un bal populaire battait son plein, rehaussé d'uniformes disparates et de robes à fleurs aux couleurs vives. Dans l'impossibilité de se frayer un passage, il fallut ralentir, puis stopper.

Il y eut aussitôt des regards ébaubis. Mon conducteur coupa les gaz. Des cris de joie fusèrent de toutes parts. Très vite, un déplacement de foule se produisit des alentours du kiosque à musique vers nous, tandis qu'une clameur joyeuse s'élevait. Je ne tardai pas à en comprendre la raison : c'était le premier GI apparaissant à Gravigny.

Tandis qu'une forêt de bras soulevait dans les airs, comme une plume, les quatre-vingt-cinq kilos de Bobby Wood pour le porter en triomphe, quelqu'un s'écria, dans une tonalité perçante : « C'est le fils Contamine, le rescapé ! » Je bénéficiai aussitôt d'une ovation. On vint m'embrasser, me serrer dans les bras. Le service d'ordre dut me protéger tant j'étais tiraillé et assailli de démonstrations d'amitié, dans un brouhaha soutenu par les flonflons du bal. Les temps n'étaient plus les mêmes : je recevais des honneurs qui me semblaient immérités, n'ayant aucun fait d'armes à mon actif. Mais, dans ce tourbillon, je perdais un peu le sens des réalités, m'abandonnant à la saveur d'avoir gagné la considération de concitoyens qui m'avaient battu froid si peu de temps auparavant.

Je reconnus de nombreux visages. Curieusement, certains n'étaient pas aussi détendus que ne l'aurait voulu la situation. Je remarquai même des expressions interrogatives et gênées à la fois, qui détonnaient dans l'allégresse générale.

Après un court espace de temps, j'entendis une voix mâle proférer : « Laissez-moi passer ! » Elle m'était familière. Béret sur l'oreille, un lieutenant de FFI jouait des coudes en venant dans ma direction aussi vite qu'il le pouvait. Contrairement à moi, il avait la prestance d'un chef de guerre. C'était Jean-Luc Rivière, le futur mari de Carine. L'air grave, il m'entoura amicalement les épaules du bras et, se faisant ouvrir une brèche dans la cohue, me tira à l'écart de la fête.

Dès qu'il fut possible de se parler, il me demanda d'une voix peu assurée :

— Es-tu au courant de ce qui s'est passé à Tournebise ?

— Au courant de quoi ? balbutiai-je, perplexe et saisi d'inquiétude. Non, nous arrivons d'Annecy à l'instant.

— C'est ce que j'ai pensé. Sinon tu n'aurais pas eu ce sourire. (Et à son expression je compris qu'un malheur était arrivé.) Ton père...

Je le considérai avec stupeur :

— Quoi, mon père ? Accouche, nom d'un chien !

Il hésita encore un instant, puis la main fit, avec retenue, le geste de couper quelque chose avec la paume. Un frisson me parcourut l'épine dorsale.

— Tu veux dire...

— Fusillé par les Allemands. Tu peux être fier de lui : il a sauvé dix personnes de la mort. Ne sois pas trop malheureux. C'est peut-être mieux pour lui. Il figurait sur la liste noire du Comité d'épuration.

— Mais il n'aurait pas fait de mal à une mouche, protestai-je, fou de douleur et de révolte.

— Certainement, mais il n'a jamais caché ses sympathies pétainistes et s'est beaucoup affiché avec Dousselin.

Me retenant pour ne pas fondre en larmes, je m'insurgeai :

— Le Dr Dousselin n'est pas non plus un traître !

— Le fait est qu'il n'y a rien de très évident à lui reprocher, mais il a eu le tort de revenir à la mairie par le biais de la Légion. En ce moment, la justice est expéditive et les communistes jettent tout leur poids dans la balance. Il a été exécuté ce matin à son domicile.

Connaître les circonstances de la mort de papa me fut aisé, car les témoins étaient nombreux.

Environ trois semaines avant la Libération, une automitrailleuse de la Wehrmacht tombait en panne sur la route nationale, à peu de distance de Tournebise. Pour ne pas retarder la colonne blindée dont elle faisait partie, le colonel qui la commandait fit remorquer le véhicule jusqu'à l'usine et demanda le directeur. Ducoudray se présenta. Il se vit imposer la présence de l'automitrailleuse pendant deux ou trois jours, temps nécessaire pour se procurer une pièce de rechange. Il aurait à répondre personnellement de toute détérioration.

Face à cette menace, Ducoudray fit pousser l'encombrant engin à l'intérieur de l'usine et demanda des volontaires pour un tour de garde nocturne, une tentative de sabotage n'étant pas à exclure. L'objectif n'étant pas de s'interposer mais de dissuader, par crainte de représailles, certains ouvriers acceptèrent — tous d'âge mûr car il n'y avait plus de jeunes.

Ce que l'on redoutait se produisit. Un commando masqué fit irruption au cours de la seconde nuit. Les trois ouvriers de garde tentèrent en vain de parlementer. Ils avaient devant eux des hommes résolus, se retranchant derrière les ordres. Contraints d'ouvrir les portes, ils ne purent qu'assister de loin au plasticage du véhicule en se bouchant les oreilles. La charge était forte. Elle emporta du même coup une partie du toit, toutes les vitres, et mit à mal plusieurs machines.

Le lendemain matin, un camion allemand se présenta avec, sur son plateau, deux rangées de soldats armés jusqu'aux dents, assis de part et d'autre d'un fusil-mitrailleur en position de tir. Il était suivi d'une BMW d'où un capitaine descendit.

Encadré par deux hommes, mitraillettes pointées, l'officier pénétra dans l'atelier tandis qu'on allait prévenir Ducoudray qui habitait alors *notre* maison. On ne le trouva pas. (Il ne réapparaîtrait que le jour de la Libération, défilant dans les rues de Gravigny fusil à l'épaule, l'air martial.)

L'hallali sonnerait bientôt et les troupes d'occupation se montraient nerveuses. Rendu furieux par le constat du sabotage et l'absence de Ducoudray, l'officier lança des ordres. Aussitôt les soldats se déployèrent autour des ateliers, alors que certains ouvriers réussissaient à gagner le large par le parc. On entendit un crépitement. L'un d'eux s'écroula. Il réussirait à se traîner jusqu'à la tonnelle où on le retrouverait, une jambe en sang mais pas gravement atteint.

Les autres membres du personnel furent rassemblés dans la cour de l'usine et contraints de se placer sur une seule file, bras en l'air. Un sous-officier fit sortir de la file le troisième, le sixième, et ainsi de suite de trois en trois. Quand dix hommes furent regroupés, on les fit aligner contre le mur pendant que le fusil-mitrailleur était braqué sur eux, s'apprêtant à les balayer.

Mon père n'était pas parmi les dix hommes promis à la mort. On le vit s'avancer péniblement vers l'officier. Il se tenait la poitrine et chancelait, très certainement sous l'emprise d'une nouvelle crise cardiaque provoquée par l'émotion. Il eut cependant la force d'énoncer assez haut pour être entendu de tous :

— Le seul vrai patron, ici, c'est moi. Cette usine est mon usine, et c'est moi qui ai rendu votre engin inutilisable. Ne massacrez pas des innocents !

Un instant déconcerté, l'officier se reprit vite, proclamant dans un français assez correct :

— Vous êtes un homme courageux. Allez, prenez leur place et finissons-en !

Il soutint lui-même mon père pour franchir les quelques mètres le séparant du mur, alors que les dix ouvriers désignés étaient autorisés à rejoindre les autres. Certains pleuraient. D'autres étaient livides et avaient l'air égaré. Au bord de la crise de nerfs, un gros homme était agité de tremblements et se parlait à lui-même en patois. Il faudrait l'hospitaliser dans la soirée. Un autre claquait encore des dents. Ceux-là avaient frôlé la mort. Ils devaient la vie au sacrifice et à la présence d'esprit de celui qui, pour quelques instants et quand il le fallait, était redevenu « le patron ».

La salve atteignit mon père pendant un signe de croix alors qu'adossé au mur il se raidissait pour ne pas tomber. Un rictus lui tordit la bouche. Il s'affaissa sur les genoux, yeux grands ouverts, puis la tête bascula vers l'avant et s'écrasa sur l'asphalte.

Visage impassible, l'officier salua militairement, puis il tourna les talons en donnant l'ordre de repartir.

Derrière la fenêtre sans vitres de sa cuisine, Mathilde avait observé la scène. On la trouva évanouie.

Je regagnai Annecy à moto au cours de la même nuit, bouleversé et révolté mais le cœur gonflé de fierté. Avoir passé quelques moments de veillée funèbre avec Simone, près du cadavre du docteur, n'avait pu qu'ajouter à mon chagrin et à mon amertume. Elle était effondrée, ayant perdu, à peu de jours d'intervalle, celui qu'elle m'avoua n'avoir jamais cessé d'aimer, exécuté par les Allemands, et son père, victime des excès de l'épuration. Elle comprenait d'autant moins le massacre de celui-ci qu'il avait, comme beaucoup de Français et papa lui-même, pris ses distances — tardivement hélas — avec le gouvernement de Vichy en en constatant les crimes. Carine arriverait le lendemain matin. J'appris alors qu'elle était fiancée à Jean-Luc.

Le surlendemain, je me trouvais de nouveau à Gravigny pour assister — en uniforme — aux obsèques discrètes du docteur, aussi discrètes qu'avaient été celles de mon père moins de deux semaines auparavant pour des raisons opposées.

Je n'avais pas revu Carine depuis mon départ précipité de Tournebise fin 1938. Malgré un teint d'ivoire et des yeux rougis, elle était très belle avec ses cheveux dorés sur des vêtements noirs. Elle assista sa mère jusqu'à la sortie du cimetière, puis revint sur ses pas, sachant où me trouver. Je n'aurais su éviter, cette fois, la tombe familiale.

La gorge trop serrée pour parler, elle passa son bras sous le mien, m'embrassa et se mit à pleurer doucement sur mon épaule. Ces larmes s'accordaient à celles qui me coulaient des joues. A défaut, je me serais senti bien seul. J'éprouvais néanmoins une sourde rancœur à son égard pour en avoir choisi un autre, bien que je n'aie rien fait pour me rapprocher d'elle.

Peu après, je prenais place sur la moto, derrière Bobby Wood, tandis que Carine montait aux côtés de Simone dans une Traction noire décorée d'une Croix de Lorraine plantée dans un V. Elle était pilotée par Jean-Luc — lui-même en uniforme. En dépit des circonstances, la mère et la fille avaient trouvé une expression tendre pour me dire combien il leur était doux de me voir « si vaillant » pour l'une, « transfiguré » pour l'autre.

Et il est vrai que je faisais front, mais avec l'impression que se dérobait à moi tout ce qui me restait du cher visage de mon passé.

J'étais entre deux vies. Le monde changeait et moi avec lui. Ce monde, j'aurais voulu à cet instant le tenir entre mes mains pour l'écraser tellement il me semblait exécrable, tellement les fourmis qui s'y accrochent me paraissaient insensées et désespérantes.

La fin de ma mission coïncida avec la libération de Lyon le 4 septembre. Je rejoignis aussitôt grand-père et Tati, de qui je n'avais pas eu de nouvelles depuis plusieurs semaines, pas plus qu'ils n'en avaient eu de moi. Miraculeusement, ils avaient traversé la tourmente sans dommages.

J'éprouvais soudain une terrible lassitude qui me valut des heures d'un sommeil profond comme la mort, en plus réparateur. Il me semblait d'ailleurs qu'elle cheminait en moi inexorablement, comme pour me rapprocher de ceux que j'avais vus immuables, simplement parce que je les aimais, et brutalement arrachés à la vie.

Malgré la touchante sollicitude dont j'étais entouré, le vide était immense avec cependant un sujet de consolation : tout brisé qu'il était, celui qui resterait à jamais mon père n'avait pas manqué sa sortie. Il était parti avec honneur. Son image était restaurée. Je m'attachais aussi à la pensée qu'une continuité existe bien entre vie et trépas, à l'espérance confuse de l'immortalité de l'âme et de retrouvailles célestes.

Un autre sujet de consolation me fut donné : celui d'avoir des nouvelles récentes d'Annaëlle et des photos d'elle le jour de ses onze ans. Elle ressemblait de plus en plus à sa mère et fit notre admiration. L'une des photos rejoignit, dans mon portefeuille, celles de tous ceux que j'aime, vivants ou disparus. Elle avait écrit au verso : *Pour Jean-Cy, le grand frère que je n'oublie pas* et c'était entouré de petits cœurs voletant et virevoltant, aussi légers que le mien était lourd.

Mais une nouvelle équipée m'attendait. Le rôle d'officier de liaison interallié dont je m'étais acquitté avec zèle m'avait valu la proposition de suivre l'armée de Lattre comme correspondant de guerre. J'avais accepté, avec le double objectif de faire mes premières armes dans le journalisme et d'être un témoin privilégié de l'écroulement du IIIe Reich.

Je demeurai à Lyon une dizaine de jours, le temps de reprendre mes esprits et que, dans ma mémoire, tout se remette en place. Sur quoi, je rejoignis l'avant-garde de la 1re armée française aux alentours de Dijon pour l'accompagner dans la marche victorieuse des Alliés vers l'Alsace et l'Allemagne.

Saurai-je un jour à quelle espèce d'homme appartenait — appartient peut-être encore — mon père naturel, cet Aristide Gauthier que je n'ai pu rencontrer et qui suscite encore en moi de vaines interrogations ? Très probablement non !

Au cours de la dizaine de jours passés à Lyon après la Libération, je lui avais réécrit. Il n'y avait pas eu de réaction, et pour cause : il était alors pensionnaire d'un stalag.

Mon périple aux côtés des forces alliées s'acheva à Berlin à la fin de l'été 1945. En rentrant à Lyon, j'appris qu'un notaire et qu'un prêtre de Toulon avaient, à quelques jours d'intervalle, demandé que je me mette en rapport avec eux dès que possible.

Cela détermina un voyage en voiture que je fis en compagnie de Tati et de grand-père — et moi au volant, car muni d'un permis de conduire militaire, ayant souvent eu à conduire une Jeep.

Je rencontrai tout d'abord le notaire. De lui, j'appris qu'Aristide avait émigré depuis peu, avec intention d'y terminer sa vie, vers une partie du globe qu'il n'avait pas révélée. S'il avait conservé de quoi vivre, il avait aussi fait en ma faveur, à titre de rachat, une « donation entre vifs » de ses biens meubles et immeubles. Ceux-ci comprenaient l'appartement de Lyon — mis en location —, la villa de Sanary et ce qu'elle contenait, dont un grand nombre de toiles peintes de sa main parmi lesquelles des portraits d'Hélèna et de maman. Plus insolite, il me fut révélé que j'y trouverais le sac à main en crocodile d'Hélèna avec ce qu'il renfermait lors du voyage inachevé. Comment était-il entré en possession d'Aristide ? Je devais l'apprendre avant la fin de la même journée.

Car, pour aussi fertile en surprises qu'avait été la matinée, les révélations du prêtre, dans l'après-midi, seraient plus saisissantes encore. Plus douloureuses aussi.

Avant de s'expatrier, Aristide, désireux de libérer sa conscience, lui avait demandé d'être son émissaire pour me révéler le motif de sa réticence à entrer en relation avec moi. Il m'avait fui parce que j'appartenais à une époque de sa vie qu'il voulait oublier et qu'il n'aurait pu me regarder en face. En rentrant de captivité, il avait trouvé ma lettre et compris que j'étais résolu à le rencontrer. Cela avait contribué à sa décision de s'effacer vers des horizons insondables préfigurant la mort.

Les circonstances de la blessure d'Hélèna étaient demeurées floues. Elles me furent alors rapportées avec un impitoyable réalisme.

Quand elle avait rompu avec Aristide, lui-même n'y avait vu qu'une péripétie de plus à des amours tumultueuses. Apprenant fortuitement que, vêtue de pied en cap, elle était montée dans un taxi avec le bébé, l'étui à violon et une grosse valise, il devint comme fou, ne supportant pas l'idée d'une séparation définitive. Enfourchant une bicyclette, il se précipita à la gare. Quand il y parvint, l'omnibus de nuit Genève-Lyon partait. Après avoir sauté une barrière et couru à perdre haleine, il réussit cependant à se hisser dans le wagon de queue.

Dans l'affolement, il n'avait pas pris de veste et se trouvait sans portefeuille. Cela explique que, peu désireux de se trouver en présence du contrôleur, il mit un certain temps pour arriver au bon compartiment.

Quand il eut rejoint Hélèna, ébahie et furieuse de le voir apparaître, une violente altercation s'engagea. Il voulut la faire descendre à la station suivante. Elle s'y refusa. Il insista. Elle s'obstina. Dès que le train se fut immobilisé et sans autre intention que de l'empêcher de poursuivre son voyage, il s'empara du sac à main posé sur la banquette et s'esquiva. Elle lui courut après, le rejoignant alors qu'il descendait du train. Ils se retrouvèrent sur le quai. Se jetant sur lui comme une furie, elle le griffa cruellement au visage. Perdant toute lucidité, il saisit alors à deux mains un petit colis posé sur un diable et lui en assena un terrible coup sur la tête. Le colis était une caissette de pièces en acier. Hélèna chancela. Aristide intervint à temps pour l'empêcher de tomber.

Le train allait repartir avec le bébé et les bagages. Il prit peur. La soulevant de terre, il regagna le compartiment avec elle dans les bras. Le train s'ébranla. Aristide s'aperçut trop tard qu'il n'avait plus le sac à main.

La jeune femme avait perdu connaissance. Il essaya vainement de la faire revenir à elle. Quand il constata sous les cheveux une inquiétante protubérance, la peur se mua en panique, une panique qui domina le comportement ultérieur d'Aristide.

Il y avait peu de voyageurs et ils étaient seuls dans le compartiment. Il n'eut plus qu'une idée en tête : déguerpir sans être vu. Il courut alors dans le couloir sans trop savoir où il allait, puis songea à tirer le signal d'alarme. Il sauta du convoi dès qu'un ralentissement suffisant le permit.

Ayant regagné à pied la station, il put récupérer le sac à main tombé sur le ballast. Mais le Ciel voudrait-il qu'il puisse le rendre un jour à sa propriétaire ?

La suite est connue du lecteur : Hélèna avait repris connaissance mais seulement pour quelques heures.

Le surlendemain, Aristide, en dévorant la rubrique *Faits divers* des journaux, constata avec horreur avoir tué celle qu'il aimait. Peu enclin à se jeter dans la gueule du loup, il demeura prudemment dans l'ombre. Du moins se savait-il à l'abri tant que l'identification n'aurait pas lieu. Il décida de mettre à profit l'embarras des enquêteurs pour quitter la France, moins soucieux du bébé que du risque d'inculpation.

Déchiré, dégoûté de lui-même, mais satisfait d'en être quitte à si bon compte, il s'embarquait, dans les jours qui suivirent, comme matelot — son chevalet sous le bras — pour un long périple autour du monde.

Oui, qui était cet Aristide Gauthier, que je le veuille ou non mon véritable père ?

D'abord et sans conteste, un menteur et un lâche qui, dans un accès de colère, a blessé mortellement la mère de son enfant ; mais probablement pas un monstre de perfidie.

Mes efforts pour en savoir plus me permettent de livrer quelques autres données sans répondre clairement à la question.

Il avait été un enfant abandonné et recueilli par l'Assistance publique — sort auquel son fils avait échappé de peu. Son dossier était encore dans les archives de cette administration et j'ai pu le consulter, non sans émoi. Il n'était pas considéré comme un voyou mais comme un enfant « émotif, capricieux et inconstant ». C'était mon portrait au même âge.

A Sanary, il était connu de la plupart des habitants et surtout des pêcheurs car, volontiers peintre de marines, il installait souvent son chevalet sur le port. Mais il n'était pas très causant et on ne lui connaissait pas d'amis. Il passait pour un solitaire se protégeant des autres. Là encore, c'était moi.

Petit à petit, je suis parvenu à la conclusion que le portrait dressé par grand-père n'était pas très ressemblant. Le témoignage de Simone semblait plus digne de foi. Cependant, il faisait appel à des souvenirs anciens alors que grand-père venait de rencontrer l'énigmatique personnage. Or, après la disparition de maman, Aristide était devenu alcoolique. Une certaine métamorphose avait donc pu s'opérer.

A la fin de sa vie, grand-père a bien voulu convenir qu'il m'avait volontairement présenté Aristide sous un jour peu flatteur, espérant atténuer mes regrets du peu d'empressement que mettait celui-ci à me rencontrer. Il n'avait réussi qu'à stimuler ma curiosité, quand bien même je m'en défendais.

Il y a derrière tout cela un goût de mystification ; mais après tant d'années, même si je savais où retrouver Aristide, je ne tenterais pas de le rencontrer. A quoi bon remuer un passé aux relents si amers ! Il m'a donné des biens immeubles et meubles pour solde de tout compte. Je lui dois de le laisser en paix et de lui accorder une certaine indulgence, au moins celle de la pitié.

L'ombre de celui qui m'a engendré n'en continue

pas moins de flotter dans mon esprit avec des moments d'intrusion dans ma conscience, comme si je partageais avec lui une faute. Dieu merci, c'est assez fugitif. D'ailleurs, je ne crois guère aux liens de sang. Tout se passe dans le regard des autres et dans sa propre tête.

19

Prolixe et avenant, mon interlocuteur n'avait pas ménagé les propos élogieux. Ah ! s'il n'avait tenu qu'à lui ! Mais allez faire entendre raison à des commerciaux, ces tueurs de nouveaux talents !

Bref, j'étais une victime. Le monde est ainsi fait qu'il y faut des bourreaux inconscients et d'innocentes victimes. J'étais en quelque sorte du bon côté de la barrière.

Nous étions en octobre 1952. Il s'agissait d'un premier roman que, très pris par mon métier, j'avais mis longtemps à écrire. Sur les quinze exemplaires du manuscrit, douze m'étaient revenus accompagnés de quelques mots du type : « Des contraintes éditoriales tout à fait étrangères aux qualités de ce texte nous empêchent d'en envisager la publication. » Après une expectative de plusieurs mois et voyant mes espoirs s'amenuiser, j'avais profité d'un voyage à Paris pour rendre une visite impromptue aux maisons d'édition demeurées, jusque-là, silencieuses.

De ce dernier rendez-vous rive gauche, je n'avais pas attendu plus que des précédents. J'étais déçu mais décidé à ne pas en rester là. Aucune déconvenue n'aurait su, ce soir-là, m'atteindre vraiment. Qu'était-ce en regard du bonheur de fond d'entrailles que me réservait la soirée !

Car un rendez-vous beaucoup plus important m'attendait, celui pour lequel j'avais fait le voyage.

Nous avions revu Annaëlle à ses douze ans. Elle était accompagnée de sa mère. De Genève, elles n'avaient fait qu'un rapide aller et retour à Lyon avant de s'embarquer pour Tel-Aviv.

Cela remontait à l'époque où les Juifs rescapés des camps de concentration ou de qui la guerre avait fait des errants émigraient en nombre vers Israël. Le Dr Schwartz comptait y ouvrir une clinique que sa nouvelle épouse administrerait et dont il serait médecin-chef — projet qui se concrétiserait.

Trop jeune pour voyager seule, Annaëlle était restée longtemps sans revoir la France ; mais nous nous écrivions régulièrement et je sentais bien qu'elle était restée très attachée à moi. Nous nous disions nos joies, nos peines, notre envie folle de nous revoir. Et je m'étais souvent laissé emporter par des rêves insensés d'où je retombais très vite en raison de notre différence d'âge et de mon aspect physique peu avantageux.

Apprendre, quelques mois avant cette soirée mémorable, qu'elle venait à Paris pour y poursuivre ses études aux Beaux-Arts m'avait mis au comble de la joie. Depuis, le temps avait paru s'étirer sans fin. Pour tromper notre attente, nous avions multiplié les lettres.

Une pluie fine faisait reluire le boulevard Saint-Germain. C'était l'heure de sortie des employés. Sous les parapluies ou dans leurs imperméables mastic, ils semblaient pressés d'en finir avec Dieu sait quoi : l'œil cyclopéen du patron, les rancœurs, la platitude des jours... Comme atteints d'un mal mystérieux dans la semi-pénombre humide, ils couraient se faire happer par une bouche gloutonne de métro, ne voyant devant eux qu'un point fixe comme le rhinocéros sa corne. Paris avait son heure de fièvre sous les néons impudiques se mirant à plaisir dans les flaques d'eau ridées.

J'étais provincial et en avance, deux bonnes raisons de ne pas suivre ce rythme endiablé. Quand je me retrouvai à deux pas de l'entrée du Pont-Neuf, notre point de rencontre, mon cœur battait cependant à une cadence plus folle encore.

Je faisais les cent pas devant les éventaires des bouquinistes du quai des Grands-Augustins. En entendant courir derrière moi, je me retournai. Radieuse, une exquise jeune fille brune aux cheveux de soie se jeta dans mes bras. Elle aussi était en avance.

Il était minuit quand je raccompagnai Annaëlle jusqu'à la porte de son petit domicile d'étudiante. Elle rayonnait de bonheur, de beauté et de charme. Nous nous tenions par la main comme autrefois et avions bien du mal à nous séparer. Elle avait les yeux verts. J'aurais voulu m'y perdre. Cependant, mon bonheur n'était pas sans nuages. Que voyait-elle en moi, sinon le grand frère attentionné de jadis ? Et que n'aurais-je pas donné pour avoir quelques années de moins et le physique d'Henri ! Comment éviter de songer qu'un jour elle me quitterait pour aller vers un autre ! Et, déjà je me sentais animé de haine pour le quidam qu'elle autoriserait à la tenir dans ses bras. Ah, comme avec délices, je lui aurais, par anticipation, plongé un poignard dans le cœur !

Postface

Longtemps ce récit autobiographique est demeuré à l'état de manuscrit. La crainte de desservir la mémoire de ceux à qui je dois tant et de blesser l'âme de témoin survivants m'avait retenu de le faire paraître. Je cède finalement aux instances d'Annaëlle qui juge le moment venu de franchir le pas.

Il est vrai que, depuis les faits relatés ici, beaucoup d'eau a coulé entre les berges de l'Arve, beaucoup d'encre sous ma plume et assez de baume sur les plaies de mon cœur pour avoir l'audace de les faire resurgir. Je ne saurais cependant m'y résoudre sans brouiller quelque peu les cartes géographiques et d'identité.

Annaëlle et moi, nous habitons tout près du Pont-Neuf où nous nous sommes retrouvés pour ne plus nous quitter un soir de 1952. Notre différence d'âge ne l'a pas rebutée. Nous avons deux enfants : Jérémie et Michelle.

Après notre mariage, j'ai quitté le métier de grand reporter pour devenir romancier — et auteur d'ouvrages sur William Shakespeare édités par *The Harvard University Press*. Ma femme tient une galerie d'art rue des Saints-Pères.

Souvent nous nous rendons à Lyon auprès de Tati Clara, charmante vieille dame encore active. Une année sur deux, nous nous envolons avec les enfants pour Israël. L'année suivante, ce sont le Dr Benjamin Schwartz et sa femme Esther qui nous rendent visite...

Au détour d'un chemin bordé de ruines, une petite fille m'avait pris la main. Elle se prénommait Annaëlle, en hébreu « la grâce de Dieu ».

Achevé d'imprimer en février 1994
sur presse CAMERON
dans les ateliers de la S.E.P.C.
à Saint-Amand-Montrond (Cher)

N° d'Édition : 6206. N° d'Impression : 537.
Dépôt légal : février 1994.

Imprimé en France